NekoiF-ILLUST
都市貓
Hada de la ciduad
Novel-微風婕蘭

-02-

「去死吧！」

人的一生中，常會在某些時刻無可避免地聽到這三個字。

有時候說的人沒有惡意，像是男性朋友間打打嘴砲時，經常會把「去死吧！」或台語版的「哩棄系啦！」掛在嘴邊，用法和江西的簡稱以及「人之初，性本善」的出處有異曲同工之妙。

或者在等紅綠燈的時候，前方的汽車駕駛人右轉不打方向燈（好孩子不要學），身為差點被撞到的機車騎士，不免會在情緒激動下先問候對方的長輩，然後爆出：「西瓜你的芭樂！不會打方向燈喔！去死吧！」之類的咒罵。

還有一種情況比較罕見。

孤男寡女，花前月下，氣氛正好，男孩抱著一顆火熱的心向女孩告白：「我喜歡妳。」

女孩羞紅了臉低下頭，說：「你是個好人，可惜我們沒有緣分。」

男孩發出慘叫：「我不要收到好人卡呀！去死吧！」

嗯，這三個字說出口，恐怕好人也當不成了。

由此可見，「去死吧」算是相當熱門的字眼，這三個字不只常聽到，也常出現在我的內心世界，偶爾也會忍不住說出口——尤其是在聆聽完老闆的金口玉言之後。

但我從來沒想到會在這種情況下聽到這三個字。

「請問你還有什麼問題嗎？」

我對坐在桌子另一端的西裝青年擠出最和善的笑容。「對公司、對工作內容有什麼問題都可以問，不要客氣。」

不知是不是因為緊張，西裝青年微微顫抖的嘴角突然繃緊，兩道粗眉皺成了一條，我正在思考是不是該說些什麼讓他放鬆一下，畢竟接下來要面試的老闆才是真正的難關，然後，他開口了。

「去死吧！」西裝筆挺的青年咬牙切齒地說。

用來面試的會議室，裡頭的冷氣機從早上就壞了，經過一早上的曝曬，裡面早就熱到不行，我穿著POLO衫坐不到半小時就覺得快瘋了，也多虧了面試者能穿著全套西裝待在裡面又是筆試又是面試，沒馬上脫光光奪門而出。

-04-

「你剛說什麼？我沒聽清楚。」我大概熱到出現幻覺了吧！

「你．去．死．吧！」青年用演講的語調一個字一個字說道。

我的眼睛在會議室掃了一圈，確定會議室沒有什麼能運用的武器，才用最溫柔的聲音說道：「天氣這麼熱，這裡又沒冷氣，你還是先回去休息吧！我再請人資部門的同事和你聯絡。」送你一張好人卡謝謝不再聯絡。

青年拍了桌子站起來。

「你的死期不遠了。」

正當我以為青年要撲上來給我一拳時，他忽然湊向前，對著我的臉呼了一口氣，嫵媚——是的，一個身高一八五的壯漢，竟然瞇著眼睛，像個女孩子般笑得極是嫵媚。

「不要以為那隻貓能救你。」

貓？

等等！這傢伙被什麼東西附身了嗎？

我追出會議室，只看見青年有如一陣風般的跑出公司的玻璃門，連電梯都懶得等，開了安全門就往下衝。

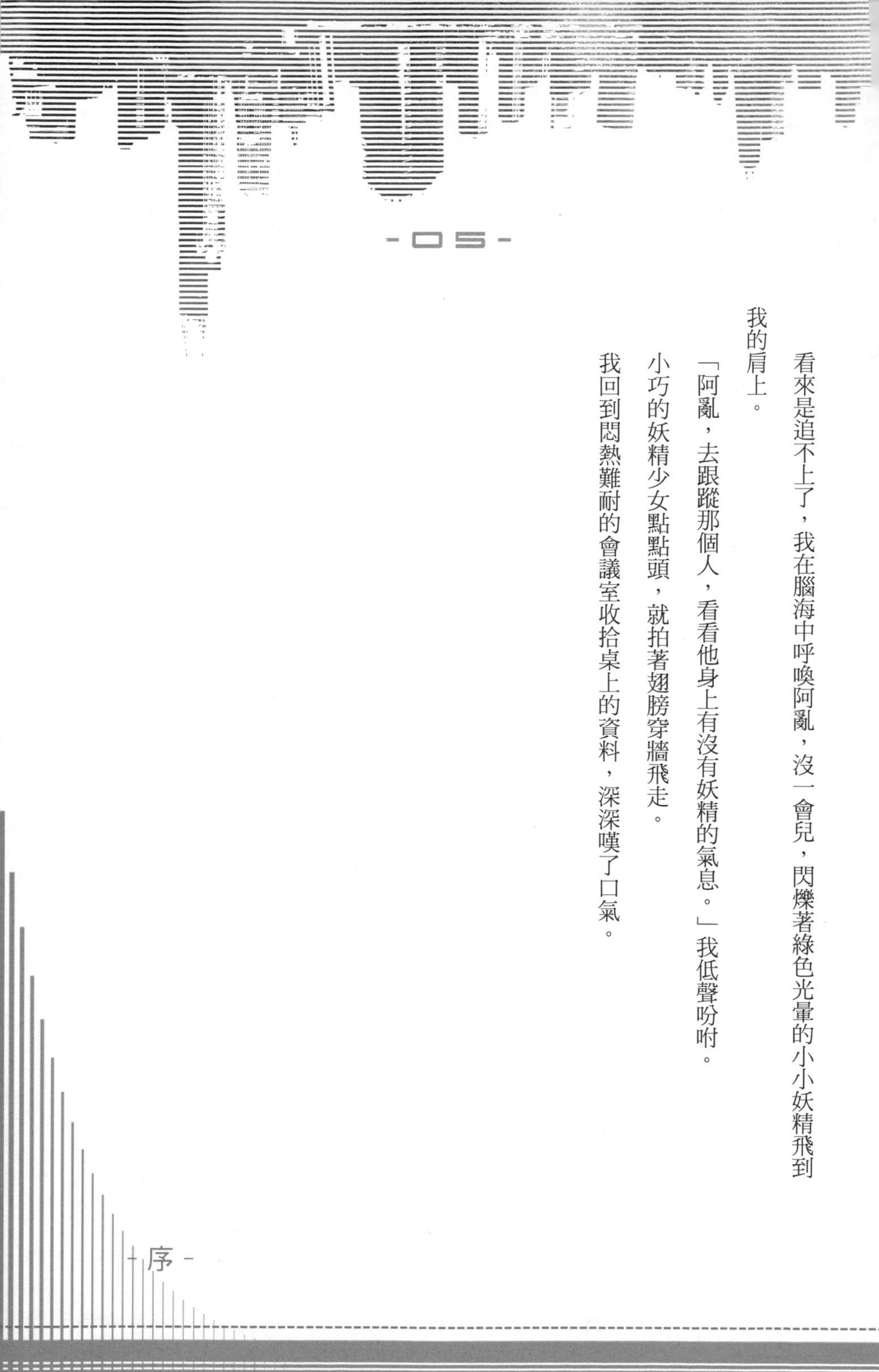

看來是追不上了，我在腦海中呼喚阿亂，沒一會兒，閃爍著綠色光暈的小小妖精飛到我的肩上。

「阿亂，去跟蹤那個人，看看他身上有沒有妖精的氣息。」我低聲吩咐。

小巧的妖精少女點點頭，就拍著翅膀穿牆飛走。

我回到悶熱難耐的會議室收拾桌上的資料，深深嘆了口氣。

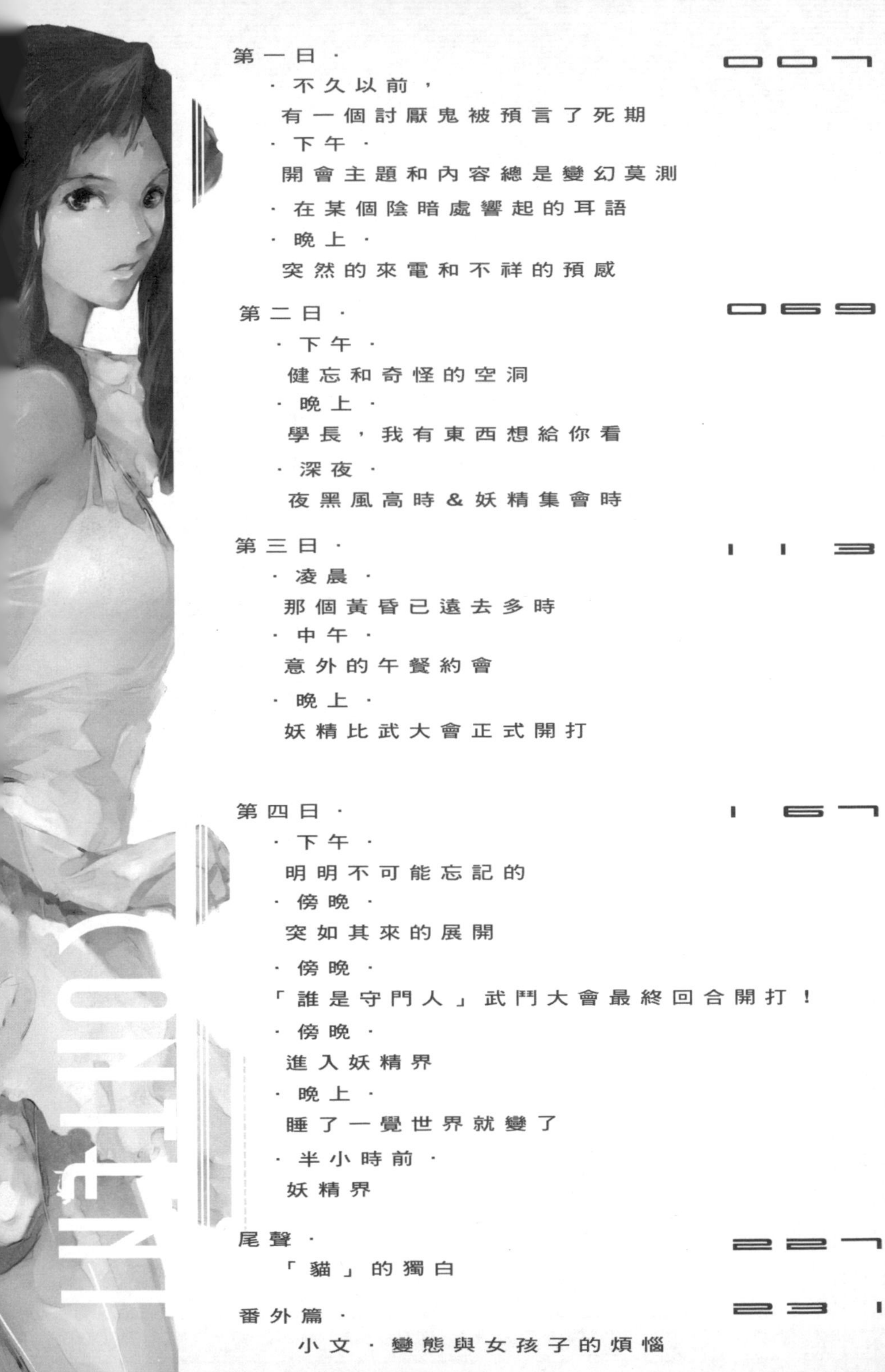
CONTENT

第一日・

第一日・不久以前，有一個討厭鬼被預言了死期

我曾被預告過兩次死期。

第一次是三天，貓對我說：「你三天後會死」。

第二次是四天，某個奇怪的網頁測驗寫著：「你的死亡時間是四天後」。

本來以為下次——雖然我不希望有下次——是五天，沒想到竟然是「不遠之後」。

這個世界上最準確的預言，就是：你有一天會死。

凡人終將有一死，這個預言絕對不會有錯，而死期不遠，代表我有一天會死，但這個「不遠」究竟是多久，沒有人知道。

有了前兩次的經驗，我對於被唱衰會死已經有點麻木了，如果一定要被預告會死……

我希望是個美少女來告訴我會死呀！

沒錯，這是一個老是被預告會死的倒楣鬼的故事。

那麼，稍微把時間往回推……

-09-

「快起來！你為什麼能睡得這麼香呢？」

「你難道不知道已經是世界末日了嗎？」

好吵。

睡意朦朧間，我還在猶豫該起來還是繼續睡，有什麼濕濕的東西抹在我的上唇，我反射性地舔了舔，一股辛辣至極的嗆辣感從舌間直衝鼻端。

「咳！咳咳咳！這、哈啾、什麼東西啊？」我邊咳邊打噴嚏邊慘叫。

貓跳到我的肩膀，用肉球打了我一巴掌。

「不過吃到一點芥末也這樣，真沒用！」貓亮出了貓爪。

「誰沒事會直接吃芥末呀！」我不高興地回道。

「『是芥末日』當然要吃芥末呀！」貓理直氣狀地說道。

「吃芥末當然要配生魚片。」化為人型的定春一手端著醬油碟（裡面當然有芥末），一手用筷子夾起生魚片，小心翼翼地將生魚片沾上醬油和一點點芥末，低頭嗅了嗅生魚片，定春皺起了鼻頭，停頓了片刻，才露出壯士斷腕的悲壯表情將生魚片塞進嘴裡。

「嗚！」定春丟掉筷子摀住嘴，發出幾聲奇怪的呻吟：「嗚、噗、哼哼。」

……芥末的嗆味對貓咪來說應該比人還刺激吧！

「先不要咳嗽，用鼻子呼氣，這樣會比較不嗆。」我拍了拍定春的肩膀：「不能吃芥菜幹嘛硬要吃呀？」

「因為已經是『是芥末日』了呀！」定春一臉認真的解釋，一對金色的貓眼淚光瑩瑩，髮間的貓耳和兔耳仍不斷抖動。

……兔耳？

定春你明明是貓為什麼會有兔耳？不對，貓耳還在，仔細一看，兔耳的根部是白色的髮箍，髮箍成功地隱藏在定春蓬鬆的白髮間，完美的形成貓耳美少女戴著兔耳的畫面……

才怪！一點都不完美！

「你明明有貓耳為什麼要戴著兔耳呀！超奇怪的啦！」我說。

附帶一提，定春除了戴著兔耳，還穿著粉紅和白色相間的蘿莉服，上頭綴滿蕾絲和蝴蝶結。貓也同樣戴著兔耳（到底是怎麼戴上去的！）、穿著貓咪 SIZE 的蘿莉服，右邊的

兔耳上還綁著粉色的蝴蝶結。

「每次變身造型都會不一樣呀。」貓說。

「一切都是軟綿綿之神的旨意。」定春說得一臉神往。

這個軟綿綿之神的品味也太奇怪了吧！都有貓耳了還戴兔耳是安怎！不是把萌要素加上萌要素就是雙倍萌好嗎？

「你們兩個幹嘛變身？」還有貓……不是已經消失了嗎？

「為了拯救世界呀！」貓說。

「不過世界還是毀滅了。」定春小聲地說。

「為什麼？忙著決定要戴兔耳還是犬耳，所以來不及拯救世界嗎？」我忍不住吐嘈。

「還不是你老是拖拖拉拉的一直不肯去找公主，公主等你等到很生氣，乾脆就自己把魔王幹掉了。」貓氣憤地說。

「還真是強大的公主呀！順便來把害我老是被預告會死的衰神幹掉如何？」我拉了拉貓的鬍子。

「哼，幹嘛麻煩別人，你自己把脖子洗乾淨等死不就好了？」貓在我的手上抓了一

下。

「話說回來，魔王都被幹掉了，怎麼還是會世界末日？」我問。

都世界末日了這兩隻貓還在玩「世界末日」和「是芥末日」的冷笑話遊戲，還認真地準備了生魚片沾芥末，這兩隻守護世界的貓妖精未免也太閒了吧！

「公主殺了魔王後還是沒消氣……」定春抖了抖耳朵：「就順手毀滅了世界。」

到底是怎麼順手的？我只聽過順手牽羊，沒聽過順手毀滅世界呀！

「這個公主也太恐怖了吧！」我也忍不住抖了抖。

「還不都是你的錯！誰叫你一直不去救公主！」貓跳到我肩上，不高興地扯著我的頭髮。

「我又不認識什麼公主，干我什麼事呀！」更何況還是有能力「順手」毀滅世界的公主，這種人不要說認識了，當然是躲越遠越好呀！

貓一愣：「你怎麼可能不認識……」

「你不認得我了嗎？」

伴隨著不知何時響起的海潮之聲，她走來，長長的黑髮輕輕地晃動，和以往不同的是她身著一件銀白色的斜肩禮服，露出一邊白皙的肩膀，長長的紗質裙襬拖曳在地，隨著她的步伐搖曳生姿。

我從不曾看過她穿這樣的衣服，我大學時代大家都還很樸素，只有在畢業典禮時，女孩子們才會穿上小禮服。她畢業時，我們已經分開了，我從沒見過她穿小禮服的模樣，更別提是這樣的長禮服。在台灣，恐怕只有結婚時才會穿上這樣的衣服，可惜，我恐怕是看不到了，除非我想去她的婚禮上唱首《曲終人散》。

「……楠？妳為什麼……打扮成這樣？」我有些口乾舌躁，搞不清楚自己在說些什麼：「是妳嗎？妳為什麼在這裡？」

她越走越近，很快就走到我面前。我能清楚地看見她胸前的鎖骨，還有肩膀和手臂交接處小小的凹陷，我不敢看，忍不住退後了一步。

「為什麼不來找我？我一直在等你。」

她咬了咬下唇，像是很委屈的樣子，快速眨動的眼眸中閃過一絲水光。

「你不記得我了嗎？」

說完，她仰起頭，不想讓眼淚留下，貼在她胸口薄薄的銀白薄紗激烈地起伏。

她的眼角流下了淚水。

然後是血水。

緊接著，眼珠順著血水流了下來……

我瞪大了眼睛，很不矜持地大聲慘叫。

「這什麼東西啊啊啊啊啊啊啊啊啊啊啊啊啊啊！」

慘叫到一半，有人用指尖輕刮我的後背。

「阿哲哥哥，你再叫得這麼娘，我就要親・下・去・了喔！」椅背被人猛地一轉，一個眉目俊朗的微胖帥哥嘟起嘴，對我拋了個媚眼。

「啊啊啊……靠！你很變態耶！」認出眼前的人是阿德，我氣得踹了他一腳：「我做的惡夢已經夠驚悚了，現實生活可以不要這麼驚悚嗎？」

「我哪知道你在叫什麼呀！我這麼親切地叫醒你，你卻恩將仇報！」阿德裝生氣裝不了三秒，又八卦兮兮地問道：「你到底做了什麼惡夢啊？怡君和克拉拉一起跟你告白

嗎？」

怡君和克拉拉是我們同部門的同事，撇開我個人的喜好不談，兩人不管是狹義還是廣義都稱得上是正妹，被她們告白絕對不算惡夢。

「被你告白才是惡夢啦！」我又踢了阿德一腳：「不要吵我，讓我安靜一下。」

阿德摸了摸鼻子回到座位上，戴上耳機敲打鍵盤，克拉拉和怡君八成還在廁所聊天，我呼出一口氣，將臉埋在雙手之中。

剛剛那個夢到底是怎麼回事？

夢是潛意識的產物，所以這個夢到底代表了什麼？

我稍微思考了一下，列出了以下幾點：

一、我的潛意識希望定春換上蘿莉服？

二、只有貓耳不夠萌，還要加上兔耳才夠味？

三、我希望世界末日不要來？「是芥末日」大家一起吃生魚片就可以？

四、我一直沒有去尋找楠的行蹤，所以夢中的貓才會說我「一直拖拖拉拉不去找公主」。

嗯，前面三點看似莫名其妙，其實有跡可循，因為我昨晚喝了咖啡睡不著，先後看了有變身情節的動畫、末日災難片，最後還看了B級片，結果看完就天亮了，午休才會累到睡死又做惡夢。

……答案是四嗎？

夢裡的她說：「為什麼不來找我？我一直在等你。」

不，我有試著去找。

我打了幾次電話，也傳了簡訊，在MSN留了離線訊息，也寄了幾封信到她以前常用的E-mail。

鼓起勇氣做了這些之後，便是等待。

每次電話響起時我都會心跳加速，結果通常不是銀行推薦新的保險方案就是詐騙電話；簡訊也是，永無止境的廣告簡訊淹沒了訊息收件匣；每次打開E-mail信箱時我都會忍不住停止呼吸，掙扎了一個晚上才敢登入自己的信箱，等待登入時還忍不住閉上眼睛，不敢看她有沒有回信。

不管是簡訊或電子郵件的內容都是同樣的四十七個字：

「好久不見，我只是想知道，妳好不好。有收到信的話，可以回覆我嗎？回個『OK』或『我很好』就行了。」

「既然決定說再見的話，就不要再回頭喔！」楠說。

我把手中的石頭丟了出去，才意識到她剛有說話。「妳說什麼？」

海風很大，這一扔扔得又高又遠，很可惜就算扔到了世界的另一端，也不會有人稱讚，如果砸破了玻璃或砸到人還可能需要賠償。最後石頭沒有跨越海洋，幾次眨眼後就落入了海中。既沒發出聲音，也沒有激起水花……也許有吧？但那微弱的聲響和漣漪全都被海風和浪花給吞噬了。

「我說，如果決定要分開的話，最好不要回頭。」

「為什麼突然這麼說？」

我和楠膝蓋對著膝蓋，一起擠在學校大門前的紅磚凹洞——大家暱稱為蘿蔔坑的地

方，儘管我們的身體正對著，楠卻沒有看著我的臉，而是側過頭看著海洋。

「你知道我那個和男友一直分分合合的室友嗎?她前陣子又跟男朋友分手了，這次隔了一個多月男方都沒有再來找她，她有點急了，問我是不是該主動去找他?他們這樣鬧也鬧了兩年了，我也不知道該怎麼說……」

也許是因為海風的關係，她的聲音斷斷續續，聽不出情緒，只覺得空洞。

「還喜歡就在一起，不喜歡了就分開，乾脆點不是很好嗎?」

我無法分辨她是純粹有感而發，還是想考驗我什麼，含糊地回道：「大概吧!不過也有很多很複雜的情況，感情問題畢竟不是是非題。」

她轉過頭看我一眼，臉上沒什麼表情。

「嗯。」她說。

那是最後一個暑假即將來臨前的夏天，我還在猶豫該不該唸研究所，雖然報了補習班，還是沒有那種不拿碩士誓不甘休的覺悟。我的成績不夠好，無法直接靠推薦進入本校的研究所，若是考到別的學校，勢必會和她分離。

所有的事都還無法確定，如果沒有意外的話，我還有一年才會離開這裡。一年的時間說長不長，說短也不短，足以讓人從剛認識到交往到生米煮成熟飯，進度快一點搞不好連孩子都生了。但我還是從這鹹鹹的海風中聞到了一絲離別的味道。

「如果我們分手、我是說假設有一天我們分開了……」楠抓住我的小指，輕輕搖晃：「你最好還是忘了我。」

「沒事說這個做什麼？」

「反正是假設嘛！假設又不用錢！」她用開玩笑的語氣說道：「你這麼喜歡我，我猜你到時會哭，哭過之後，就忘了吧！」

「我才不會哭。」我悶悶地說。

「喵！」一聲貓叫突兀地插入我們的對話，橘色的影子從天而降，一隻橘子貓跳到我的腳上。

我認出牠是常出現在碎波塊的橘子貓。「你今天怎麼跑來這裡了？」

「喵喵乖，讓我摸摸頭好不好？」楠伸手讓橘子貓聞了聞，橘子貓喵了一聲，楠笑著輕輕撫摸牠的頭，用溫柔的聲音說：「如果我們分開的話，你還是忘了我吧。」

「不要亂說！我們才……」

「我說了，是『假設』呀！」楠用手指搔了搔橘貓的耳後根：「我不想分開了還是當朋友，那樣只會難過而已。」

「我不喜歡這個假設。」我說。

「對了，雖然分開了，但還是要知道對方還好好活著比較安心吧？」楠像是沒聽見我的話一般，自顧自地說：「那麼、如果想起對方的話，就問問對方好不好，回覆的人也只要說『我很好』就可以了。」

「妳這個點子該不會是從《情書》來的吧？」

「喵。」橘子貓突兀地插入我們的對話：「喵喵喵。」

「你在說什麼？」楠笑了笑，伸出手想摸牠的背，這時橘子貓猛然站起，踩著我的膝蓋跑遠了。

楠看著橘子貓跑掉的方向，手仍維持著往前探出的姿勢，笑容一點一點地消滅下去。

「你好嗎？」她輕聲說。

「我很好。」我緊緊握住她的手：「這不是回聲，我在這裡。」

名叫藤井樹的女孩子對著高山大喊：「你好嗎？我很好。」

名叫藤井樹的男孩子已經不在了，只有山中的回聲回答她：「你好嗎？我很好。」

而我所送出的訊息卻沒有任何回音。

沒有回電、沒有簡訊、就連E-mail的無法寄件通知都沒有收到，就像是我對著廣闊無邊的空間大喊，不管等了多久，都沒有回聲。

手機鈴聲讓我從回憶中清醒，打來的是一個不認識的號碼，我深吸了一口氣，按下接聽。

「威哲把拔，素我啦！救救我！我被綁架了！」

「你說你是誰？」

「素我啊！你不認得偶啦！」

「一、我的名字是湋哲不是威哲。二、我還沒生兒子，就算有兒子他也會直接叫我爸，不會叫我威哲把拔！」我怒而掛掉電話。

「兄弟，火氣很大喔？」阿德瞇著眼睛露出猥褻的表情：「太久沒消火了喔？」

「哩金變態！」我罵道。

「厚～我是關心你咩！你最近都沒什麼精神，是慾火焚……為情所困嗎？」

這傢伙也猜得太準了吧？也許他在某方面有特殊的直覺？我猶豫了一下，決定找阿德商量：「如果你想找已經分手的女朋友，你會怎麼辦呀？」

阿德伸了個懶腰：「想找就找呀！哪有什麼怎麼辦、涼拌炒雞蛋的呀？」

雖然想針對阿德古老的用語大力吐嘈，但我現在實在沒那個心情：「我是找了，可是打電話過去手機是空號，傳簡訊和E-mail也都沒回……」

「所以你就不知道該怎麼做？那是你太沒決心了好不好。」阿德露出受不了的表情，將椅子滾到我旁邊，大力拍打我的背部：「手機號碼大家都常換，所以不要以為人家是針對你就不好意思找，有她家裡的電話嗎？不然總會有共通的熟人吧？想辦法問呀！不然上GOOGLE大神搜尋一下她的資料，現在鄉民人肉搜索的能力也很厲害，可以去問問看強者，要是找不到，還可以找徵信社或是打電話給區公所什麼的問呀！」

「……你一定有變態跟蹤狂的潛力。」不然怎麼會一問到這個問題就劈里啪啦的說了一大堆。

「最後面那幾個我沒試過啦！」阿德連忙撇清：「你想找的這一任前女友是哪一任呀？」

「大學時的那個。」我有些彆扭地說。

「這個簡單呀！可以上學校的BBS問，不然認識的人應該也一大堆吧？同系的應該會有通訊錄？打電話到對方家裡也OK呀！」

「這些我都知道，可是我沒有勇氣……」

「我～真～的～需～要～勇～氣～」阿德捏著嗓子模仿女孩子唱歌，隨後踹了我一腳：「你是男的耶！MAN一點好不好！沒勇氣找你也可以不要找呀！你要想清楚，現在你和她的關係是零，找了就有可能會有變化……」

「搞不好會變負的。」我灰暗地說。

「厚！你還是不是男人呀？反正搞不好一輩子都不會再見面了，被討厭又怎麼樣？反正你自己想清楚就對了！話說回來，你為什麼突然想找她……你幹嘛一直看那邊？」

我嘆了口氣。「克拉拉妳躲多久呀？該出來了。」

黑色的頭頂自隔板後緩緩冒出，露出克拉拉有些細長的鳳眼。

「因為你們好像在談很嚴肅的話題，所以人家不好意思出來嘛。」克拉拉說。

我翻了個白眼。「妳會不好意思才有鬼。」

「哈囉！你們家有人來面試，誰要去跟這個新人候選人聊聊？」詩涵拿著履歷走進我們部門。

稍微說明一下，敝部門的主管正在大陸辦公室奮鬥，再往上有決定權的就是老闆那個什麼都要管的老頭，因此面試第一關的重責大任就落在我們這些小咖頭上。我們面試了覺得不錯也沒有決定權，要是不小心讓一些奇人異士過關見到老闆，又有可能會被老闆痛罵一頓，實在是個吃力不討好的任務。

「是帥哥嗎？」

「是美女嗎？」

克拉拉和阿德同時發問。

詩涵看了看履歷表上的照片。「不是。」

「我在忙。」克拉拉一甩長髮轉身面對電腦螢幕。

「我也是。」阿德對詩涵眨了眨眼睛：「有正妹再叫我，如果妳願意陪我吃晚餐的話，我可以勉為其難……」

「你休想。」詩涵毫不留情地用履歷表捲成筒狀敲向阿德的頭：「阿哲，剩下你還沒拒絕，就決定是你了！」

是怎樣？這是在玩摸鼻子遊戲嗎？誰最慢反應過來誰就輸了？

「阿哲，拜託你啦！進去跟他隨便聊一聊，就可以叫老闆跟他談了！一下下就好了嘛！」詩涵一邊哀求，一邊火速將履歷塞進我手中：「在603會議室！GO！」

我無奈地拿著被詩涵蹂躪的有些皺皺的履歷，走向會議室。公司會議室的窗戶下半部都是霧化玻璃，防止有人窺視，從外面看去我只能看見一顆短短刺刺的頭，應該是剛退伍沒多久，頭髮還來不及長長。

我一打開門，熱氣迎面而來，詩涵在我身後低聲說：「冷氣好像壞了，你速戰速決嘿！」一掌把我推入有如火窟一般的會議室。

「您好。」

我一進門，面試者飛快地站起，向我行四十五度的敬禮，我微微一愣，不是因為面試者過度恭敬的表現，而是……

這位先生不就是明明知道楠已經死會還死纏爛打的情敵學弟嗎？

「不用那麼客氣，先坐下來聊。」為了避免我眼花看錯，我把履歷表放在桌上，趁拉開椅子坐下的空檔瞄了眼履歷。

同學校、同科系，再加上那對有如蠟筆小新般的粗眉，又高又壯的身材，眼前這位西裝筆挺的青年是當年那個學弟沒錯。

可能是一直被我盯著看，學弟顯得坐立難安。我倒覺得學弟不用這麼介意，都已經是那麼久以前的事了，我不會因為他曾經對我的女朋友死纏爛打，而在面試時公報私仇。

「您好，請問要怎麼稱呼您？」

學弟問話的態度十分恭敬，以面對面試官的表現可以說是一百分，以面對前情敵的表現來說則顯得……很奇怪，他似乎完全認不出我？

「我姓杜。」我遞出一張名片：「我是杜湋哲，財會管理師。」

「杜先生您好。」學弟接過名片，把名片收進襯衫口袋。

奇怪了，這傢伙就算不認得我的臉，應該也記得我的名字，怎麼會一點反應也沒有？

還是學弟覺得面試要嚴肅一點，不可以隨便亂認以前的情敵？看來還是得由我先開口。

「學弟，你不認得我了嗎？」我試著露出親切的笑容，而不是「科科你和舊情敵狹路相逢」的嘴臉。

學弟茫然地眨了眨眼睛，想知道這是某種別出心裁的面試題目還是奇怪的玩笑。

「我是阿哲呀！我們一起修過好幾門通識，你忘了嗎？」我補充一些細節，學弟卻顯得越來越困惑，我開始懷疑我們學校是不是有個同名同姓又長得一模一樣的學弟了。

經過一陣尷尬的沉默後，學弟終於露出恍然大悟的表情。

「阿哲學長，你變得好……幹練，都認不出來了呢！」

「哪有，我沒什麼變呀！」我的髮型、穿著和眼鏡款式都和大學時沒什麼兩樣。

「改變的是氣質，你現在有成功人士的氣質了。」

學弟的表情很誠懇，我卻聞到了濃濃的馬屁味。

為了交差，在簡短的寒暄後，我問了幾個面試常會問的問題，我偷看一下時鐘，面試開始到現在已經過了十五分鐘，會議室又熱得要命，我還是趕快請老闆來和學弟面試，免得學弟熱昏在裡面。

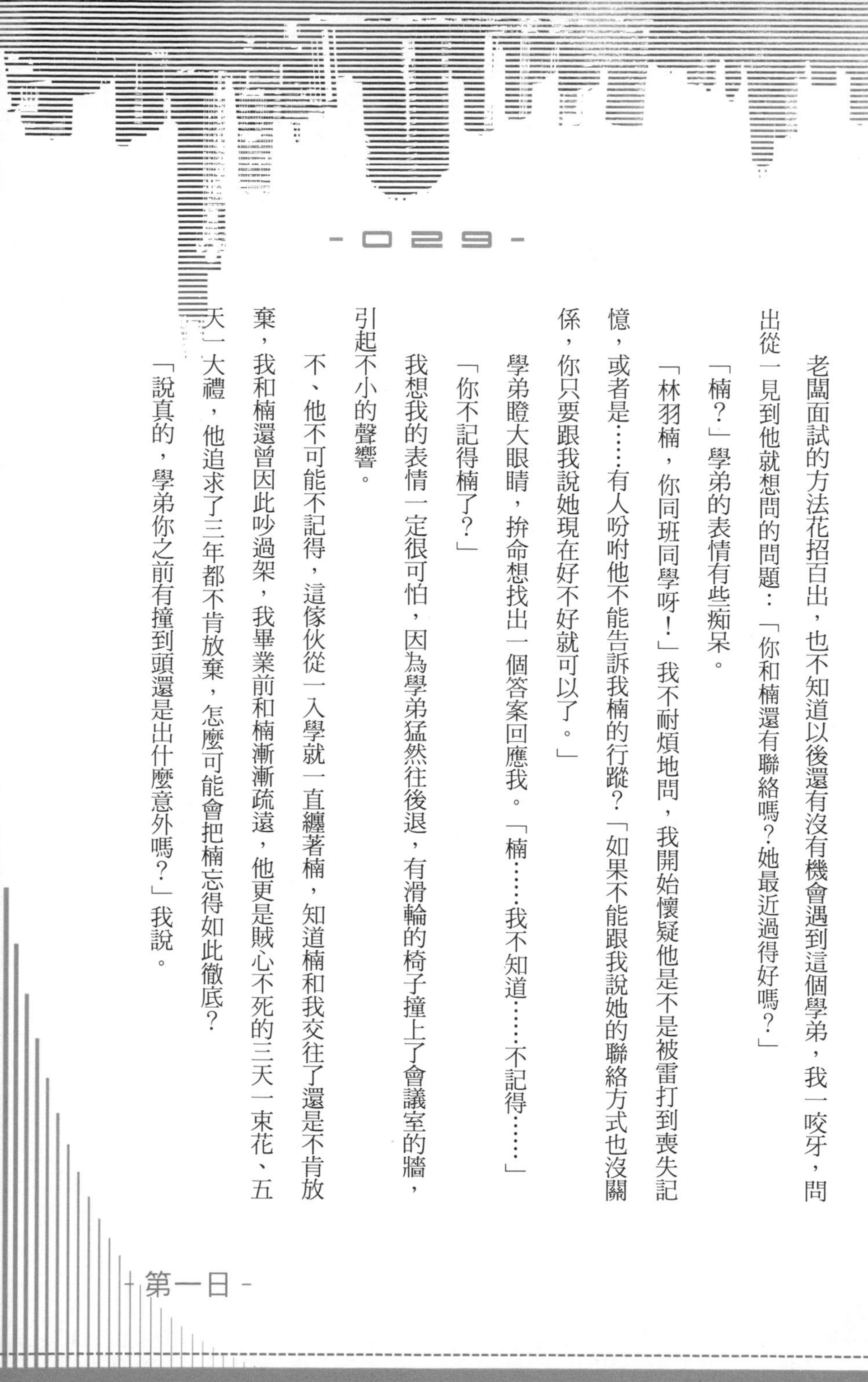

老闆面試的方法花招百出，也不知道以後還有沒有機會遇到這個學弟，我一咬牙，問出從一見到他就想問的問題：「你和楠還有聯絡嗎？她最近過得好嗎？」

「楠？」學弟的表情有些痴呆。

「林羽楠，你同班同學呀！」我不耐煩地問，我開始懷疑他是不是被雷打到喪失記憶，或者是……有人吩咐他不能告訴我楠的行蹤？「如果不能跟我說她的聯絡方式也沒關係，你只要跟我說她現在好不好就可以了。」

學弟瞪大眼睛，拚命想找出一個答案回應我。「楠……我不知道……不記得……」

「你不記得楠了？」

我想我的表情一定很可怕，因為學弟猛然往後退，有滑輪的椅子撞上了會議室的牆，引起不小的聲響。

不、他不可能不記得，這傢伙從一入學就一直纏著楠，知道楠和我交往了還是不肯放棄，我和楠還曾因此吵過架，我畢業前和楠漸漸疏遠，他更是賊心不死的三天一束花、五天一大禮，他追求了三年都不肯放棄，怎麼可能會把楠忘得如此徹底？

「說真的，學弟你之前有撞到頭還是出什麼意外嗎？」我說。

「沒有，我沒有失憶，只是……關於她的事我都記不太起來，不管怎麼想腦中都一片空白……」學弟搔了搔頭：「我不是故意不告訴你，過了這麼久，有些事我早就放棄了。」

從剛剛開始，學弟的表情就給我某種熟悉感，一直覺得好像在哪裡看過，不、我不是看過，而是……我也曾露出那種表情。

呆滯、茫然……那是遺忘了某種事物的表情。

那是被妖精偷走記憶的表情。

「那就算了，我請人資叫我們老闆來幫你面試。」我焦躁地整理手中的履歷：「對了，差點忘了問……請問你對這份工作有什麼問題想問嗎？對公司、對工作內容有什麼問題都可以問，不要客氣。」

學弟沒有發問，對我露出僵硬的微笑。

「不管是待遇如何、主管機不機車都可以問，千萬不要客氣！再怎麼說你也是我的學弟嘛！何必這麼生疏？」我伸手拍了拍他的肩膀。

學弟猛然甩開我的手。

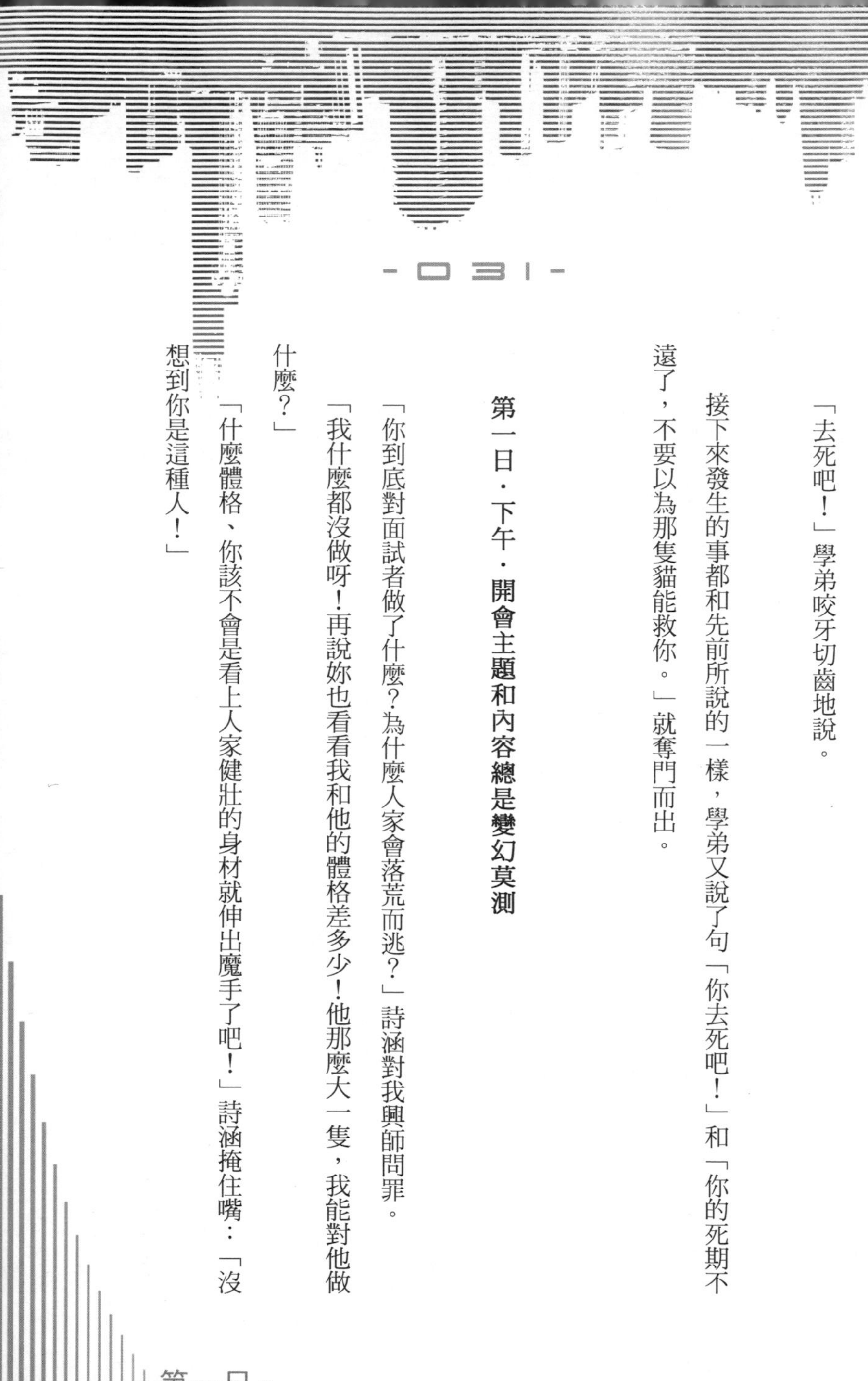

「去死吧！」學弟咬牙切齒地說。

接下來發生的事都和先前所說的一樣，學弟又說了句「你去死吧！」和「你的死期不遠了，不要以為那隻貓能救你。」就奪門而出。

第一日・下午・開會主題和內容總是變幻莫測

「你到底對面試者做了什麼？為什麼人家會落荒而逃？」詩涵對我興師問罪。

「我什麼都沒做呀！再說妳也看看我和他的體格差多少！他那麼大一隻，我能對他做什麼？」

「什麼體格、你該不會是看上人家健壯的身材就伸出魔手了吧！」詩涵掩住嘴：「沒想到你是這種人！」

「莫非阿哲你早就對我……」不知從哪冒出來的阿德雙手掩胸：「對不起，你是個好人，但我喜歡波霸！」

「性騷擾！你們兩個都是性騷擾！」詩涵說。

「我才沒有！」我百口莫辯，比竇娥還冤：「面試報告等一下給妳，我先閃了！」

我快步離開人資部，還沒走到財會部，我就聽到一個渾厚的笑聲。

「喔哈哈哈！我來告訴你們一個小故事吧！喔、阿哲和阿德跑哪去了，沒聽到這個小故事很可惜地說！」

怡君遠遠地對我使了個眼色，我見狀趕忙輕手輕腳地往後退，想辦法不讓老闆發現我的存在。

我們的老闆大人有個怪癖，喜歡向員工說小故事，聽眾越多，他說得越盡興，如果聽眾只有小貓兩三隻，他很快就會失去興致，所以怡君才會叫我趕緊離開，免得老闆談興大發，拉著我們說個沒完。

「阿哲，你跑這麼快幹什麼？我只是跟你開玩笑的啦！」

阿德的大嗓門從不遠處傳來，我、怡君和克拉拉全不約而同地露出恨鐵不成鋼的表情

——這個不會看氣氛的笨蛋！

「喔、你們也在呀！正好大家都在，我們來開會吧！」老闆愉快地擊掌定案。

什麼鬼！大家都在是開會的藉口嗎？開會應該要有會議主題吧？

我和阿德低聲交換了幾句抱怨，慢吞吞地跟隨老闆走進會議室。

「喔！我來告訴你們一個有趣的小故事！」

我正襟危坐，視線低垂，精神放空，屏除雜念，讓自己進入物我兩忘的境界，來迎接每週週會……不、是老闆的小故事時間。

「我小時候還沒有游泳池，夏天的時候很熱，又沒有冷氣，小孩子都很喜歡去溪邊玩水，我老家那邊的溪其實不深，但每年夏天都會死人……」

為什麼這傢伙突然開始講這麼陰沉的故事？

「你們知道嗎？不會游泳的小孩很少被淹死，反而是很會游泳的小孩才會溺水。我有親眼看過一次，我們村裡最會游泳的小孩一邊喊救命一邊掙扎，不管他怎麼掙扎，還是一直往下沉，我以為他是被水藻還什麼東西勾住了，後來大人把他撈起來的時候，發現他身上乾乾淨淨的，什麼也沒有，既沒有水藻、也沒被水蛇咬過的痕跡，到底是什麼東西抓住他呢？我這麼問我家隔壁的叔公，叔公嘆了口氣，說……」

老闆咳了咳，製造了詭異的停頓。

「『是水鬼！』」老闆用拳頭搥了搥桌子，製造出驚悚的效果：「『水鬼在抓交替了！』老一輩的都會說，淹死在溪裡的小孩會變成水鬼，水鬼不能投胎，只能一直待在同一條溪，想要投胎，就要想辦法害死別人，讓別人替他變成水鬼，這樣才能投胎……」

靠！這個故事不只很詭異、它根本是鬼故事呀！

「我說完了，怡君妳覺得這個故事怎麼樣？」

……沒聽說過聽鬼故事還要講心得的啦！

「滿恐怖的。」怡君的聲音有些抖：「老闆為什麼突然想和我們分享這個故事？」

「你們知道 Edward 嗎？」

當然知道，Edward 是公司當紅的設計工程師，聽說他終於受不了老闆想離職，老闆不給他離，這兩個人吵架吵到全公司都聽得見，會不知道他是誰才怪。

「前幾天他來找我的時候，我也跟他說了這個故事。我也不是不讓他離職呀！我很開明的，要走也要等找到新人再走嘛！」

……你的意思是說我們都是淹死在公司這條河的水鬼，想離職（投胎）就得找個新人當作抓交替，不然就無法離職（投胎）。

「小故事時間結束了。怡君，報告本週工作進度。」

幸好老闆沒拉著我們說小故事的心得，不然我可能也要加入抓交替的行列了。

聽怡君報告完，老闆臉色凝重：「我剛看了我們上個月的報表，報表的數字我不太喜歡，能不能想想辦法？」

老闆！報表的數字它反應的是實際的獲利狀況，不是讓你喜歡用的呀！想辦法美化報表可能會讓我們這些會計人員被抓去關呀！

「那是因為上個月提列了一些存貨報廢和資產減損，所以……」怡君巧妙地用專業術語轉移老闆的注意力。

接下來的會議內容勉強還算正常，等老闆詢問完每個人的每週工作心得後，差不多就該是散會的時候了。

「喔、已經是這個時間了呀！」老闆用毛茸茸的手抓了抓下巴：「我再說個小故事來當作今天會議的總結，大家覺得如何？」

可以不要嗎？

「這個小故事還滿有趣的，話說我小時候還沒有游泳池……」

這個開頭怎麼好像有點熟悉？老闆該不會要重說一次小故事吧？

「到底是什麼東西抓住他呢？我這麼問我家隔壁的叔公，叔公嘆了口氣，說……『是水鬼！水鬼在抓交替了！』」老闆說第二次時比第一次激動，桌上的杯子都震了一震。

為什麼一模一樣的故事要講兩次？

「小故事時間結束了。怡君，報告一下工作進度？」

啊？大家面面相覷，剛剛不是已經討論了快一小時了嗎？為什麼要再說一次？

「報告老闆，剛剛我們已經報告過了，需要再報告一次嗎？」怡君誠惶誠恐地問。

「啊？」老闆愣了一下：「我叫妳報告就報告，哪來這麼多話。」

正所謂：君要臣死，臣不得不死；老闆要員工報告，員工不得不報告。昨晚沒睡好加上同樣的話已經聽了兩遍，我又睏又無聊，研究完老闆手上的手毛究竟有幾根後，我百無聊賴地看向窗外，窗外陽光普照風光明媚，為什麼我要關在這間小小的房間連打瞌睡都不

能呢？連黑貓都在窗外悠哉地閒逛呀……

啥？黑貓？

我眨了眨眼睛，玻璃窗外確實有一張黑貓的臉，碧綠的眼眸正往會議室裡瞧，兩隻毛茸茸的貓腳搭在窗台邊緣，像是黑貓從外面經過時，發現一扇窗戶，便將雙腳搭在窗戶往裡面看……可是這裡是六樓！辦公室外牆也沒有窗台之類的地方可以攀爬，牠到底是怎麼「經過」這裡的？

當我正在思考要怎麼不著痕跡地走到窗邊時，黑貓忽然從窗外消失了。

到底是怎麼回事？

時針晃晃悠悠地轉了一圈，黑貓沒有再出現，老闆則表現得活像是完全忘了前一個小時發生了什麼事，問了和一小時前一模一樣的問題，在老闆再一次關心我們的工作心得之後，我終於在心中嘆了口氣：天啊！終於可以散會了！

「沒說個小故事當總結總覺得怪怪的，再來說個小故事吧！」

天啊！你是夠了沒？不會再來一次吧？

所幸這次老闆說完抓交替的小故事就結束了，回到座位的瞬間，我們四人都開心的像是中了樂透頭獎一樣。

「終於結束了！為什麼一樣的事情要報告兩次呀！還是這是某種抗壓性測試？這該不會也算在考績的一部分吧？」怡君的聲音顯得有些崩潰。

「這只能測驗員工能忍多久不會翻桌吧？」我說：「正事說兩次也就算了，為什麼連抓交替的小故事也要說三次呀？」

「什麼抓交替？」怡君一臉茫然：「剛有說到這個嗎？」

「拜託！老闆講了三次妳怎麼會忘記！Edward不是在鬧離職嗎？老闆就說了水鬼抓交替的小故事暗示他要等新人來再走呀！」阿德說。

「有嗎？」怡君抓了抓頭髮：「我們部門又沒人要離職，講這個幹嘛？」

「親愛的，該吃銀杏囉！」克拉拉優雅地拍了拍怡君的肩膀：「妳還這麼年輕，要是和老闆一樣痴呆該怎麼辦……妳剛說的單位成本分析什麼時候要交？」

「竟然連妳也痴呆了，不就是……」阿德也露出了茫然的表情：「是什麼時候呀？等等！我也想不起來我負責的那個東西什麼時候要交呀！」

咦咦咦？大家為什麼集體失憶了？

這到底是怎麼回事？老闆一個人失憶也就算了，畢竟他年紀大了，平常也不按常理出牌，就算開會時再怎麼想睡覺，也不可能在老闆面前真的睡著，怎麼想都不可能把聽了三次的小故事和聽了兩次的會議內容忘個精光呀！

算了！還是先來幹活吧！

我拉過椅子坐了下來，拿起桌上厚厚的一疊請款單開始入帳，才剛入完一筆，突然有什麼碰了碰我的腳，然後沿著我的腳踝往上摸，所到之處又綿又軟、令人一陣酥麻……

「啊啊、啊嗯～」好癢啊！

「你這是在幹嘛？」剛好路過的詩涵露出一臉嫌惡的表情：「人資部門有必要關心同仁在公司的行為是否符合社會觀感，小心我舉發你！」

「我兩隻手都放在桌上是可以幹嘛、啊～」可惡！到底是什麼東西在摸我的腳？

「你也有可能不是用自己的手呀～」詩涵曖昧地笑了兩聲：「你方便站起來一下嗎？我想檢查一下你的座位下面有沒有人。」

「不是用手不然是用腳……」我忽然意會過來她在說什麼：「妳到底想到哪裡去了？我怎麼覺得我被調戲了，我要向貴部門提出性騷擾申訴！」

「喔呵呵呵，我什麼都沒聽見啦啦啦～」詩涵大笑著離去。

此時四下無人，我低頭往我的座位尋找搔我癢的元兇。

「喵嗚。」雪白的波斯貓委屈地喵了一聲，舉起白色的貓腳摸了摸我的腳，金色的眼眸中盛滿了水光。

「你又跑來公司幹嘛呀？」我問。

「喵喵喵！」白色的波斯貓不滿地喵喵叫。

「貓哥哥要你先給牠記憶，讓牠變成人型。」阿亂幫忙將貓叫翻譯成人話。

傳票室中，一人、一貓和一妖精進行對峙之勢。

人當然是我，貓是現在化為貓型的定春，妖精則是只有手掌大小的小妖精阿亂。

「我從以前就很想問了，為什麼『貓』是貓型時可以開口說話，定春你是『貓型』時為什麼只能喵喵叫？」我問。

「喵！」定春的叫聲聽起來相當不高興：「咪喵凹嗚嗚！」

「貓哥哥說牠怕不小心在小文面前說話，所以不在貓型時說話。還有，貓哥哥叫你快一點。」阿亂說：「牠趕時間。」

我當然知道定春想要什麼，但我不想給牠。

「你不是請阿亂幫你調查公司周圍有沒有貓咪出沒嗎？你的主人最近沒有出軌的風險請放心……」話說到一半，定春從桌上跳到我的背上，又從背上攀爬到我的頭上：「等等！你爬到我的頭上做什麼？嗚、嗚、喔喔喔！」

記憶中最後一個畫面，是白波斯貓上下顛倒的臉孔，以及阿亂小聲的驚呼。

「貓哥哥你做什麼？這就是傳說中的親親嗎？」

「不是！親親是互相喜歡的人做的事……嗚……而且要嘴巴碰嘴巴、嗚嗚……這只是……鼻子……碰……鼻……」

我的頭腦一片空白。

「呼、還是這樣舒服。」

我不情願地睜開眼睛——不管看了多少次，眼前之人的美麗還是讓我倒抽了一口氣，

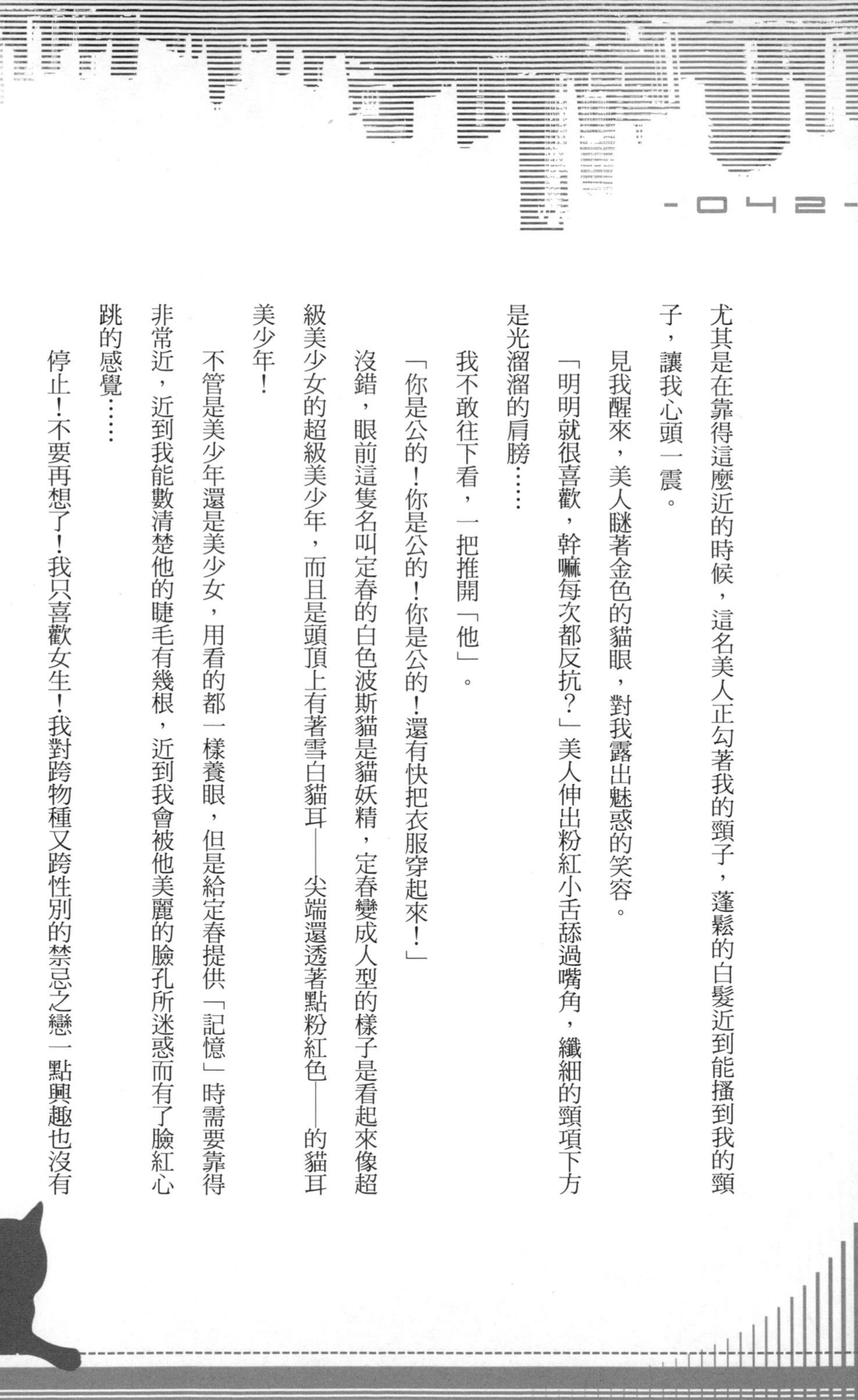

尤其是在靠得這麼近的時候，這名美人正勾著我的頸子，蓬鬆的白髮近到能搔到我的頸子，讓我心頭一震。

見我醒來，美人瞇著金色的貓眼，對我露出魅惑的笑容。

「明明就很喜歡，幹嘛每次都反抗？」美人伸出粉紅小舌舔過嘴角，纖細的頸項下方是光溜溜的肩膀……

我不敢往下看，一把推開「他」。

「你是公的！你是公的！你是公的！還有快把衣服穿起來！」

沒錯，眼前這隻名叫定春的白色波斯貓是貓妖精，定春變成人型的樣子是看起來像超級美少女的超級美少年，而且是頭頂上有著雪白貓耳——尖端還透著點粉紅色——的貓耳美少年！

不管是美少年還是美少女，用看的都一樣養眼，但是給定春提供「記憶」時需要靠得非常近，近到我能數清楚他的睫毛有幾根，近到我會被他美麗的臉孔所迷惑而有了臉紅心跳的感覺……

停止！不要再想了！我只喜歡女生！我對跨物種又跨性別的禁忌之戀一點興趣也沒有

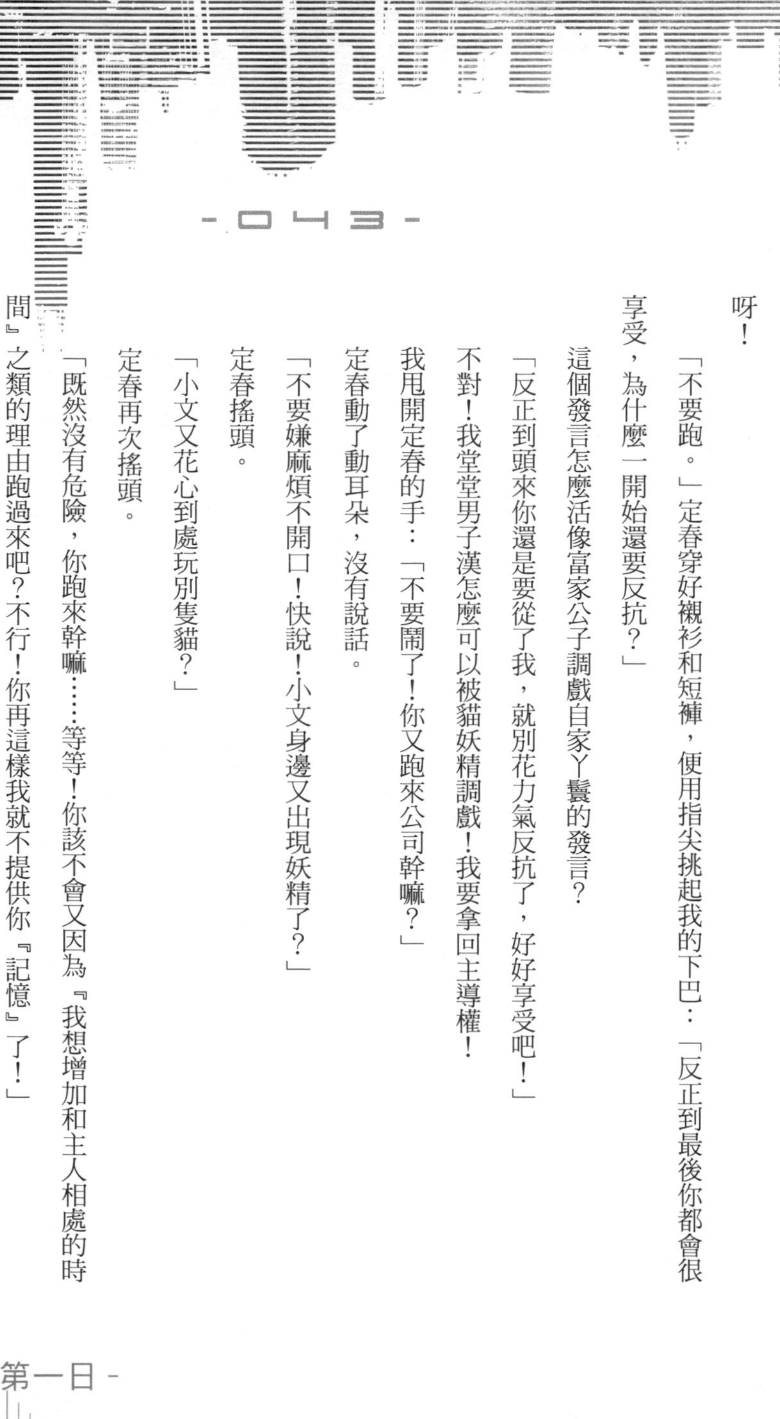

呀！

「不要跑。」定春穿好襯衫和短褲，便用指尖挑起我的下巴：「反正到最後你都會很享受，為什麼一開始還要反抗？」

這個發言怎麼活像富家公子調戲自家丫鬟的發言？

「反正到頭來你還是要從了我，就別花力氣反抗了，好好享受吧！」

不對！我堂堂男子漢怎麼可以被貓妖精調戲！我要拿回主導權！

我甩開定春的手：「不要鬧了！你又跑來公司幹嘛？」

定春動了動耳朵，沒有說話。

「不要嫌麻煩不開口！快說！小文身邊又出現妖精了？」

定春搖頭。

「小文又花心到處玩別隻貓？」

定春再次搖頭。

「既然沒有危險，你跑來幹嘛……等等！你該不會又因為『我想增加和主人相處的時間』之類的理由跑過來吧？不行！你再這樣我就不提供你『記憶』了！」

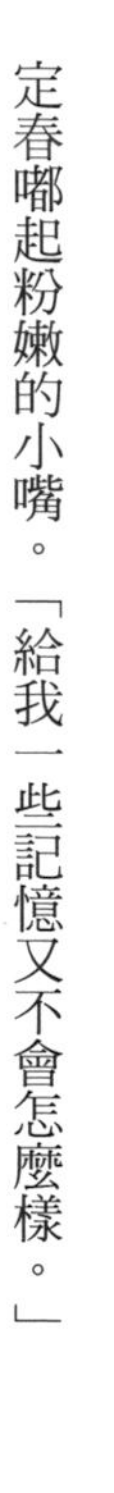

定春嘟起粉嫩的小嘴。「給我一些記憶又不會怎麼樣。」

人的記憶是妖精的力量來源，妖精平時藉由吸取人類遺忘的記憶來獲得力量，急需力量的時候，有時會主動吃掉人類的記憶。相信大家都會有說話說到一半，突然忘了下句話想說什麼的經驗，這就是記憶被妖精偷走了。

妖精能藉由人類的記憶使出各式各樣的特殊能力，身為貓妖精的定春也需要足夠的記憶來維持人型。

根據貓和定春的說法，我的記憶是妖精的上好糧食，而且不只記憶好吃，想像力也很豐富，豐富到和一般人的記憶差不多詳細，所以定春時不時會找我來吸取「記憶」補充能量。簡單的說，我和遊戲裡負責補法師魔力的藍藥水沒什麼兩樣，而且我這罐藍藥水還會自動補滿，不用去商店花錢買，真是好用得不得了。

「是不會怎麼樣，我不滿的是你這種理所當然的態度！」

自從小文帶了新的貓——虎胤——回家後，定春在家裡再也無法和親愛的主人單獨相處，為了增加和主人相處的時光，定春時常跑來公司跟蹤小文。定春的貓型是波斯貓，手短腳短不方便跟蹤，變成人型又要耗費不少「記憶」，所以常跑來找我索取記憶，雖然定春取走的記憶多半是一些無關緊要的記憶，但被取走記憶時的虛脫感還是相當不舒服。

「你生氣了嗎？」定春小心翼翼地拉住我的衣角：「那……下次我穿蘿莉服給你看？需要戴兔耳嗎？」

「不准偷看我的夢！」我惱羞成怒：「說！你到底跑來幹嘛？」

定春扭過頭不欲回答，阿亂看了看我，又看了看定春，才猶豫地開口：「貓哥哥說主人明明約好晚上要一起看電視，結果卻很晚才回家，也沒跟他說為什麼晚回家，已經好幾天都這樣了，他很不高興，所以來看看。」

「……你的主人要上班養你也是很辛苦的。」

「她才不是加班！我有次等到很晚，跑來公司發現她竟然是在和同事聊天！根本不是在忙！」定春的語氣十分激動。

「和同事交際是工作很重要的一環。」我試著幫小文辯解。

「她以前至少會跟我解釋！這幾次卻什麼都不說！」

「她會不會只是忘記了？」

「忘記？都幾次了怎麼可能每次都忘記！」定春的嘴嘟得老高。

老闆都可以忘了他曾說過哪個小故事，在兩個小時內說了三次一樣的故事，為什麼小文不能忘記和貓咪隨口的約定？

「那不一樣！貓和主人之間的約定是很神聖的！」定春讀取到我的記憶，不高興地回道。

我不打算和這隻醋意大發的波斯貓糾纏下去，轉頭詢問阿亂：「對了，我剛剛請妳調查的那個男生是妖精嗎？」

阿亂搖頭。「他不是妖精，但他身上有妖精的味道，可能有妖精對他的記憶動了手腳。」

「不是偷拿走他的記憶而是動了手腳？」

「有妖精給了他很強烈的記憶，讓他說出原本不打算說的話，事後又把這段記憶拿走……我猜是這樣。」

前面說得頭頭是道，結果根本是猜的嗎？

「你們剛才不都在附近嗎？那隻妖精就在你們眼皮子底下動手腳？你們感覺不到？」

阿亂和定春互看了一眼。

「如果對方是比我們更強大的妖精，在『它』想隱藏氣息的情況下，我們有可能感覺不到。」阿亂說。

「……你們在妖精裡面算強嗎？」

「還滿弱的。」阿亂羞澀地低下頭。

「應該不怎麼強。」定春打了個哈欠。

「所以對方很容易比你們強大就對了。」我該開心對方可能不是太強，還是該難過我的同伴太弱？這次的「不久之後就會死」該不會真的要成真了吧？

「你又被預告要死了？這次是『不久之後』？」

定春瞇起一對金色的貓眸，不知是在讀取我的記憶，還是在看著某個我看不到的未來，抑或是根本只是想睡了……

我無法判斷究竟是上面的哪一種，只好硬著頭皮問：「你能看到我的未來會發生什麼事嗎？」我不會這麼衰又快死了吧？

定春走到我的身側，踮起腳尖在我的耳邊聞了聞……預視功能不是用看的嗎？為什麼改成用聞的？嗚、可惡！你的頭髮一直擦到我的脖子好癢、還是那是睫毛？為什麼我覺得

我今天一直被性騷擾呀！

「你一時三刻間死不了……」定春拉住我的耳朵，在我耳邊輕聲說道：「不過，既然你不想再提供我記憶，之後你就自・己・好・好・加・油・吧。」

說完，定春就輕巧地跳到桌上，推開天花板的隔板，消失不見。

嘖！還是無法得知所謂的死期不遠究竟是遠到什麼地步，再加上目前沒有任何事件發生的徵兆，我也只好乖乖地回自己的座位繼續工作，畢竟死期是不等人的，工作的期限（Deadline）更是不等人。

騎車回家的路上，看到了六隻貓，不曉得是不是錯覺，這些貓好像都在盯著我看，回想起來，總覺得最近遇到的貓，數量比往常還要來得多。

沒有想到，這就是一切混亂的開始。

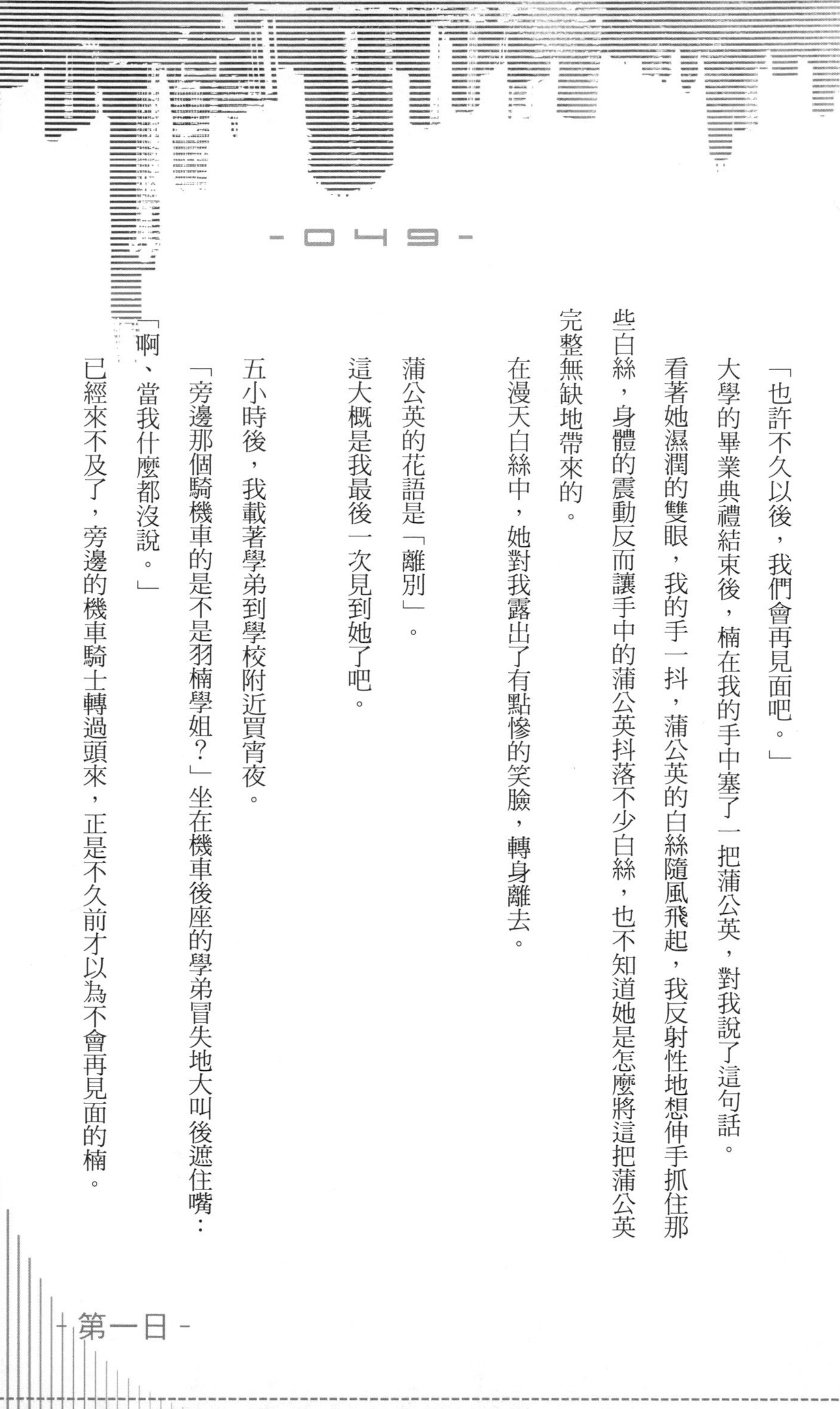

「也許不久以後，我們會再見面吧。」

大學的畢業典禮結束後，楠在我的手中塞了一把蒲公英，對我說了這句話。

看著她濕潤的雙眼，我的手一抖，蒲公英的白絲隨風飛起，我反射性地想伸手抓住那些白絲，身體的震動反而讓手中的蒲公英抖落不少白絲，也不知道她是怎麼將這把蒲公英完整無缺地帶來的。

在漫天白絲中，她對我露出了有點慘的笑臉，轉身離去。

蒲公英的花語是「離別」。

這大概是我最後一次見到她了吧。

五小時後，我載著學弟到學校附近買宵夜。

「旁邊那個騎機車的是不是羽楠學姐？」坐在機車後座的學弟冒失地大叫後遮住嘴：「啊、當我什麼都沒說。」

已經來不及了，旁邊的機車騎士轉過頭來，正是不久前才以為不會再見面的楠。

「和你家學弟出來吃宵夜呀?真巧。」隔著口罩，楠的聲音有點模糊，聽不出情緒。

「呵呵，真巧。」我乾笑兩聲：「沒想到這個不久之後還滿快的嘛!」

「是呀!你……」楠的話沒說完，前方的號誌轉變為綠燈，楠猶豫了一下，後面就傳來陣陣喇叭聲，最終她搖了搖頭，發動機車離去。

這就是我和她「不久以後」的再見面。

下一次的「不久以後」，至今仍舊沒有實現。

第一日・在某個陰暗處響起的耳語

「喵，差不多是時候了喵。」

「『門』漸漸關不住了，沒有守門人果然還是不行喵。」

「呼嚕呼嚕呼嚕。」

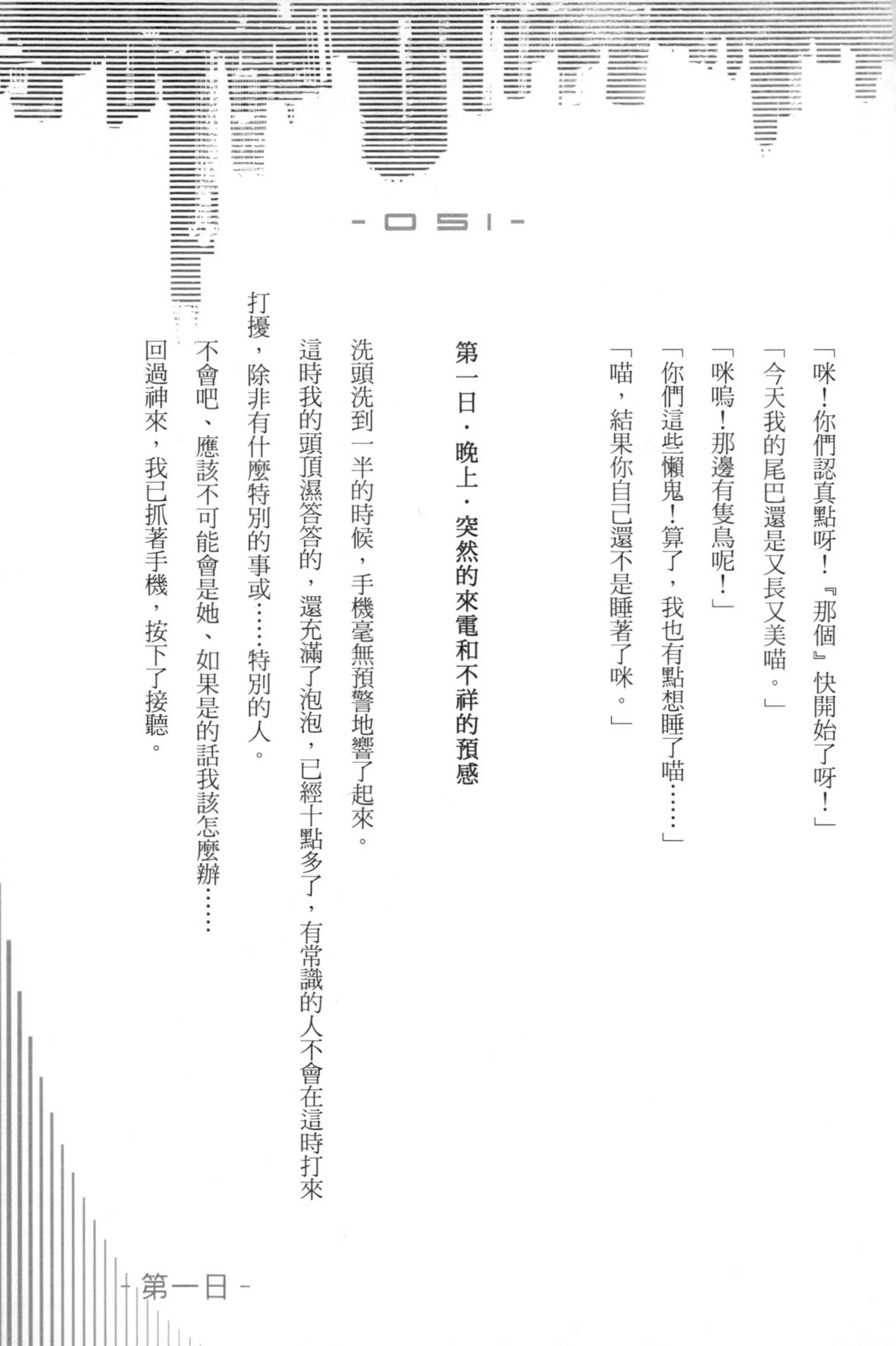

「咪！你們認真點呀！『那個』快開始了呀！」

「今天我的尾巴還是又長又美喵。」

「咪嗚！那邊有隻鳥呢！」

「你們這些懶鬼！算了，我也有點想睡了喵……」

「喵，結果你自己還不是睡著了咪。」

第一日・晚上・突然的來電和不祥的預感

洗頭洗到一半的時候，手機毫無預警地響了起來。

這時我的頭頂濕答答的，還充滿了泡泡，已經十點多了，有常識的人不會在這時打來打擾，除非有什麼特別的事或……特別的人。

不會吧、應該不可能會是她、如果是的話我該怎麼辦……

回過神來，我已抓著手機，按下了接聽。

「喂，你過來一下！」小文兇巴巴地說。

「……怎麼是妳。」我無力地說。

聽到小文的聲音，我有些失望。剛才跑得太急了，連是誰打來的都來不及看就按了接聽，但仔細想想，會在這種時候打來的人也只有我這位任性妄為的鄰居了。

「不然是誰？你在等誰的電話？唉呀～你該不會交了女朋友了吧？打擾了打擾了。」

八卦果然是女人的天性，就連小文這個重度貓奴也不例外。

「找我有什麼事？」啊、好痛！泡泡流進眼睛裡了。

「你快點過來！」小文命令道。

那傢伙八成又惹到什麼麻煩了。

我已經深深了解到小文招惹麻煩的能力，而且我總是會一個不忍心就被拖下水，所以為了不要拖延黃金救援時間，我只好乖乖地用最快的速度前往她家。

呃、現在到底是什麼情況？

小文手上抱著定春，肩上站著虎胤，用極其警戒的姿態瞪著前方，在房間的另一端是

一名和小文差不多高的清秀少……年，令人分辨不出性別的清秀臉孔上同樣飽含敵意，就連懷中的吉娃娃也努力裝出兇猛的樣子。

離剛剛小文帶我上來已過了快五分鐘了，這兩個人仍沉默地瞪著對方。回想起來，我掛了電話、穿好衣服就馬上衝到樓下，小文已經在樓下等著了，一進房間，小文就馬上抱起兩隻愛貓和少年互瞪，定春也很配合的擺出猙獰的表情，還是小貓的虎胤則是很狀況外地扭來扭去。

少年懷中的吉娃娃似乎也想要替主人助威，但牠分得很開的眼睛又圓又大，不管牠怎麼張開嘴做出要咬人的樣子，看起來還是像在笑，一點緊張感也沒有。

看來這兩邊都沒有退讓的意思，只好由我這邊先開口了。

「妳……」

我的那一聲「妳……」就像是落葉飄到兩個決鬥的劍客之間，在那一瞬間，劍客們終於找到了攻擊的契機，瞬間拔刀相向！

「你！快把那隻外星人趕出去！」小文轉頭對我說道，連定春也「喵」了一聲的附和她的話。

「什麼外星人！牠叫飛踢！」少年快速反擊，雖然那個反擊有點不痛不癢。

「什麼飛踢呀！給你飛踢喔！」

啊、我的吐嘈被小文搶走了。

「飛踢本來就是我的！不用妳給！」

因為少年的表情非常認真，所以我分辨不出他是認真的還是在說冷笑話，不過不管是哪一個，他的幽默感都有待鍛鍊。

「等等，你們先冷靜一下，小文妳可以先幫我介紹一下他是誰嗎？」

「你才該先介紹一下勒！你這個濕答答男！」少年搶先開砲。

「我給飛踢飛踢到底有什麼不對？我才不需要冷靜一下。」小文補了我一槍。

啪、無辜的落葉被兩名劍客斬碎了。

「那我先回家了。」我這個濕答答男的頭髮還在滴水呢！

「嗚、你不要生氣嘛！」小文指向身旁的少年：「那傢伙是我阿姨家的死小孩。」

這樣子介紹真的沒問題嗎？等等，被叫死小孩的那方竟沒有反駁，該不會默認了吧？

「請問怎麼稱呼？」我說。

「他叫雨綸。那隻討厭的狗叫飛踢。」小文不甘不願地介紹。

連名字都無法判斷性別……還有，這隻狗的名字也太奇特了吧！

雨綸察覺到我的視線，反射性地將懷中的吉娃娃緊緊抱在胸前，以至於我無法用第二性徵判斷「他」究竟是男是女。咳，我絕對不是想看「他」胸部。雨綸穿著寬大的黃色T恤和寬鬆的牛仔褲，肩膀很窄，環抱住吉娃娃的手可以清楚地看見腕骨的形狀，短短的頭髮有染過的痕跡……可惡，這傢伙從長相到打扮都十分中性，到底是男的還是女的呀？

「你幹嘛盯著我呀！你這個濕答答男！」少年被看得很不自在，那張中性的臉孔皺起眉頭的時候，看起來竟和小文有些意外相似。

「小文，我知道這麼問有點失禮，不過我還是想先搞清楚……」我不想再犯當初看到定春人型時的錯誤了：「他是妳的表弟還是表妹？」

一隻拖鞋迎面飛來。

「是表妹啦你這個混帳濕答答男！」雨綸不高興地說：「我長得這麼可愛！哪裡看不出來是女生？」

「哪裡都看不出來呀~」小文愉快地說。

「有C罩杯了不起嗎?我還在成長呀!」雨綸回道。

「妳怎麼可以隨便把我的罩杯說出來!有男的在呀!」小文趕緊遮住雨綸的嘴,大概是怕雨綸把三圍和體重之類的說出來……

「你滿了!我就漫出來了!」

突如其來的怪異聲響平息了一觸即發的戰況,我和小文互看一眼,不知道那聲音是怎麼回事,雨綸則一臉冷靜的從書包裡拿出手機……怎麼會有人想用這麼奇怪的台詞當作手機鈴聲呀!要是上課突然響起來不是很尷尬嗎?

「嗯、嗯……對,我在表姐這裡,可能會住一、兩個禮拜,好啦,我不會太麻煩她啦!厚、不要擔心那麼多啦……好啦,我把電話轉給她。」

雨綸把掛著一堆吊飾的手機塞到小文手上。「我媽找妳。」

「喂,阿姨,我是小文,我會好好照顧雨綸,不會啦!她很乖,一點都不麻煩……」

看來阿姨應該是個狠角色,我第一次看到小文表現得像隻溫馴的小貓。

突然安靜下來,我才發現有點冷,剛剛隨便擦兩下就跑過來,頭髮還不斷地在滴水,我看向四周,試圖想從一片混亂中找出乾毛巾,才發現雨綸在看我。

「給你用。」小丫頭從旅行袋中拿出毛巾，往前走了幾步，猶豫了一下又後退：「不要就算了。」

「謝謝。」我接過毛巾：「對了，我還沒自我介紹，我叫杜湋哲，是小文的朋友，就住在對面，妳叫我阿哲就可以了。」

「喔。」雨綸應了一聲，低頭撫摸飛踢的毛，話題就此中斷。

我決定再接再厲。「妳來找小文玩嗎？」

「不是，我是離家出走。」

都已經將行蹤稟告高堂，高堂也打電話來關心情況，就只差沒親自過來送禮了，這到底算哪門子的離家出走？

「呵呵，和家人吵架了？」

雨綸丟給我一個白眼。「才不是！我是和飛踢遠走高飛！」

小文轉頭說：「我很樂意把妳和飛踢一起飛踢到天邊！」

竟然接得這麼順，看來小文完全沒在聽阿姨講話。

「妳多大？」

「高一。」

年紀好小……話說我從高中畢業幾年啦？

「對了，妳知道小文找我來做什麼嗎？」

雨綸扁了扁嘴，水汪汪的眼睛充滿期待地望向我，原本容易被誤認成少年的臉孔，頓時成了可愛的小女孩：「你幫我求求姐姐！我不想和飛踢分開！」

阿姨抓著小文講電話講了半小時後，終於願意放小文一條生路，轉而繼續荼毒雨綸，我拉了小文到客廳，想私下說服她。

「妳都收留雨綸了，妳就收留一下飛踢吧！」我說。

「不行。」小文斬釘截鐵地回道。

「妳換個角度想一想，妳會想和定春分開嗎？」

「當然不要！」

「妳看，妳也覺得把主人和寵物拆開來太殘忍了……」

「不行！不行！就是不行！」小文鼓起嘴氣呼呼地說：「我這裡已經有兩隻貓了，再塞一個人就很擠了，再塞一隻就塞不下去啦！」

「我覺得一隻吉娃娃占不了多少空間。」飛踢的體型比還是小貓的虎胤大不了多少，再說狗又不像貓會到處亂跳，相對比較不占位置。

「什麼吉娃娃？那是外星人！」不知道為什麼扯上飛踢，小文就會特別激動。

「為什麼是外星人？」

「你看那牠分得很開的眼睛，像黑鈕釦一樣看不出來在想什麼，眼睛的大小和身體不成比例，一看就知道不是地球上的生物！」

妳只是討厭吉娃娃吧？

「總之，我絕對不會接受小時候咬過我的外星人住我房間的！如果是哈士奇還是黃金獵犬我就OK！」

哪裡OK？那兩種大型犬更占空間好嗎？搞了半天妳討厭吉娃娃是因為小時候被咬過，又不是同一隻吉娃娃！

這對姐妹哪裡不像，為什麼偏偏在「值得被吐嘈」這點這麼像呀！

「既然妳不能接受，我也沒辦法……」

「有辦法、一定有辦法，你再幫忙想想。」小文對我眨了眨眼睛：「說不定你有能幫得上忙的地方？」

「雖然我是很想幫妳……」

小文的眼神突然冒出了希望的星星。

「但我的房間不能養寵物喔！」

「為什麼你知道我想請你照顧飛踢？」小文懊惱地抱住頭。

「猜不出來才有鬼。」我彈了一下小文的額頭。「妳沒要我『幫忙』，怎麼可能十萬火急地把我叫來？」

「我事後會報答你的。」小文拉住我的袖子進行垂死的掙扎。「拜託你！不要把我丟在外星人的巢穴呀！」

這個外星人的巢穴是妳房間耶！

「我也沒辦法，租約上寫得很清楚，我不想被房東趕出去呀！」看到小文哭喪著臉的樣子，我的心情突然很愉快：「不要這樣嘛～飛踢也很可愛呀！」

「外星人哪裡可愛了！」

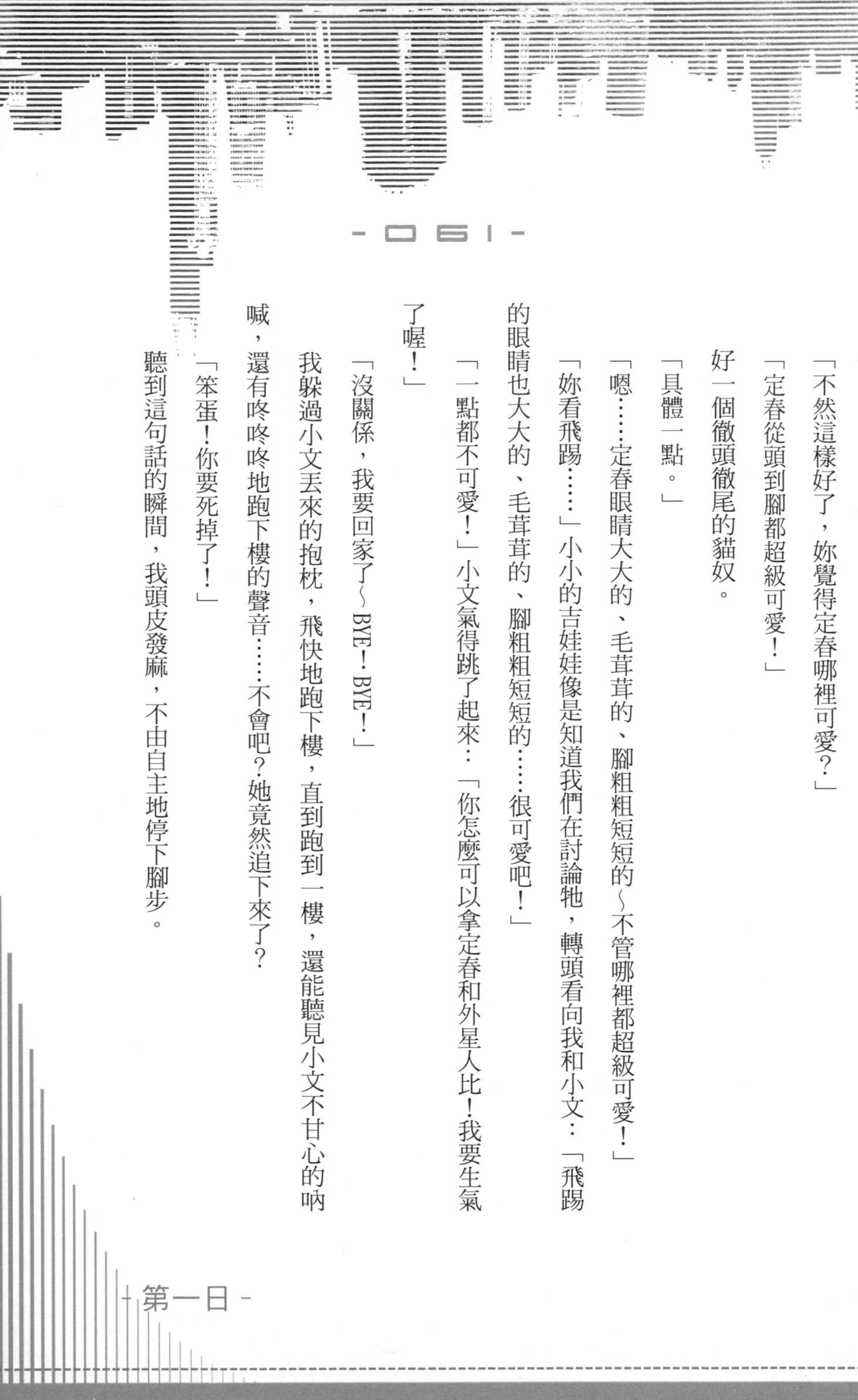

「不然這樣好了，妳覺得定春哪裡可愛？」

「定春從頭到腳都超級可愛！」

好一個徹頭徹尾的貓奴。

「具體一點。」

「嗯……定春眼睛大大的、毛茸茸的、腳粗粗短短的～不管哪裡都超級可愛！」

「妳看飛踢……」小小的吉娃娃像是知道我們在討論牠，轉頭看向我和小文：「飛踢的眼睛也大大的、毛茸茸的、腳粗粗短短的……很可愛吧！」

「一點都不可愛！」小文氣得跳了起來：「你怎麼可以拿定春和外星人比！我要生氣了喔！」

「沒關係，我要回家了～BYE！BYE！」

我躲過小文丟來的抱枕，飛快地跑下樓，直到跑到一樓，還能聽見小文不甘心的吶喊，還有咚咚咚地跑下樓的聲音……不會吧？她竟然追下來了？

「笨蛋！你要死掉了！」

聽到這句話的瞬間，我頭皮發麻，不由自主地停下腳步。

我才剛被預告要死了，不會馬上就要再來一次吧？

「喂！你要死掉了！你還沒發現你要死掉了嗎？」

我不敢回頭，任憑身後的腳步聲越來越近、越來越近……

在一陣金屬交擊聲後，一隻手拍了拍我的肩膀。

「拿去，你的鑰匙。」小文晃了晃手中的鑰匙：「叫你你幹嘛不回頭？」

我愣愣地接過鑰匙，懊惱我怎麼會被這種萬年冷笑話嚇得頭皮發麻。

「你幹嘛不說話？你該不會生氣了吧？」

小文見我不回答，垂下了眼睛，長長的睫毛遮住了她的眼眸，顯得有些怯生生的。大概是怕我沒鑰匙無法進門，她隨便披了件薄外套就跑下來，外套裡面只穿了件舊T恤，上頭還寫著社團的名字，八成是大學時的社服退役後留下來充當睡衣，運動短褲下露出細細的腳，這個樣子看起來一點都不像在上班的Office Lady，倒像是剛從大學宿舍跑出來向學長拿筆記的學妹。

很久以前，同樣也有個女孩匆匆忙忙地追來。

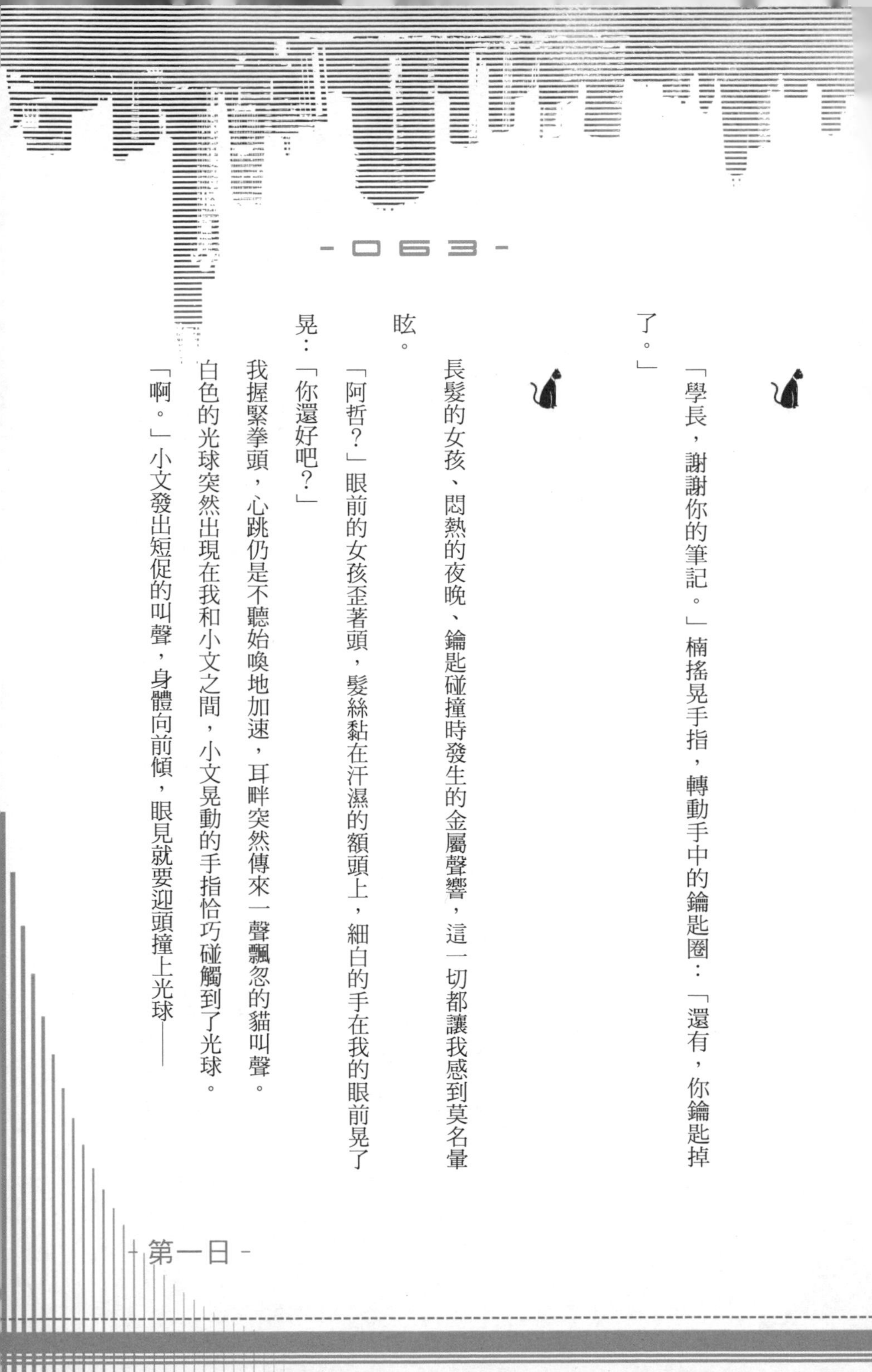

「學長，謝謝你的筆記。」楠搖晃手指，轉動手中的鑰匙圈：「還有，你鑰匙掉了。」

長髮的女孩、悶熱的夜晚、鑰匙碰撞時發生的金屬聲響，這一切都讓我感到莫名暈眩。

「阿哲？」眼前的女孩歪著頭，髮絲黏在汗濕的額頭上，細白的手在我的眼前晃了晃：「你還好吧？」

我握緊拳頭，心跳仍是不聽始喚地加速，耳畔突然傳來一聲飄忽的貓叫聲。

白色的光球突然出現在我和小文之間，小文晃動的手指恰巧碰觸到了光球。

「啊。」小文發出短促的叫聲，身體向前傾，眼見就要迎頭撞上光球——

「快躲開！」我將小文撲倒在地，抱著她在地上滾了一圈，手肘擦過柏油路引起了一陣熱辣的痛楚，我不知道我方才的行動來不來得及、小文有沒有碰觸到那個光球，我只知道，光球說不定還在移動。

我用身體護住小文，扭頭往後看去。

光球消失了。

怎麼突然就不見了？是沉入地底了嗎？我繃緊神經四處尋找，除了從旁邊騎機車經過的歐巴桑看了我們一眼，四周一片寂靜，沒有任何不尋常的氣息。

我的直覺告訴我，光球消失了。我鬆了口氣，想低頭檢查小文有沒有受傷時，眼角忽然捕捉到一抹亮光。

在路燈所照射不到的圍牆和屋頂上，有十數個不明的光點，我不可置信地眨了眨眼睛，光點還在，但只要稍一移動，那些光點會消失，有時還會看見原先看不見的光點，光點有綠有金，有些還帶有一點藍光，看起來出乎意料之外的熟悉……

我靈光一閃：貓眼！這些光點是貓眼的反光！

為什麼會有這麼多貓在這裡？

「嗚、好痛。」小文發出呻吟。

「妳沒事吧？」我趕忙低頭檢查小文的狀況，一時間也管不了為什麼會有這麼多貓盯著我看。

「手和屁股……好痛。」小文看向我時表情一片茫然：「你是誰？」

「我是阿哲呀！妳沒事吧？頭會不會痛？還是會頭暈？」這下我緊張了，小文剛才不會撞到頭了吧？可是我明明有用手臂護住她的頭呀！

「嗯、阿哲嗎？」小文皺起眉頭，不知是因為疼痛還是在努力回想：「阿哲、阿哲、阿哲……對了，你是杜漳哲嘛！你為什麼要壓在我身上？」

此時我正坐在小文身上，雙手壓在小文的頭側，撇開場地是馬路這點不談，這姿勢可以說是非常曖昧，再加上小文無辜的眼神和泛紅的眼角，就是一張惡虎撲羊、色狼撲倒小綿羊的糟糕構圖。

「我、我、我才沒有！」我尷尬地從小文身上跳開。

「才沒有什麼？」小文轉動眼珠，不知是不是我的錯覺，她的眼神和動作都有些遲緩：「這裡是……我家樓下？我怎麼會在這裡？」

小文忘記剛才發生了什麼事？莫非……剛才那個光球是妖精？

「我忘了帶鑰匙，妳把鑰匙拿下來給我。」我隨口編了個理由：「剛才有台機車騎得很快，差點撞到妳，我只好把妳推開，沒害妳受傷吧？」

「還好，剛才也不知道怎麼了，一時間什麼都想不起來。」小文說話的速度逐漸恢復了平常的水平：「你沒受傷吧？」

「我沒事，就有一點擦傷，沒什麼大不了的。」

「騙人！你的大腿怎麼了？」

大腿？我低下頭，這才發現小文說的是我大腿上的疤，蜈蚣狀的疤痕橫過半條大腿，看起來十分猙獰，為了不嚇到別人，我幾乎都穿長褲出門，今晚出門時比較匆忙，隨便穿了條運動短褲就跑了出來，這才讓小文看到這條疤。

「以前受傷留下來的疤，都已經變成疤了，自然沒事了。」

「看起來好嚴重呀！什麼時候受的傷？當時一定很痛吧？怎麼會弄成這樣？」

「我想想，好像是大三、大四的時候吧？都這麼久了，早忘了痛不痛了，我連當初為什麼受傷都不大記得了。」

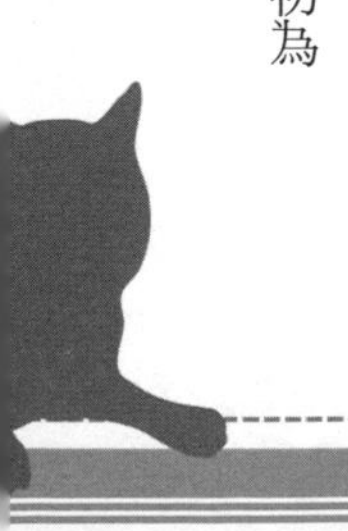

「怎麼可能不記得?這麼嚴重的傷一定得住院好幾個禮拜吧?你當時該不會也順便撞到頭導致失憶了吧?」

「又不是小說,人哪有那麼容易失憶……」

小文剛才說得沒錯,我連國小騎腳踏車「雷田」跛腳跛了三天的事都記得,這麼大的傷口怎麼可能連是怎麼受傷的都忘記?

可是不管我怎麼回想,關於傷口的回憶都是一片空白,連一星半點的記憶也沒有,活像被人按了Delet鍵般刪除得一乾二淨,以前不知道妖精的存在時還可能以為這是創傷後症候群,但現在怎麼想都只覺得有妖精參與其中——有妖精在,失憶根本不是件難事。

「哈囉,你還醒著嗎?」小文在我眼前揮手。

「我沒事。我還比較擔心妳有事,妳剛才都不認得我了!妳頭會不會暈?會不會想吐?還記得妳爸媽叫什麼名字?定春是公的還是母的?」

「當然記得!這麼說來,倒有些事有點不大記得了。」小文搔了搔頭,一臉很苦惱的模樣:「阿哲,你……現在有女朋友嗎?」

「啊?」

「你覺得我怎麼樣？」

小文無限嬌羞地朝我走近，往我肩膀一推：「哈哈！你想到哪去了！我先回去啦！」

直到小文消失在公寓大門之後，我這才意識到她是在開我玩笑，我心裡有個理智的聲音告訴我：小文有心情開玩笑，代表她沒受什麼傷，也沒被光球所影響。但我的心臟卻違背了我的心情撲通撲通跳個不停，連我自己也不知道是怎麼一回事。

也許我知道這是怎麼一回事，但我沒有心情去想。

回房之前，我又看了圍牆和屋頂一眼，方才密密麻麻的貓眼亮光已經消失了，上頭沒有貓，一隻也沒有。這附近是有幾隻野貓，但數量絕對沒有我剛才看見的這麼多，貓群是追著那個光球出現的嗎？如果貓群和妖精有關，也許定春會感覺到什麼——雖然那傢伙經常一問三不知，一點也不可靠。

我以為定春今晚會出現在我的房內，來告訴我關於貓群異常的行為，或是來質問我為什麼害小文受傷，但牠沒有。

在我迷迷糊糊的睡著前，我聽見有人說：「就是他。」

然後我就睡著了。

第二日．

第二日・下午・健忘和奇怪的空洞

在我被預告會死的第二天，一切都出乎我意料之外的平靜。沒有妖精跑來搗亂，也沒有殺人魔衝進公司，就連工作也出乎意料之外的順利。

直到五點半時，怡君接了一通電話。

「完蛋了！我們死定了！」怡君抱頭大叫。

「怎麼了？」我問。

「會計師下禮拜一就要查帳了！」怡君的口氣像是宣布了大家的死刑：「而且他們說所有的報表都要馬上出來，因為他們只來三天！」

「哇靠！也太趕了吧！下禮拜一才幾號，怎麼會這麼早過來？」阿德慘叫。

「等一下！」克拉拉強裝鎮定地問：「他們怎麼會突然說要來查帳？不是都會提前好幾個禮拜通知嗎？」

怡君的臉變得一片慘白，拿著桌曆的手抖個不停。

「我、我、我……忘了。」

「忘了？」克拉拉和阿德異口同聲地問：「妳怎麼可能會忘記這麼重要的事？」

據我所知，怡君是能將一年三百六十五天哪天要付款哪天要報稅全記起來的強者，和她共事以來從未發現她忘記過任何事，今天她是怎麼了？

「我也不知道，就是忘了。」怡君十分沮喪：「我對不起大家。」

「唉，人有失足，馬有亂蹄嘛！」我拍了拍怡君的肩膀。

「我等一下把工作分配寄給大家，誰晚交誰就死定了！」怡君斬釘截鐵地說。

妳也恢復得太快了吧！把我的安慰還給我！

「這麼說來……MIS的老大今天也忘了要幫我改一個程式，昨天跟老闆開完會，大家都不太記得開會內容，你們不覺得最近大家特別健忘嗎？」克拉拉一臉凝重地說：「大家要不要團購銀杏？」

……昨天說要吃銀杏的人也是妳吧！妳到底有多想叫人吃銀杏呀！

我忍住吐嘈克拉拉的衝動，開始思考大家的集體健忘是不是某種事件的前兆。

「我寄信了，大家快去收信，準備開工！」怡君說。

「現在是下班時間了，不是準備開工而是準備加班吧！」阿德抱怨。

我移動滑鼠，想打開信箱，卻發現鼠標不聽從我的指示，自顧自地點開了記事本，我明明沒有碰到鍵盤，記事本卻迅速地出現了一行字。

「我是阿亂，你看一下頭上。」

我這才發現我今天都沒看見阿亂。阿亂是從程式的BUG中誕生的妖精，她剛誕生時還不懂得控制能力，在這棟辦公大樓引起了不少騷動。在我和定春收服阿亂後，阿亂一直很乖巧，除了待在電腦中睡覺之外，就是在我旁邊靜靜地陪伴我。

我敲打鍵盤：「妳怎麼了？為什麼不能現身？」

螢幕上再次出現一行字：「你看一下頭上。」

我依言抬起頭，眼中所見仍是早已看慣的天花板，突然間，我聽到怡君咕噥了一聲可惡還討厭什麼的，我反射性地轉過頭看向怡君。

然後我知道阿亂要我看什麼了。

怡君的頭上，差不多是離地兩公尺高的地方，有一個拳頭大小的詭異空白。只看一眼，就知道那是昨晚出現在小文眼前的東西，我昨晚在慌亂中看錯了，那個東西絕對不是光球，在那空白之中沒有光、也沒有黑暗，只是空洞。什麼都沒有的、虛無的空洞。

無數的細線往空洞匯集，我的直覺告訴我——那些絲線是記憶。眼前的空洞就是大家健忘的主因，那個空洞就像是黑洞一般，將周圍的記憶全都吸了進去。

小文昨天碰到那個空洞就昏了過去，醒來時還短暫的失去記憶，看來我不能直接用身體碰觸空洞。我拿起長尺，試著往空洞戳了戳。

長尺沒有如我想像一般被空洞吞沒，而是輕易地刺穿了空洞。

「啵！」空洞發出氣泡破掉的聲響，消失了。

散發著淡綠光芒的嬌小少女飛到我的指尖。「謝謝，舒服多了。」

「妳……」我一開口立時意識到我旁邊還有人，馬上閉上嘴巴。一般人看不見阿亂，我和阿亂交談時，在一般人眼中看來就是我對著空氣說話，不被別人覺得我發瘋了才怪。

我拿起桌上的傳票，走進傳票室。傳票室是專門給財會部放傳票的地方，只有我們部門的人會進來，可以放心和阿亂聊天，不用擔心被人誤會成精神錯亂，儼然已成了臨時的妖精作戰會議室。

「妳是因為空洞才不能現身的嗎？」我問。

「嗯，空洞讓我覺得不舒服，身體沒有力氣。」阿亂說。

「我昨天看到有人碰到空洞就失去記憶，那個空洞是妖精嗎？」

阿亂搖頭。

「不是只有妖精會吸取記憶嗎？」

「真的不是妖精，空洞比較像是……通道、門或是破洞。」阿亂困擾地抓了抓頭髮：「我也不清楚那個到底是什麼，只知道這個東西會突然出現，有時候還不只一個，一開始我還想飛近一點看，但還沒飛到，我就昏倒了。」

「既然這樣，妳不要太勉強，沒什麼事就盡量躲在電腦裡吧！看來空洞會對妖精造成危害，我得提醒定春要小心一點。這麼說來，今天定春怎麼沒出現？」

「貓哥哥說，死小孩一整天都抱著臭狗待在房間裡，牠沒辦法偷跑出來。」

「這樣呀~妳怎麼知道的？隔這麼遠也能感應得到嗎？」我有些好奇。

「貓哥哥趁死小孩出去買飯的時候，偷偷用 MSN 告訴我的。」

「現在的妖精還真先進啊……」我嘆了口氣。阿亂是因為 BUG 誕生的妖精，會用電腦還算合理，連貓妖精都會用電腦，感覺還挺詭異的。

「貓哥哥說一個人待在家裡滿無聊的，牠也想知道主人一直待在電腦前面是在幹嘛，

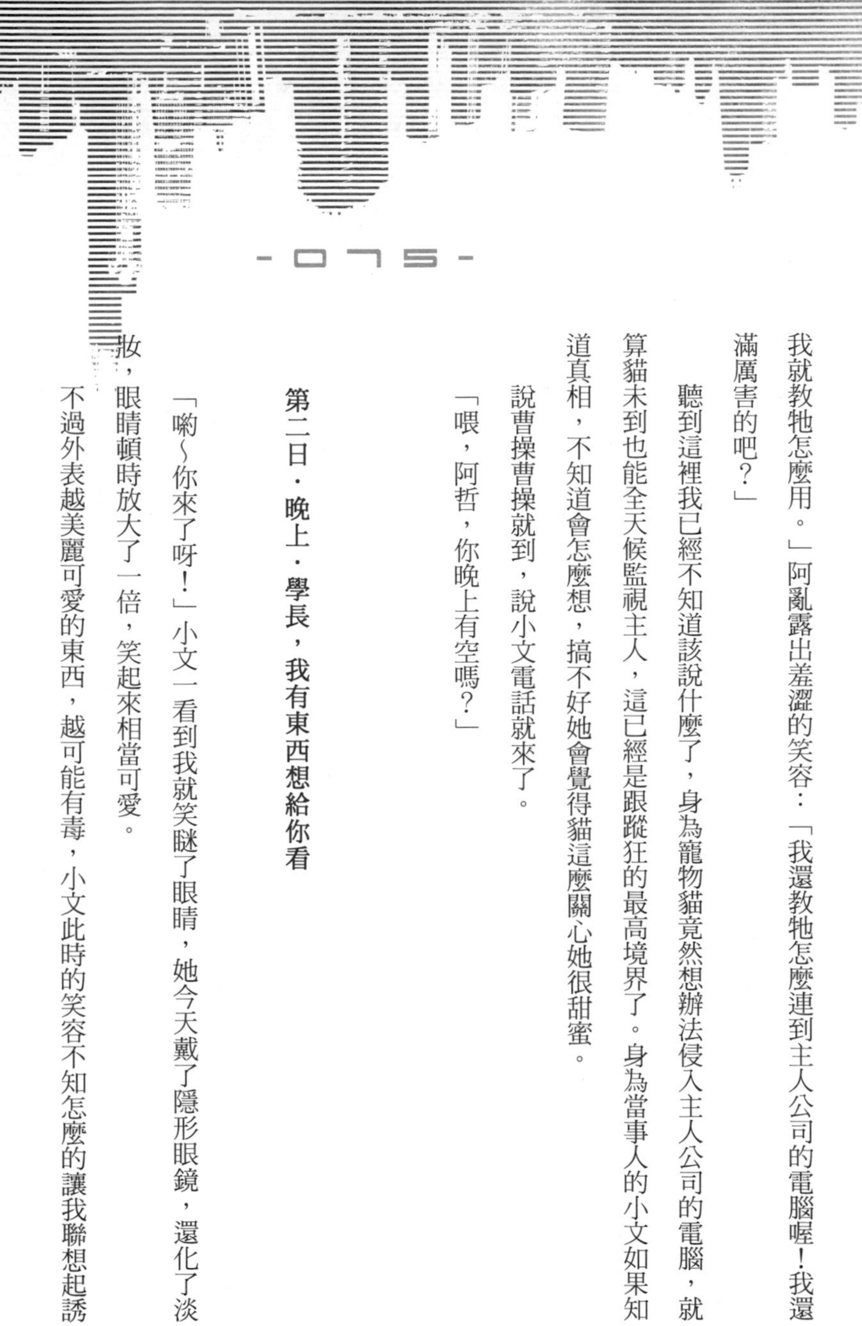

我就教牠怎麼用。」阿亂露出羞澀的笑容：「我還教牠怎麼連到主人公司的電腦喔！我還滿厲害的吧？」

聽到這裡我已經不知道該說什麼了，身為寵物貓竟然想辦法侵入主人公司的電腦，就算貓未到也能全天候監視主人，這已經是跟蹤狂的最高境界了。身為當事人的小文如果知道真相，不知道會怎麼想，搞不好她會覺得貓這麼關心她很甜蜜。

說曹操曹操就到，說小文電話就來了。

「喂，阿哲，你晚上有空嗎？」

第二日．晚上．學長，我有東西想給你看

「喲~你來了呀！」小文一看到我就笑瞇了眼睛，她今天戴了隱形眼鏡，還化了淡妝，眼睛頓時放大了一倍，笑起來相當可愛。

不過外表越美麗可愛的東西，越可能有毒，小文此時的笑容不知怎麼的讓我聯想起誘

惑人類獻出靈魂的惡魔，而我就是那個賣了靈魂還要幫惡魔數錢的倒楣鬼。

「妳剛下班？」

「你怎麼知道？」

因為妳下班之後就會變身成魚干女……我當然沒膽這麼說。

「找我有什麼事？」

「我有東西要給你看~走吧！先來我房間吧！」

我覺得這句台詞有點熟悉……

「學長……我有東西想給你看……」

「學、學長……請看，請看清楚一點……」

「學長、你覺、覺得怎麼樣……請對我溫柔一點……」

胡思亂想間，我已經走到小文的房間，眼前沒有我幻想中的旖旎風光，只有……

一片混亂！超級混亂！混亂中的混亂！

桌上的東西都被掃了下來，地上是一片書海，衣架被撞倒，衣服散滿地，鍵盤和滑鼠僅靠著電線垂在電腦桌旁，貓砂屋也被撞離位置，最可怕的是，這還不是混亂的終點……

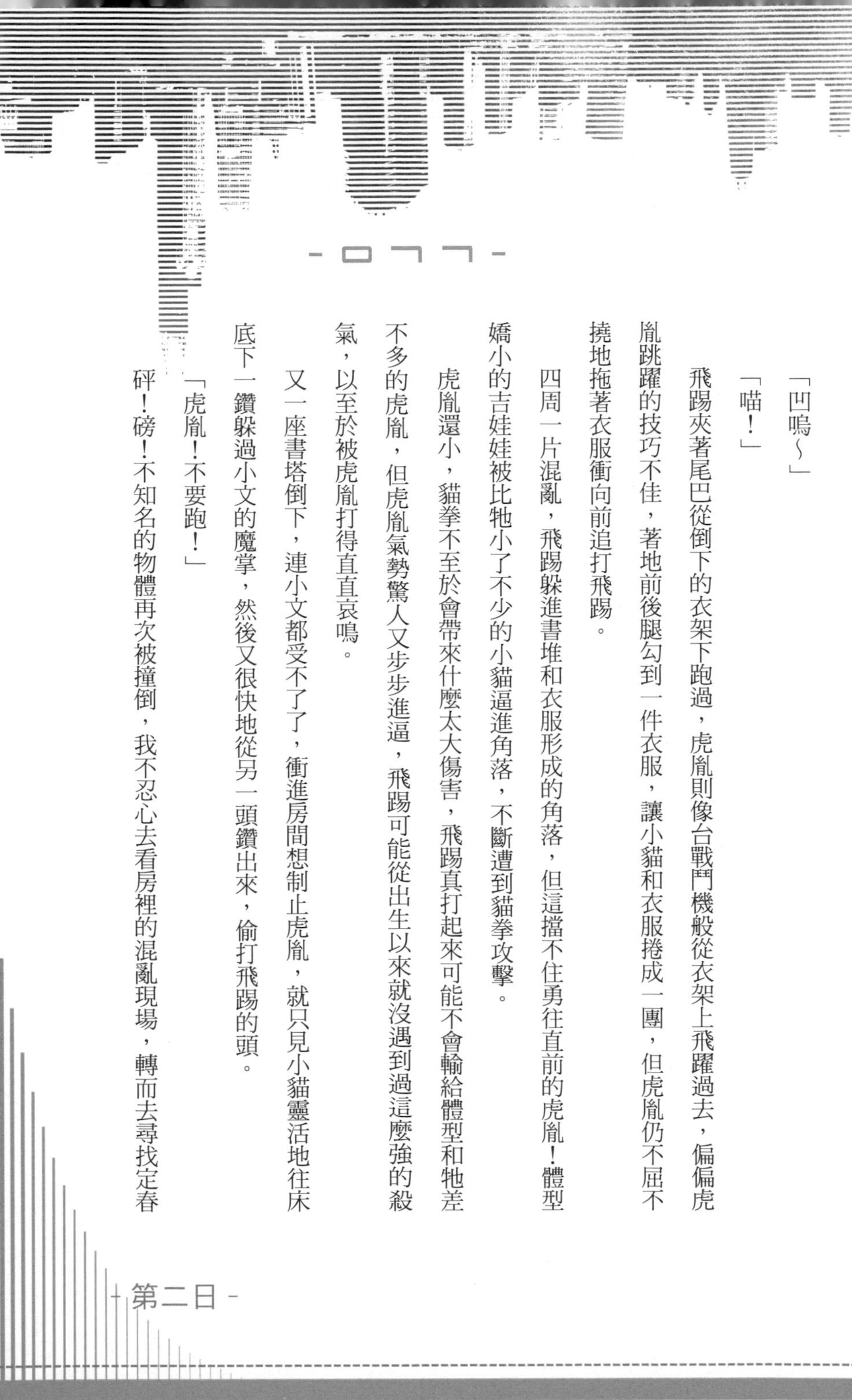

「凹嗚～」

「喵！」

飛踢夾著尾巴從倒下的衣架下跑過，虎胤則像台戰鬥機般從衣架上飛躍過去，偏偏虎胤跳躍的技巧不佳，著地前後腿勾到一件衣服，讓小貓和衣服捲成一團，但虎胤仍不屈不撓地拖著衣服衝向前追打飛踢。

四周一片混亂，飛踢躲進書堆和衣服形成的角落，但這擋不住勇往直前的虎胤！體型嬌小的吉娃娃被比牠小了不少的小貓逼進角落，不斷遭到貓拳攻擊。

虎胤還小，貓拳不至於會帶來什麼太大傷害，飛踢真打起來可能不會輸給體型和牠差不多的虎胤，但虎胤氣勢驚人又步步進逼，飛踢可能從出生以來就沒遇到過這麼強的殺氣，以至於被虎胤打得直直哀鳴。

又一座書塔倒下，連小文都受不了了，衝進房間想制止虎胤，就只見小貓靈活地往床底下一鑽躲過小文的魔掌，然後又很快地從另一頭鑽出來，偷打飛踢的頭。

「虎胤！不要跑！」

砰！磅！不知名的物體再次被撞倒，我不忍心去看房裡的混亂現場，轉而去尋找定春的行蹤——此時定春正優雅地坐在書架上，貓手支著臉，一臉看戲看得津津有味的模樣。

「定春！你叫虎胤不要亂跑啦！」

小文，妳身為萬物之靈竟然向自己的寵物求救？

可惜求救無效，定春沒有做出任何表示，虎胤又撞倒了一疊書，小文尖叫著躲過另一波的山崩，可能是覺得鬧夠了，定春張了張嘴，在一片吵雜中我聽不到定春是否有出聲，只知道虎胤突然停下了腳步——

「終於抓到你了！你這隻小壞貓！」小文逮住了虎胤。

「發生什麼事了？遭小偷嗎？」雨綸提著塑膠袋站在門口，飛踢一看到她就無限委屈地撲了過去，嘴裡發出凹嗚凹嗚的哀鳴：「飛踢你怎麼了？怎麼叫得那麼可憐？我只不過出去超市買個東西，這裡怎麼就搞得像爆炸過一樣？」

「因為剛剛上演了貓狗大戰。」小文望著滿室瘡痍，深深嘆了口氣：「虎胤好像和飛踢處不來，兩隻一直打來打去，房間亂成這樣，今晚不知道要整理多久才能睡。」

「等等，我要說句公道話，是虎胤單方面欺負飛踢吧？」我忍不住插嘴。

小文瞪了我一眼。「我們還是先把飛踢和虎胤分開再說，這裡這麼亂也沒辦法安心講

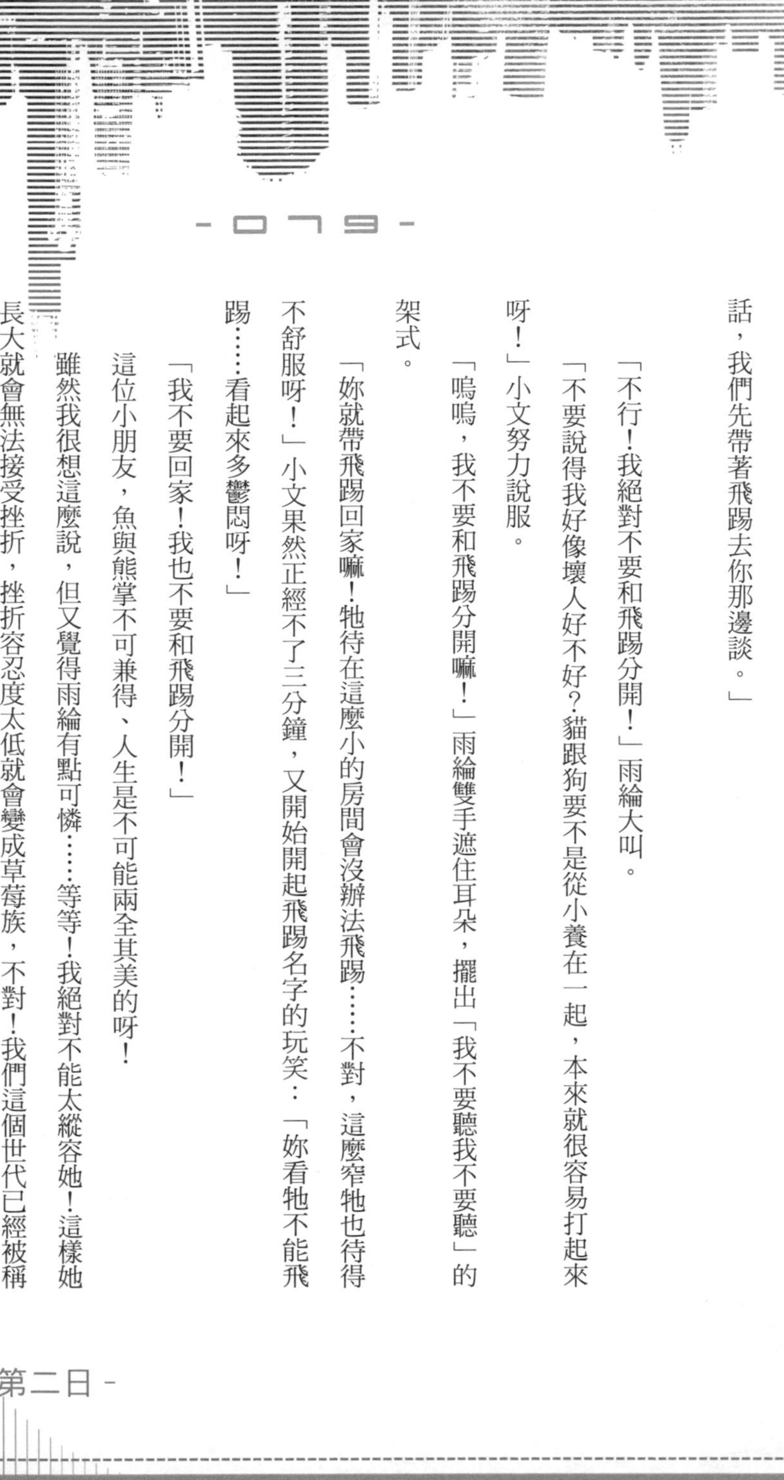

話，我們先帶著飛踢去你那邊談。」

「不行！我絕對不要和飛踢分開！」雨綸大叫。

「不要說得我好像壞人好不好？貓跟狗要不是從小養在一起，本來就很容易打起來呀！」小文努力說服。

「嗚嗚，我不要和飛踢分開嘛！」雨綸雙手遮住耳朵，擺出「我不要聽我不要聽」的架式。

「妳就帶飛踢回家嘛！牠待在這麼小的房間會沒辦法飛踢……不對，這麼窄牠也待得不舒服呀！」小文果然正經不了三分鐘，又開始開起飛踢名字的玩笑：「妳看牠不能飛踢……看起來多鬱悶呀！」

「我不要回家！我也不要和飛踢分開！」

這位小朋友，魚與熊掌不可兼得、人生是不可能兩全其美的呀！

雖然我很想這麼說，但又覺得雨綸有點可憐……等等！我絕對不能太縱容她！這樣她長大就會無法接受挫折，挫折容忍度太低就會變成草莓族，不對！我們這個世代已經被稱

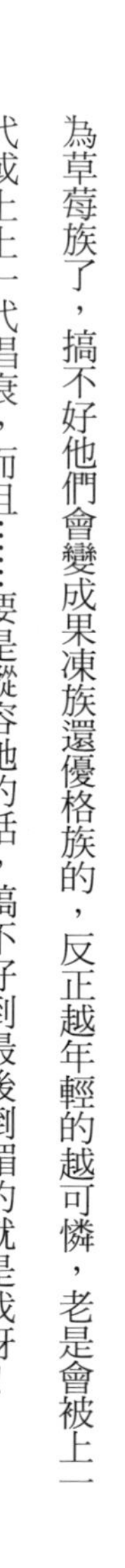

為草莓族了，搞不好他們會變成果凍族還優格族的，反正越年輕的越可憐，老是會被上一代或上上一代唱衰，而且……要是縱容她的話，搞不好到最後倒楣的就是我呀！

「好啦！我也不想當壞人。」小文嘆了口氣，拍了拍雨綸的肩膀：「所以我有幫妳想了一個替代方案。」

「真的嗎真的嗎？」雨綸興奮地拉住了小文的手：「是什麼方法？」

妳們姐妹倆一起轉頭看我幹嘛？

「唉，我本來也不想用這一招啦……」小文充滿期待地看向我，塗了睫毛膏、戴了角膜放大片的眼睛看起來分外無辜動人。

「大哥哥……」雨綸也使出水汪汪眼神攻擊。

「等等！我知道妳們想說什麼！但是房東有說不能養寵物呀！」我警戒地說。

「別擔心。」小文露出安撫的笑容，可惜我一點也沒被安撫到：「我都已經幫你想好了，也幫你準備好了！萬事具備只欠你點頭！」

「啥？」

「我已經問過你房東了，他說～O～K～喔！」小文再次露出惡魔一般的燦爛微笑。

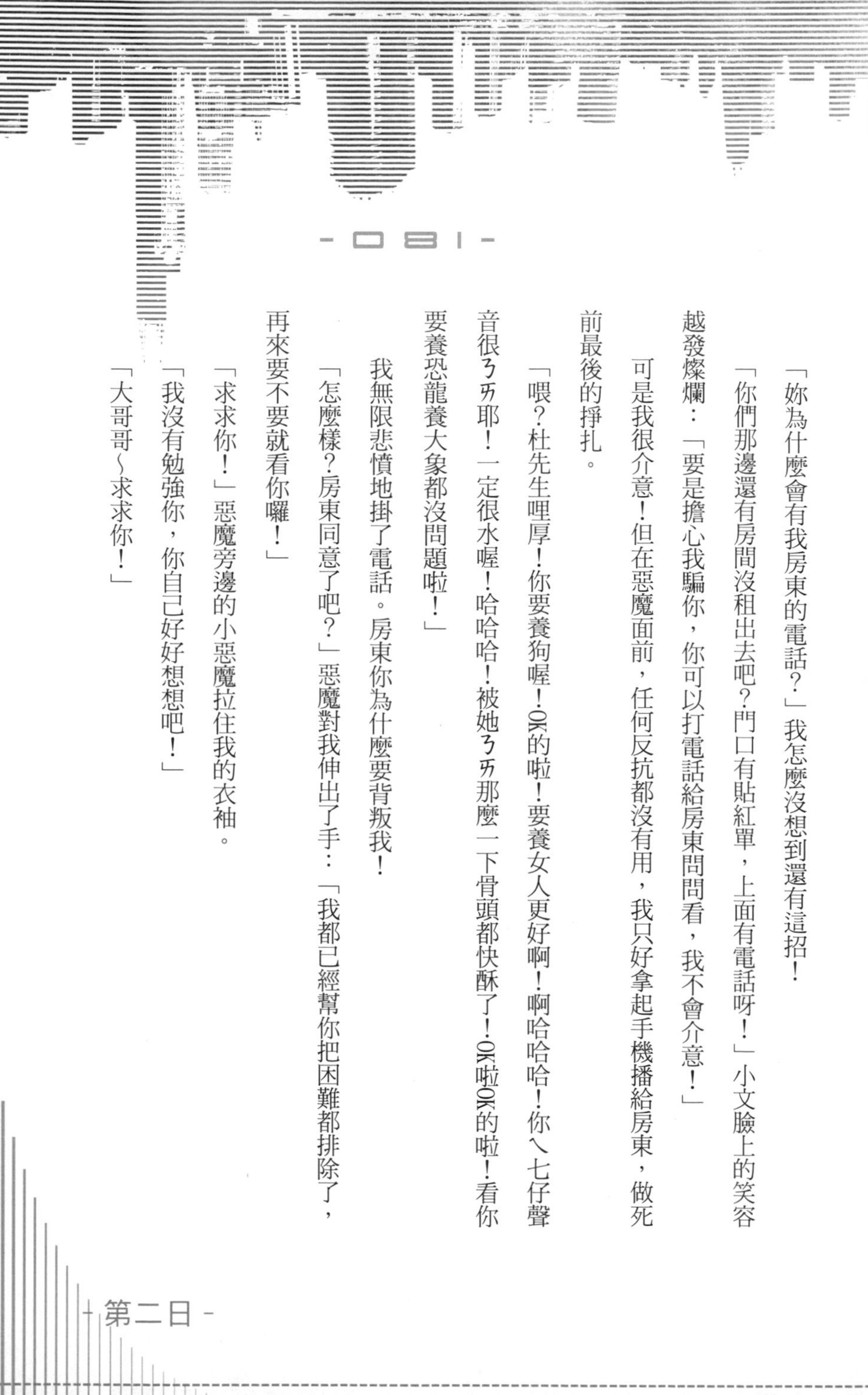

「妳為什麼會有我房東的電話？」我怎麼沒想到還有這招！

「你們那邊還有房間沒租出去吧？門口有貼紅單，上面有電話呀！」小文臉上的笑容越發燦爛：「要是擔心我騙你，你可以打電話給房東問問看，我不會介意！」

可是我很介意！但在惡魔面前，任何反抗都沒有用，我只好拿起手機播給房東，做死前最後的掙扎。

「喂？杜先生哩厚！你要養狗喔！OK的啦！要養女人更好啊！啊哈哈哈！你ㄟ七仔聲音很ㄋㄞ耶！一定很水喔！哈哈哈！被她ㄋㄞ那麼一下骨頭都快酥了！OK啦OK的啦！看你要養恐龍養大象都沒問題啦！」

我無限悲憤地掛了電話。房東你為什麼要背叛我！

「怎麼樣？房東同意了吧？」惡魔對我伸出了手：「我都已經幫你把困難都排除了，再來要不要就看你囉！」

「求求你！」惡魔旁邊的小惡魔拉住我的衣袖。

「我沒有勉強你，你自己好好想想吧！」

「大哥哥～求求你！」

我的回答應該很清楚了吧？

也許，在很早之前，我就已經把靈魂賣給惡魔了。

「飛踢很乖，牠會自己去狗的專用尿布上廁所，怕臭的話一天換一次，飼料早上跟晚上各餵一次，晚上我會來帶牠散步……喂！你有在聽嗎？」

細白的手指在我眼前搖晃，我回過神，看見雨綸嘟著嘴，有點不高興的樣子。

「我有在聽。」我複誦了幾個重點：「還有什麼要注意的地方嗎？」

雨綸皺起眉頭：「我事先跟你說清楚，雖然小文很信任你，但這不代表我也相信你！」

如果不相信我的話真的沒關係，妳可以把飛踢送回家，妳省心我也省事。

我勉強忍住沒把那些話說出口，雨綸則是一直露出欲言又止的表情，似乎想問什麼，卻一直開不了口。

「有什麼問題就說吧！我不會生氣。」

「你應該不會……呃、嗯……咳！我是指……你應該對鵝沒有興趣吧？」

「什麼鵝？」我一頭霧水。

雨綸的頭越來越低，耳朵都變紅了。「很久以前……有新聞說……有個男的……對鵝……」

這下我終於聽懂了。「拜託！我只對女的有興趣好嗎？」

「飛踢也是女生呀！」雨綸偷瞄了我一眼：「我只是問問看嘛！你不是說不會生氣嗎？」

我把一連串到口的抱怨硬生生地嚥了回去。

「總之，你要好好照顧飛踢喔！」雨綸將飛踢的繩子交到我的手上：「不可以對飛踢做什麼喔！」

我正在思考要怎麼回答，雨綸就頭也不回地跑掉了。

「汪？」飛踢走到我的腳邊，一臉無辜地看著我。

仔細想想，這兩天最可憐的就是飛踢了吧？

不但被帶離熟悉的環境，白天還被虎胤追殺了一整天，雖然沒什麼受傷，但精神上的傷害是一定的。

我摸了摸飛踢的頭，走到門邊把雨綸沒關上的門鎖好。

「只剩下我們兩個了，這段時間我們好好相處吧！」

「對呀！我們好好相處吧！」

「那麼今後請多多指教……咦？」剛剛是誰在和我說話？

我房間只有我一個人，房裡除了我之外唯一的生物是飛踢，雖然應該也有小強還是螞蟻蜘蛛什麼的，但牠們應該更不可能會說話。

我全身僵硬地轉身。

「你那麼害怕做什麼？我不是說要好好相處了嗎？」

一名短髮美女慵懶地側躺在沙發上，咧著嘴對我笑。

美女有著一頭米色的短髮，頭上毫無意外有著一對大大的淺棕色犬耳，又大又圓的眼睛黑白分明——黑的地方比較多，白的地方比較少。兩眼之間分得有點開，讓我聯想到在神鬼奇航中飾演美人魚的精靈系超模，而且她和美人魚一樣光溜溜的，全身上下唯一的遮蔽物是抱在胸前的抱枕。

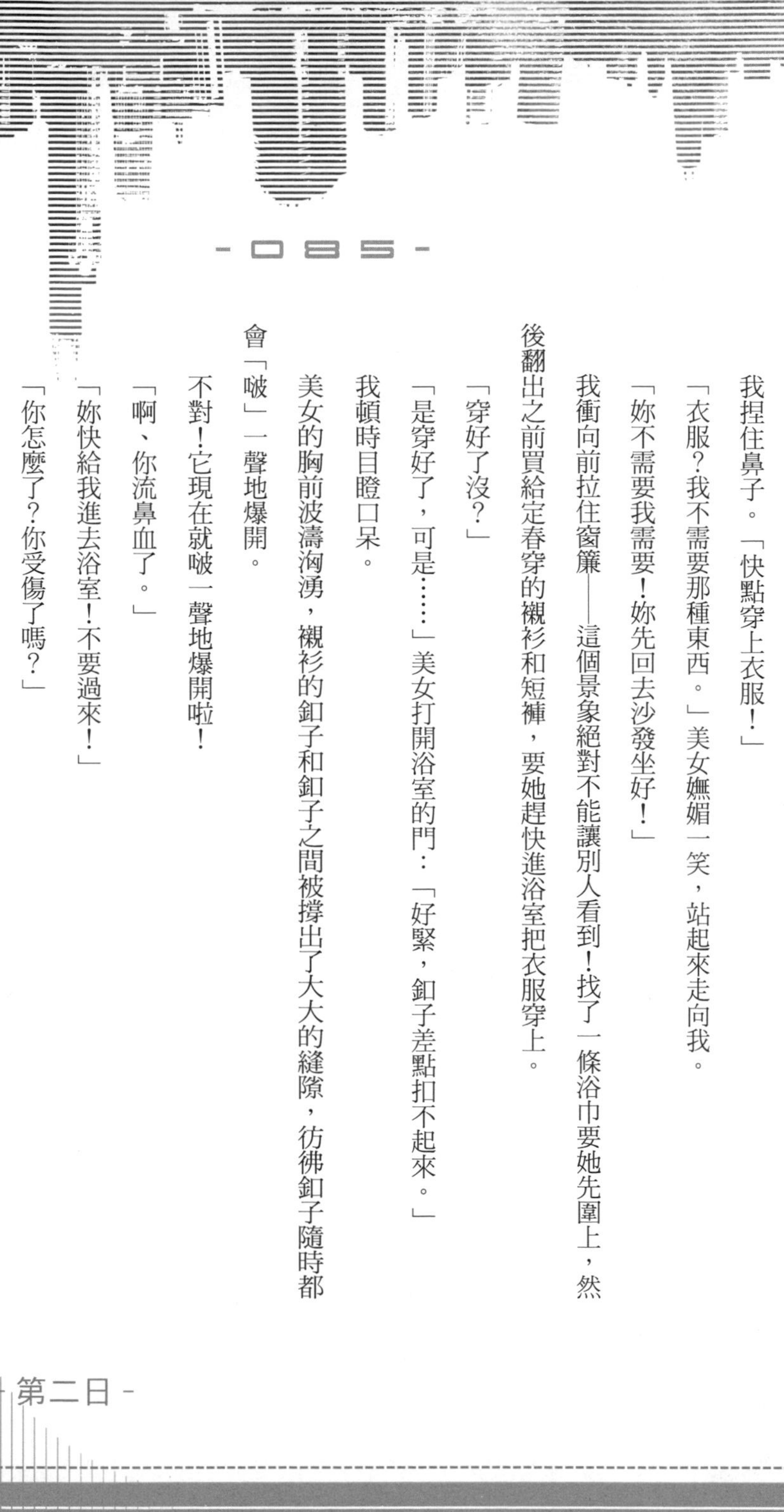

我捏住鼻子。「快點穿上衣服！」

「衣服？我不需要那種東西。」美女嫵媚一笑，站起來走向我。

「妳不需要我需要！妳先回去沙發坐好！」

我衝向前拉住窗簾——這個景象絕對不能讓別人看到！找了一條浴巾要她先圍上，然後翻出之前買給定春穿的襯衫和短褲，要她趕快進浴室把衣服穿上。

「穿好了沒？」

「是穿好了，可是……」美女打開浴室的門：「好緊，鈕子差點扣不起來。」

我頓時目瞪口呆。

美女的胸前波濤洶湧，襯衫的鈕子和鈕子之間被撐出了大大的縫隙，彷彿鈕子隨時都會「啵」一聲地爆開。

不對！它現在就啵一聲地爆開啦！

「啊、你流鼻血了。」

「妳快給我進去浴室！不要過來！」

「你怎麼了？你受傷了嗎？」

「我沒事！不要再繼續問了！」

我先找了張面紙把我的鼻孔塞住，繼續尋找給那位大美女穿的衣服。定春的人型身材纖細，買給牠穿的衣服都是小號的男性襯衫，而且襯衫的質料都很薄，就算給她穿我的襯衫可能也會同樣令人噴鼻血，看來只好先找一件寬大的T恤給她穿了──至少T恤頂多只會變緊身衣，不會有釦子爆開的問題。

「先給妳穿我的T恤可以嗎？」我問。

「我不要穿臭男人穿過的衣服！不好看的也不要穿！」

妳的要求太多了吧！妳剛剛不是才說要和我好好相處嗎？怎麼馬上就罵我臭男人？

我繼續翻找，我房間唯一的女裝是小文的水手服，定春上次偷穿完後要我幫牠洗，洗完後一直沒機會還給小文，只好先收在衣櫥裡，我又翻出一件新買的內衣，把兩件衣服塞進浴室的門縫。

「只有這個可以穿，妳要穿不穿隨便妳。」

「那我不穿囉！」

「拜託妳穿上！算我求妳！」

經過一番波折，短髮美女終於服裝整齊，不再令我動不動就想噴鼻血。

「我先確認一下，妳是……飛踢沒錯吧？」

「不然我還會是誰？踢飛嗎？」美女……不、飛踢翻了個白眼，伸手拉扯胸口的衣服：「衣服好緊？為什麼一定要穿衣服呀！」

「為了世界和平、還有不要害我失血過多，拜託妳把衣服穿好吧！」我無奈地說。

飛踢的人型豐胸細腰又身材高䠷，有著看原型時看不出的超級好身材，穿著小文的水手服活像大人穿小孩衣服，胸口繃得緊緊的，腰部還硬生生短了一截。但這絕對不是因為小文太小，而是飛踢的身材好到足以和宅男女神PK，事實上飛踢能塞進這件衣服就讓我滿驚訝的，莫非小文平常都在隱藏實力？

「你在看哪裡？」飛踢輕撫自己的胸口：「想看的話，可以再靠近一點喲！」

「我錯了。」不要再調戲我了啊啊啊！

「哼！知道認錯就好，不要像那隻笨貓，一整天都在瞪我，我又不是蕾絲邊，我對牠的寶貝主人沒興趣！」飛踢非常有女王風範地蹺起了腳：「說了這麼多我也餓了，還不快把牛排端上來解解渴！」

「牛排不是用來喝的沒辦法解渴。」還有妳以為妳是誰呀？

飛蹋扯了扯胸前的衣物，從小巧的鼻孔哼了一聲：「真沒用。」

妳不是狗嗎？狗不是人類最忠實的朋友嗎？還有剛剛是誰說要和我好好相處的！我怕一激怒飛蹋，她就要狠脫衣服，害我空有滿心吐嘈卻無法說出口，只好勉強按下怒氣問：「請問妳變身是有什麼事嗎？」

「時間還沒到，變身好累……」飛蹋往後一躺，忽然就睡著了。

好累為什麼要變身呀！

第二日・深夜・夜黑風高時&妖精集會時

十一點的時候，飛蹋突然醒來。

當時我正在和雨綸用 MSN 聊天，向她保證絕對不會對飛蹋有任何非分之想。

飛蹋走到我身後，在我的耳邊吹了一口氣。

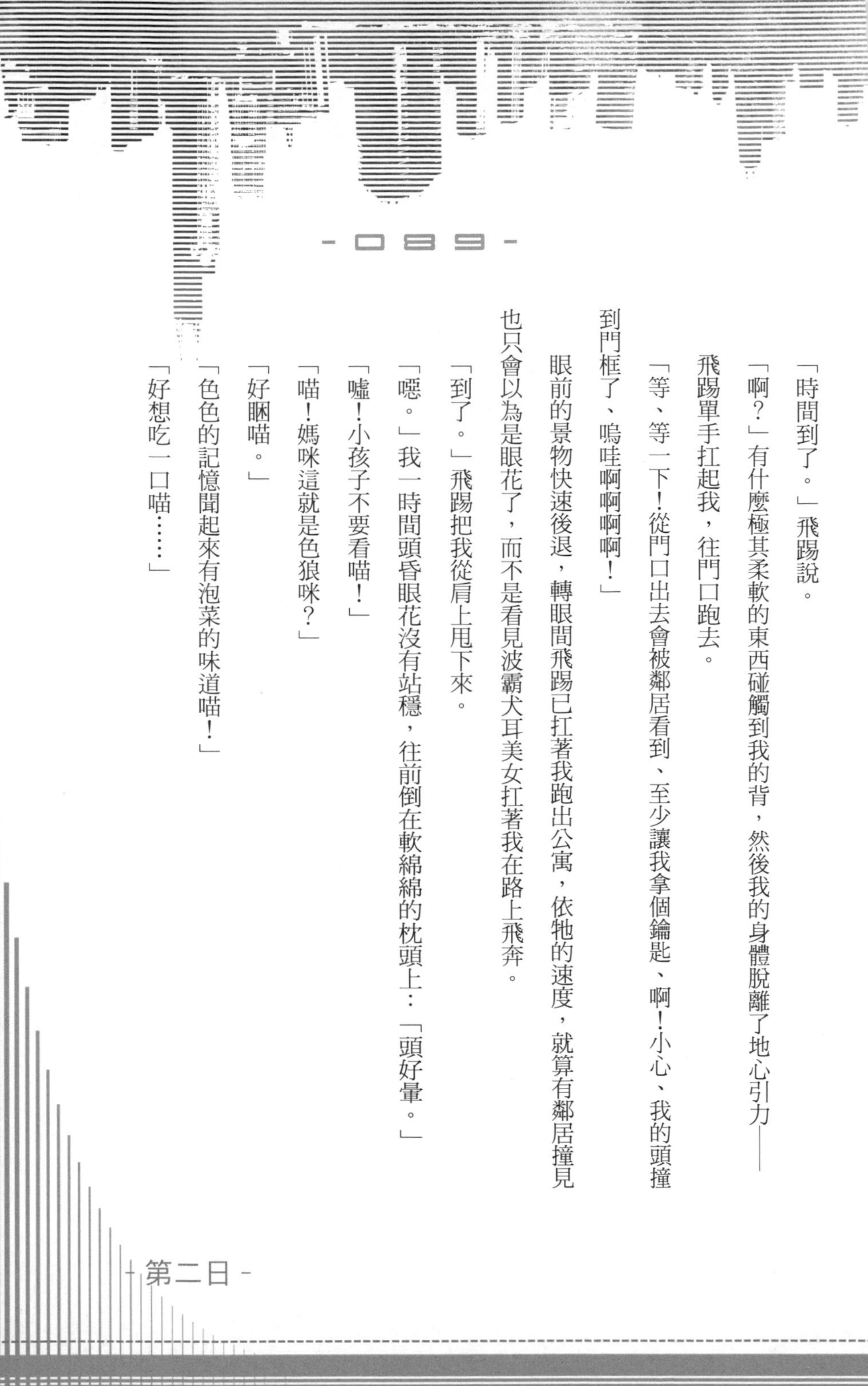

「時間到了。」飛踢說。

「啊？」有什麼極其柔軟的東西碰觸到我的背，然後我的身體脫離了地心引力——

飛踢單手扛起我，往門口跑去。

「等、等一下！從門口出去會被鄰居看到、至少讓我拿個鑰匙、啊！小心、我的頭撞到門框了、嗚哇啊啊啊啊！」

眼前的景物快速後退，轉眼間飛踢已扛著我跑出公寓，依牠的速度，就算有鄰居撞見也只會以為是眼花了，而不是看見波霸犬耳美女扛著我在路上飛奔。

「到了。」飛踢把我從肩上甩下來。

「嗯。」我一時間頭昏眼花沒有站穩，往前倒在軟綿綿的枕頭上：「頭好暈。」

「噓！小孩子不要看喵！」

「喵！媽咪這就是色狼咪？」

「好睏喵。」

「色色的記憶聞起來有泡菜的味道喵！」

「好想吃一口喵……」

「不行喵！這麼多喵湧上去他可能會被吸乾喵！」

為什麼會有這麼多人喵來喵去？這是指定語尾助詞party嗎？

休息了一下頭終於比較不昏了，我在枕頭上蹭了蹭……等等？哪來的枕頭？

「好躺嗎？」飛蹋挺了挺胸部，對我拋了個媚眼：「我的胸部很軟吧？」

「啊啊啊！對不起！」我猛然退後一步，跌坐在石椅上，我認出這是附近的公園，飛蹋帶我來這裡做什麼？

「媽咪，他明明就很喜歡，為什麼要退後喵？」

「喵，人類有一句話叫愛吃又愛嫌。」

「他連驚慌失措的記憶聞起來都好香甜喵。」

「忍著點，你的口水流下來了喵。」

十來隻貓在我眼前交頭接耳，有我常在附近看到的橘子花紋的母子；還有隻很像上次在會議室外探頭的黑貓；有隻特別肥壯的咖啡虎斑貓嘴角流著口水，恐怕就是說我的記憶像泡菜的那隻；還有幾隻長毛貓混在裡面，沒看錯的話，在離貓有一段距離的地方，還有幾隻狗躲在角落交頭接耳。

「這些貓狗全部都是妖精？」

「妖精？」飛踢挑起眉毛。

「之前的守門人是這麼稱呼我們的，牠說這樣比較可愛喵。」橘貓媽媽說。

可愛……總覺得這個說法有點耳熟？

「那就應該是吧！如你所見，我們都會說話，也都能變成人型，也都能吸取記憶。」飛踢說。

一聽見所有的貓狗都能變成人型，我有些暈眩——要是牠們現在全部變成人型，不就會出現一群裸男裸女？這不是真的吧！難道我已經在不知不覺間進入限制級的世界了嗎？

「嗯，是妖精喔、會變身喔、很好呀！」在飛踢燃燒著火燄般的熱情注視下，我再也扯不下去了……說真的我也不知道飛踢在熱情什麼，但我已經開始懷念定春老是懶洋洋半瞇著眼睛的樣子：「你、你們找我來做什麼？」

「把、你、吃、掉、呀！」飛踢舔了舔嘴角，貓咪們像收到什麼訊號似的團團位住我，外側的狗狗們也站了起來。

「不要！這麼多一起上我會被吸乾呀！」

貓狗們完全不管我的反抗一步一步靠近，橘貓寶寶更是露出一臉天真無邪的表情跳到我的肩上。

「媽咪，他好香喔！我可以吃吃看嗎喵？」

「不行！」化為人型的定春從天而降，站在我和貓群中間，還不忘順手拎走我肩上的小貓。

儘管定春跳下來時折斷了好幾根樹枝，還有一根掉下來砸在牠頭上，砸得牠淚眼汪汪，但這絲毫無損定春宛如天神一般跳出來拯救我的形象。

「定春！你來救我了！」我感動得熱淚盈眶。

「我不是救你！我是在捍衛我的食物！只有我可以吃你！」定春露出尖尖的虎牙，朝飛蹋哈氣。「臭狗！不准過來！」

「笨貓，我就是要過去，你要如何？」飛蹋又往前走了一步。

定春突然出手，右爪閃電般地襲向飛蹋的肩膀，飛蹋嗤笑一聲矮身往前衝刺，眨眼間飛蹋已來到定春身後，揮出手刀往定春頸子劈落。

「定春小心！」我大叫。

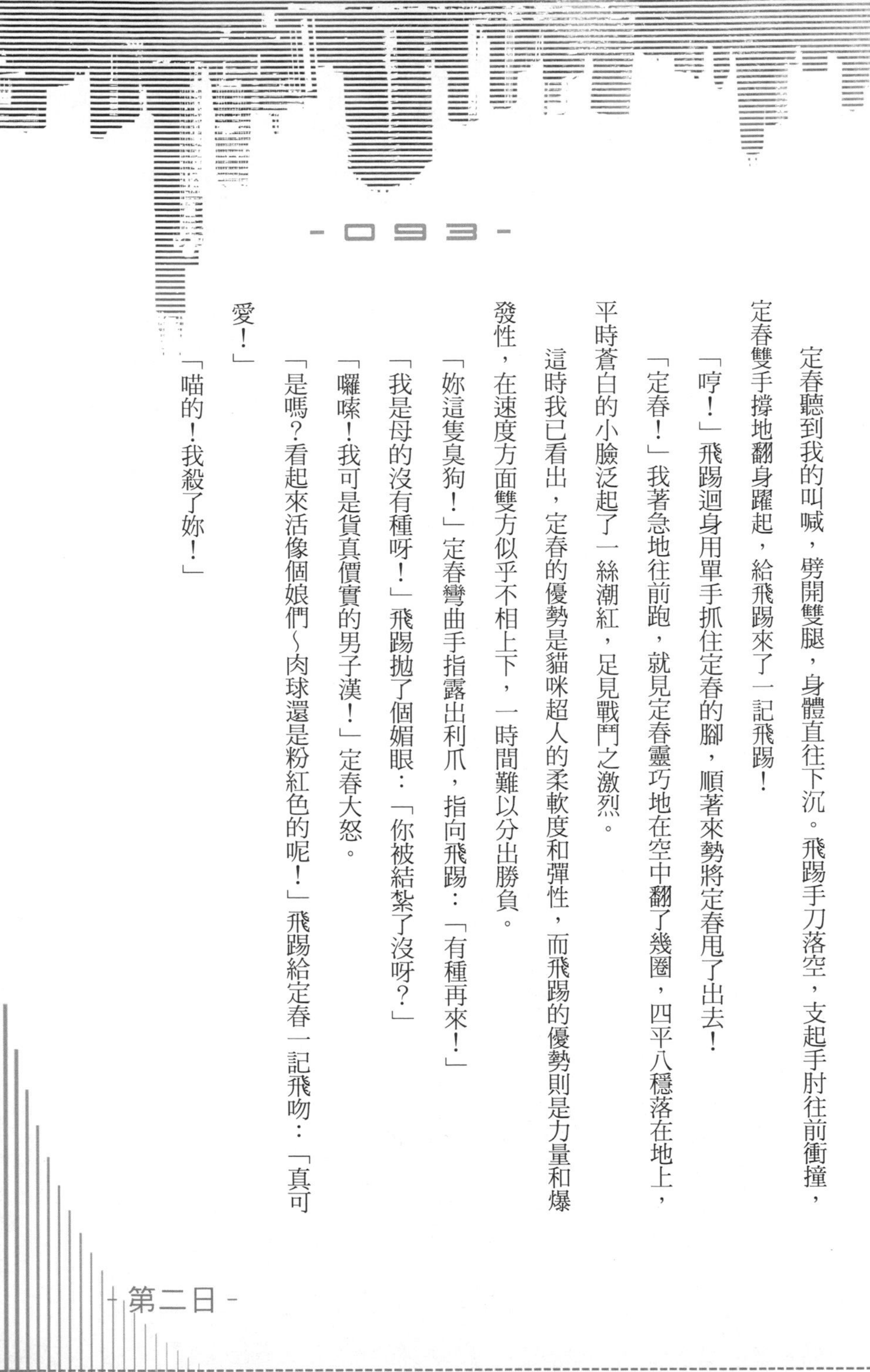

定春聽到我的叫喊，劈開雙腿，身體直往下沉。飛踢手刀落空，支起手肘往前衝撞，定春雙手撐地翻身躍起，給飛踢來了一記飛踢！

「哼！」飛踢迴身用單手抓住定春的腳，順著來勢將定春甩了出去！

「定春！」我著急地往前跑，就見定春靈巧地在空中翻了幾圈，四平八穩落在地上，平時蒼白的小臉泛起了一絲潮紅，足見戰鬥之激烈。

這時我已看出，定春的優勢是貓咪超人的柔軟度和彈性，而飛踢的優勢則是力量和爆發性，在速度方面雙方似乎不相上下，一時間難以分出勝負。

「妳這隻臭狗！」定春彎曲手指露出利爪，指向飛踢：「有種再來！」

「我是母的沒有種呀！」飛踢拋了個媚眼：「你被結紮了沒呀？」

「囉嗦！我可是貨真價實的男子漢！」定春大怒。

「是嗎？看起來活像個娘們~肉球還是粉紅色的呢！」飛踢給定春一記飛吻：「真可愛！」

「喵的！我殺了妳！」

「媽咪，他們在做什麼喵？」橘貓寶寶用可愛的聲音問道。

「乖！貓咪和狗狗已經不打架很久了，不可以學那隻白貓哥哥喔！」橘貓媽媽說。

一貓一狗一觸即發，橘貓母子的對話讓氣氛頓時冷了下來，定春似乎還是有點不甘心，伸出雙手對飛踢比中指，飛踢不曉得是不知道比中指的含意，還是根本懶得鳥定春的挑釁，嘴角含著笑意繼續拉扯胸部的衣服。

「媽咪，牠為什麼要比中指喵？」橘貓寶寶問。

「呵呵，寶貝，那是表示友好的意思。」橘貓媽媽用貓手遮住橘貓寶寶的耳朵：「喂！年輕人，貓狗大戰已經不流行很久了，你不要在那邊亂來教壞小孩子喵！」

定春哼了一聲，表達牠不會輕易放過臭狗的意志，我則是對橘貓媽媽的發言有些好奇：「貓狗大戰不流行了？」

「對喵！早就不流行了喵！」乳牛貓應道。

旁邊的橘貓媽媽和虎斑貓拚命點頭，不過橘貓媽媽是同意乳牛貓的說法，虎斑貓會點頭是因為在打瞌睡。

「貓和狗是宿敵根本是人類在造謠。」一隻奶油色的波斯站出來：「狗只是我們的玩具，哪配當我們的敵人。」

輕蔑！我在奶油波斯圓圓的貓眼中看到的是赤裸裸的輕蔑呀！長得這麼可愛嘴巴卻這麼苛薄可以嗎？

「沒錯，我們偶爾會紆尊降貴和狗狗玩玩，但這是因為我們可憐牠們喵！」黑貓搖頭嘆氣：「這麼聽主人的話做什麼呢？我們才是人類的主人呀！」

竟然連人類也一起變成你們的僕人了！這些貓是安怎！

「年輕人，不要衝動喵！」橘貓媽媽語重心長地說：「狗狗們根本不是我們的對手，何必和牠們認真喵。」

「哪有汪！那是我們讓你汪！」哈士奇從角落站出來捍衛狗族的尊嚴：「我們的體型大你們這麼多、力氣也大，怎麼能認真和你們打？這樣有失風度汪！」

「竟然用風度當藉口喵。」橘貓媽媽掩嘴笑道：「寶貝，教你一課，打輸了就說『要不是我讓你，我哪有可能會輸！』是卒仔的行為！」

「狗狗乖，過來給主人摸摸！」黑貓舉起貓手向哈士奇招了招。

「我也要摸摸！」橘貓寶寶興奮地學黑貓招手。

「來摸摸、來摸摸喵。」

在場的貓開始向哈士奇招手，只有咖啡色的壯貓繼續坐在原地打瞌睡，沒有參與。受到如此的羞辱，我猜哈士奇八成會怒吼一聲，用牠壯碩的身軀把貓咪們撞飛。

「嗚、汪！」哈士奇低吠了一聲，然後邁開腳步……慢慢走到橘貓寶寶面前。

「喵！摸摸！」橘貓寶寶跳了起來，奈何貓小跳躍力不足，沒辦法跳到哈士奇背上，只跳到哈士奇的側腹，橘貓寶寶四肢並用終於爬到哈士奇頭上，揮舞一隻毛茸茸的貓掌，用和主人摸狗狗一模一樣的動作撫摸哈士奇的頭：「狗狗好乖喵。」

哈士奇狀似痛苦的扭頭看了我一眼，嘴裡唸著：「這是風度……要對比自己弱小的動物溫柔、不可以以大欺小是狗妖精的榮譽守則……不可以生氣……要忍耐……」

你是隻好狗！辛苦你了！我開始明白在場的狗會想躲在角落不願意靠近貓群的心情——換成是我，我也會想離牠們遠一點，雖然我是人類，但我還是覺得這些貓的嘴巴實在壞到不行。

在這群貓咪玩弄哈士奇的同時，定春和飛蹋仍在互瞪……嚴格來說，還在瞪人的只剩下飛蹋，定春雖然還看著飛蹋，但眼睛只剩下一半，很明顯的是睏了。

「喵、去死吧……呼、好睏……」定春猛然轉向我：「你、快！給我記憶！」

「啥？」我退後一步，不小心踩到軟軟的東西。

「喵！我的尾巴！」一直在打瞌睡的咖啡色壯貓憤怒地往我的腳上抓了一下。

「對不起。」我說。

「小心點喵！」體格壯碩的咖啡虎斑貓不滿地說：「怎麼？會開完了喵？什麼時候開打？」

旁邊一隻黑白花貓踏著小碎步跑向前：「報告老大，還沒開始開會喵。」

「喵！林杯百忙之中跑來參加，竟然還沒開始！」咖啡虎斑貓臉色不悅，大步走向飛踢，忽然間我眼前一花，一名膚色黝黑的棕髮男子抓住了飛踢的肩膀。

咦？這個棕髮男子是……？

咖啡虎斑貓不見了，棕髮男子出現在咖啡虎斑貓的位置，這傢伙不但光著屁股、頭上還頂著咖啡色的貓耳……看來是那隻自稱林杯的咖啡虎斑貓變身了！

「臭狗，林杯忙得很，有什麼事趕快說喵！」

「被臭妹罵臭狗，感覺真差。」飛踢一臉嫌惡地甩開棕髮男子的手：「在女士面前這

樣光溜溜的像什麼話？真沒禮貌。」

……之前到底是誰說不需要衣服的？還有臭妹是什麼？

棕髮男子轉過頭，犀利的綠眸瞄了我一眼。「臭妹是我的名字喵。我是公的，不要問我為什麼叫臭妹，那是我主人取的。召集大家來開會，結果自己和別的貓打起來才沒禮貌吧喵！」後面這兩句是對飛踢說的。

飛踢聳了聳肩：「定春弟弟實在太可愛了，忍不住就逗弄了一下……誰叫定春中午叫虎胤偷打我，虎胤是小貓我又不能打回去，只好想辦法報復了。」

「哼！後面那幾句才是真心話吧！我就是看妳不順眼想打妳不行嗎？」定春嗆聲完後，轉身一把抓住我的領子：「給我記憶。」

「不要！大家都在看啊、嗚、嗚嗚……喔喔！」

「媽咪，那個人為什麼發出奇怪的叫聲喵？」橘貓寶寶問。

「呵呵，那是記憶被吃掉的聲音。寶貝也想吃嗎？」橘貓媽媽說。

「嗯喵，那個人的記憶聞起來好香、好好吃喵！」橘貓寶寶吞了口口水。

你們這些壞貓、不要在旁邊說風涼話啊啊啊！我想開口反駁，然而頭腦一陣暈眩，被吸取記憶後的空白再次襲來，我軟倒在地。

定春站在我和虎視眈眈的貓群中央：「臭狗！要開什麼會？有話快說！」

「那我就不說廢話了，關於最近的異變，大家都有感覺了吧？」

飛踢說完後掃視周圍，結果貓咪打哈欠的打哈欠、睡覺的睡覺、玩尾巴的玩尾巴，橘貓寶寶則是靠在媽媽懷裡撒嬌。

飛踢的嘴角抽了抽。「看來大家沒什麼感覺。」

「我有發現汪！」先前那隻被大家玩弄的哈士奇勇敢地站出來：「最近附近出現了不少通往妖精界的『通道』，『妖精之門』的力量是不是減弱了？」

「我也看到了『通道』汪！」黃金獵犬從角落中探出頭：「有人騎車騎到一半撞到『通道』，就忘了自己在騎車，好危險汪。」

飛踢點了點頭，臉上露出「只有同類懂我」的欣慰表情，繼續說道：「在守門人失蹤後，你們這一區的妖精之門力量減弱了，一直到最近門已經快關不住了，通往妖精之國的『通道』才會隨機出現。」

「守門人？誰？」臭妹——棕髮貓耳男子——伸手挖了挖鼻孔：「林杯終於能自己挖鼻孔了，真爽快！」

「真粗魯，不要毛色像大便行為就這麼粗俗。」奶油色的波斯優雅地哼了一聲：「守門人不就是那隻喜歡裝模作樣的銀黑虎斑貓嗎？」

「對喔！我記得牠，牠很喜歡說一些奇怪的話……喵的！你不要以為說了後面那句，就以為林杯會沒聽見前面那句喵！」臭妹怒道：「你說誰的毛色像大便？」

奶油波斯眨了眨橘色的圓眼：「誰承認就是說誰喵。」

「喵的！要我說幾次！這是可可色喵！」臭妹拎起奶油波斯：「不要以為我不敢揍你喵！」

「真的要打，你還不是打不贏我？」奶油波斯睜大雙眼，一臉無辜的模樣讓人看得心頭都快化了：「你一個月要被我撲倒幾次喵？」

「等一下！」我衝向前拉住臭妹的手：「你們剛剛說的守門人、那隻銀黑虎斑貓叫什麼名字？」

「對了，可以告訴我你的名字嗎？老是喂喂叫也不是辦法？」

「那麼重要的東西才不能告訴你呢。」

「讓你死了還算是便宜你了，你這個沒用的笨蛋！」

有著楠的臉孔的貓耳少女用貓的聲音說：

「再見。」

「不、其實我也不知道牠叫什麼名字，但我很想知道和牠有關的消息，什麼都可以。」我急切地說。

「貓」在從高樓落下之後，便像是露水在天亮後蒸發，消失得不見蹤影，我一直想要找到牠，問牠為什麼人型是楠的樣子，問牠為什麼要救我……以至於我一聽見可能是「貓」的消息就完全無法冷靜下來。

「林杯也不知道……話說回來，守門人有說過自己的名字嗎？」臭妹將奶油波斯放回地上，粗著聲音回道。

附帶一提，這傢伙仍維持人型，此刻當然是光溜溜的，幸好這傢伙是公的，人型還是個肌肉男，我才能面不改色的和牠講話。

奶油波斯拱起肩膀抖了抖身體，把身上的長毛理順後，才慢條斯理地答道：「我也有點忘了，我只記得牠自稱是什麼『肉球守護者』還是『絕對真實之肉球』之類的，取名字的品味真差。」

只說真差還真是太客氣了，簡直是糟到不行呀！但這糟到不行的取名品味，讓我越來越確定這隻不知名的守門人兼銀黑虎斑貓是我認識的「貓」。

「喂！專心！專心！」飛蹋不滿地拍了拍樹幹，吸引大家注意：「現在是在開會！你們不要擅自聊起來！」

可惜飛蹋拍打樹幹吸引注意力的效果有限，貓咪們照舊聊天的聊天、睡覺的睡覺，定春則是瞪飛蹋瞪累了，開始瞇著眼睛打盹。

「……我看還是趕快結束好了。」飛蹋按按額頭不斷跳動的青筋：「我猜剛才一定有貓沒聽清楚，總之就是守門人不知為什麼消失了，妖精之門的力量因此減弱，所以……」

飛蹋清了清喉嚨。

「我們要選出新的守門人！」

狗狗們的反應：

「守門人這個職位很重要的！我們真的能勝任嗎？」

「正因為重要，所以要努力汪！」

「可是守門人只是消失了又不是死了，我們是不是該先去把牠找出來？」

「那在把牠找出來前，我們要努力替牠守住妖精之門汪！」

貓咪們的反應：

「看來沒我們的事了，可以回去睡覺了喵。」

「這種小事找大家來幹嘛喵？吃飽太閒了喵。」

「寶寶，長大以後不要像這位狗姐姐一樣做沒意義的事喵。」

「我懂了喵！媽咪我想睡了喵！」

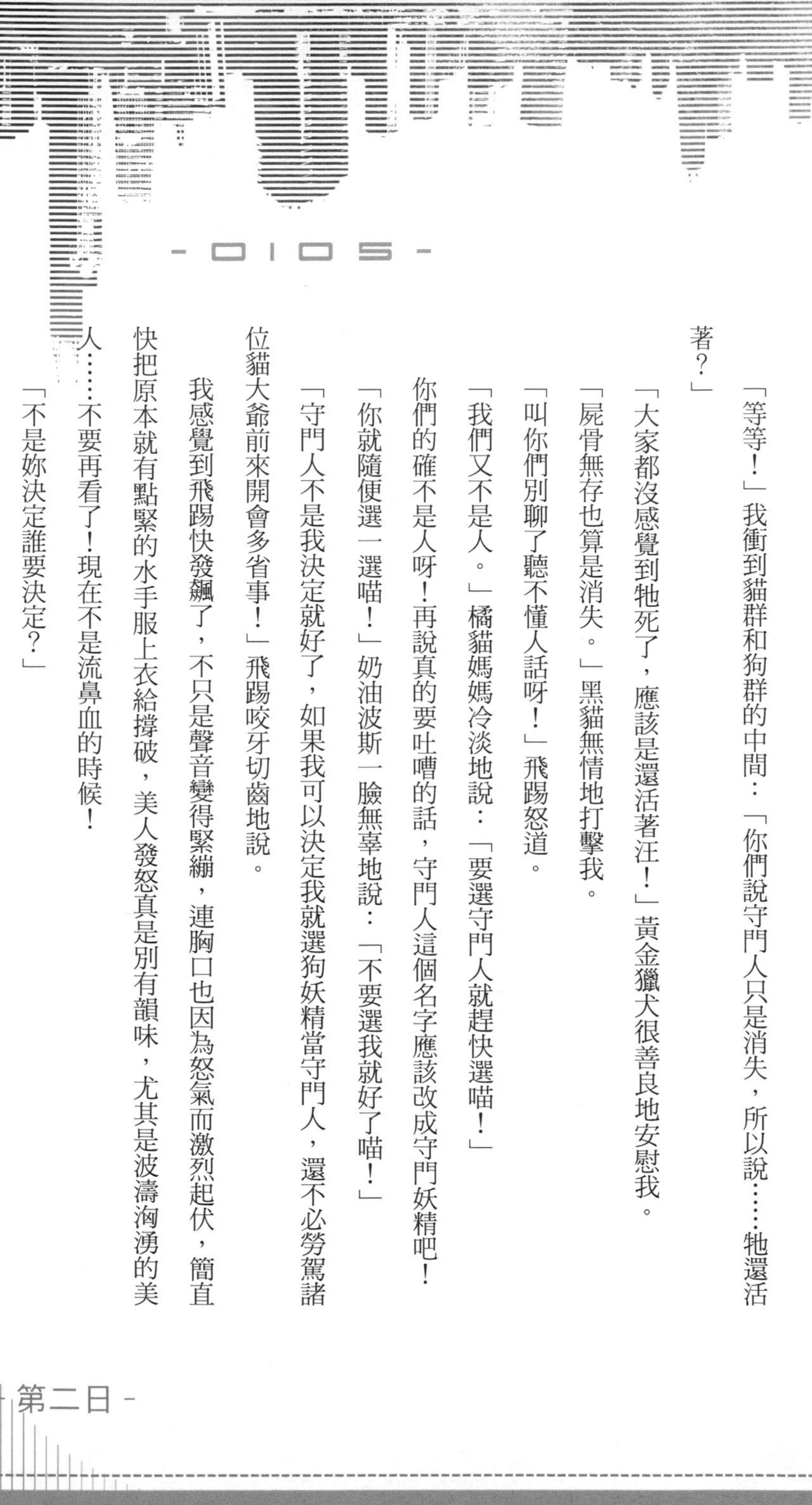

著？」

「等等！」我衝到貓群和狗群的中間：「你們說守門人只是消失，所以說……牠還活著？」

「大家都沒感覺到牠死了，應該是還活著汪！」黃金獵犬很善良地安慰我。

「屍骨無存也算是消失。」黑貓無情地打擊我。

「叫你們別聊了聽不懂人話呀！」飛踢怒道。

「我們又不是人。」橘貓媽媽冷淡地說：「要選守門人就趕快選喵！」

你們的確不是人呀！再說真的要吐嘈的話，守門人這個名字應該改成守門妖精吧！

「你就隨便選一選喵！」奶油波斯一臉無辜地說：「不要選我就好了喵！」

「守門人不是我決定就好了，如果我可以決定我就選狗妖精當守門人，還不必勞駕諸位貓大爺前來開會多省事！」飛踢咬牙切齒地說。

我感覺到飛踢快發飆了，不只是聲音變得緊繃，連胸口也因為怒氣而激烈起伏，簡直快把原本就有點緊的水手服上衣給撐破，美人發怒真是別有韻味，尤其是波濤洶湧的美人……不要再看了！現在不是流鼻血的時候！

「不是妳決定誰要決定？」

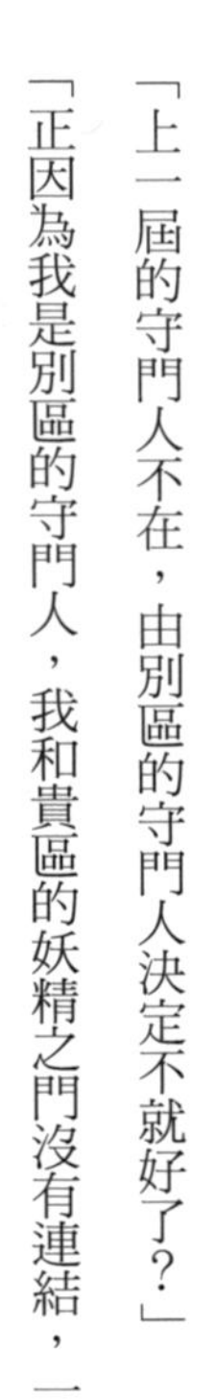

「上一屆的守門人不在，由別區的守門人決定不就好了？」

「正因為我是別區的守門人，我和貴區的妖精之門沒有連結，一定要這一區的妖精才能成為守門人，所以……」飛踢深吸了一口氣，鄭重地宣布：「你們這區的妖精要舉辦比武大會，來決定誰是下一屆的守門人！」

這個發言引起了一陣譁然。

「汪！有比賽就要認真！可是榮譽守則教導我們不能和比我們嬌小的生物對打，該怎麼辦呀汪！」

「貓咪們變成人型也和我們差不多大呀汪！」

「但貓的原型比我們小，絕對不欺負弱小是狗妖精的驕傲汪！」

這是狗狗們的反應。

「打架好麻煩喵。」

「當守門人好像也很麻煩喵。」

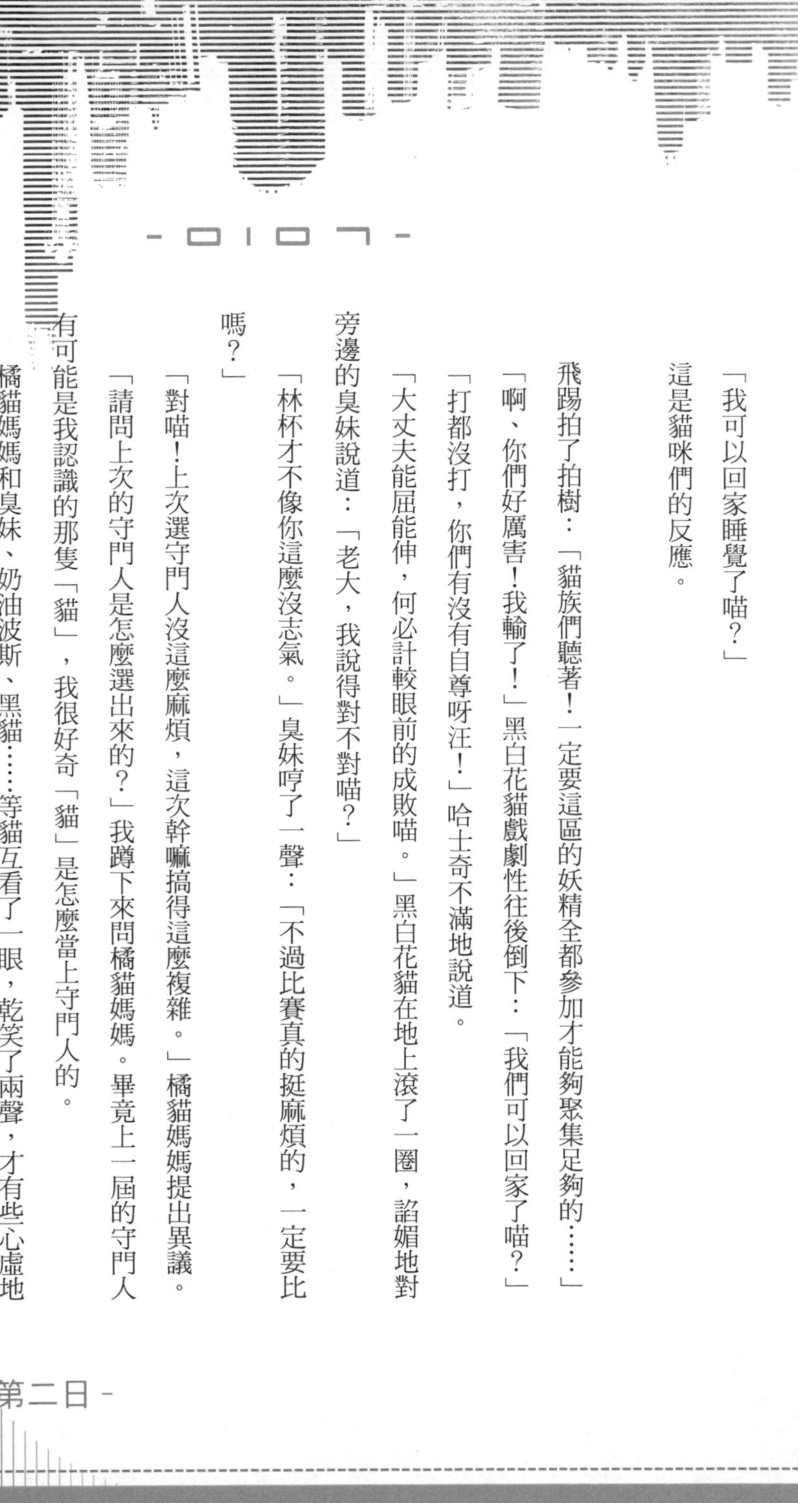

「我可以回家睡覺了喵？」

這是貓咪們的反應。

飛蹋拍了拍樹：「貓族們聽著！一定要這區的妖精全都參加才能夠聚集足夠的……」

「啊、你們好厲害！我輸了！」黑白花貓戲劇性往後倒下：「我們可以回家了喵？」

「打都沒打，你們有沒有自尊呀汪！」哈士奇不滿地說道。

「大丈夫能屈能伸，何必計較眼前的成敗喵。」黑白花貓在地上滾了一圈，諂媚地對旁邊的臭妹說道：「老大，我說得對不對喵？」

「林杯才不像你這麼沒志氣。」臭妹哼了一聲：「不過比賽真的挺麻煩的，一定要比嗎？」

「對喵！上次選守門人沒這麼麻煩，這次幹嘛搞得這麼複雜。」橘貓媽媽提出異議。

「請問上次的守門人是怎麼選出來的？」我蹲下來問橘貓媽媽。畢竟上一屆的守門人有可能是我認識的那隻「貓」，我很好奇「貓」是怎麼當上守門人的。

橘貓媽媽和臭妹、奶油波斯、黑貓……等貓互看了一眼，乾笑了兩聲，才有些心虛地

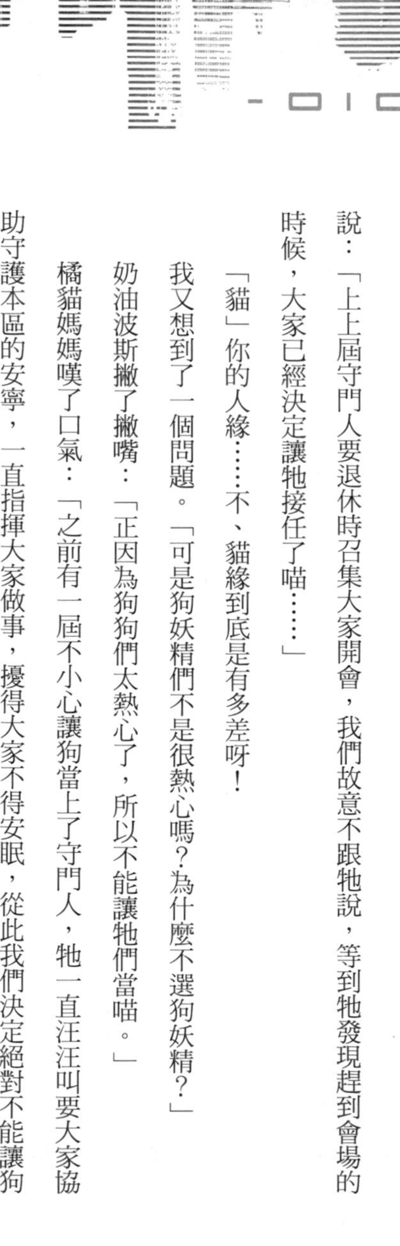

說：「上上屆守門人要退休時召集大家開會，我們故意不跟牠說，等到牠發現趕到會場的時候，大家已經決定讓牠接任了喵……」

「貓」你的人緣……不、貓緣到底是有多差呀！

我又想到了一個問題。「可是狗妖精們不是很熱心嗎？為什麼不選狗妖精？」

奶油波斯撇了撇嘴：「正因為狗狗們太熱心了，所以不能讓牠們當喵。」

橘貓媽媽嘆了口氣：「之前有一屆不小心讓狗當上了守門人，牠一直汪汪叫要大家協助守護本區的安寧，一直指揮大家做事，擾得大家不得安眠，從此我們決定絕對不能讓狗妖精當上守門人喵。」

「你們決定？貓妖精的數量比狗妖精的數量多嗎？」我好奇地問。

「其實差不多，不過狗妖精會被主人鍊住，牠們雖然能掙開鍊子，但牠們覺得這種行為違背和主人的約定，所以……」橘貓媽媽聳聳肩。

「汪！你們夠了沒！在我還沒說完之前不准開口！」

飛蹋尖銳地吠叫了一聲，所有的貓狗很神奇地同時住嘴了。

看來這是飛蹋的特異功能，不然依照牠們開會時的樣子，還真不知道什麼時候才能討論完。可惜這招看起來極是費力，飛踢用完就上氣不接下氣地喘個不停，難怪沒有一開始就拿出來用。

「好累……因為……上一屆的守門人失蹤，所以無法傳、承妖精之門的『鑰之力』給下一個……守門人，一定要……這區所有的妖精都參與打鬥，才能夠……聚集、足夠的力量，取回『鑰之力』，讓妖精之門維持穩……定的狀態、汪……好喘。」

飛踢邊喘邊說完這麼一長串話，扶著牆休息了一會繼續說道：「我是別區的守門人，來這裡協助你們選出下一個守門人，大家不准有異議，下次開會時把所有認識的貓狗妖精統統都叫來，直接開始比賽。」

狗狗們興奮地點頭，貓咪們不能開口，只好怒目瞪向飛踢，而我則默默地舉起手：「我有問題……請問為什麼要把我抓來這裡？這些事應該和我沒什麼關係吧？」聽到現在全都是妖精們的家務事呀！把我抓來幹嘛？

「當然有關係！」飛踢斬釘截鐵地說：「你曾提供過上一屆守門人大量的記憶，因此，你和上一屆守門人之間建立了連結，我要將妖精們打鬥時產生的能量灌輸到你身上，藉此強化連結，等力量足夠後，我們才能取回屬於上一屆守門人的『鑰之力』，才能再次

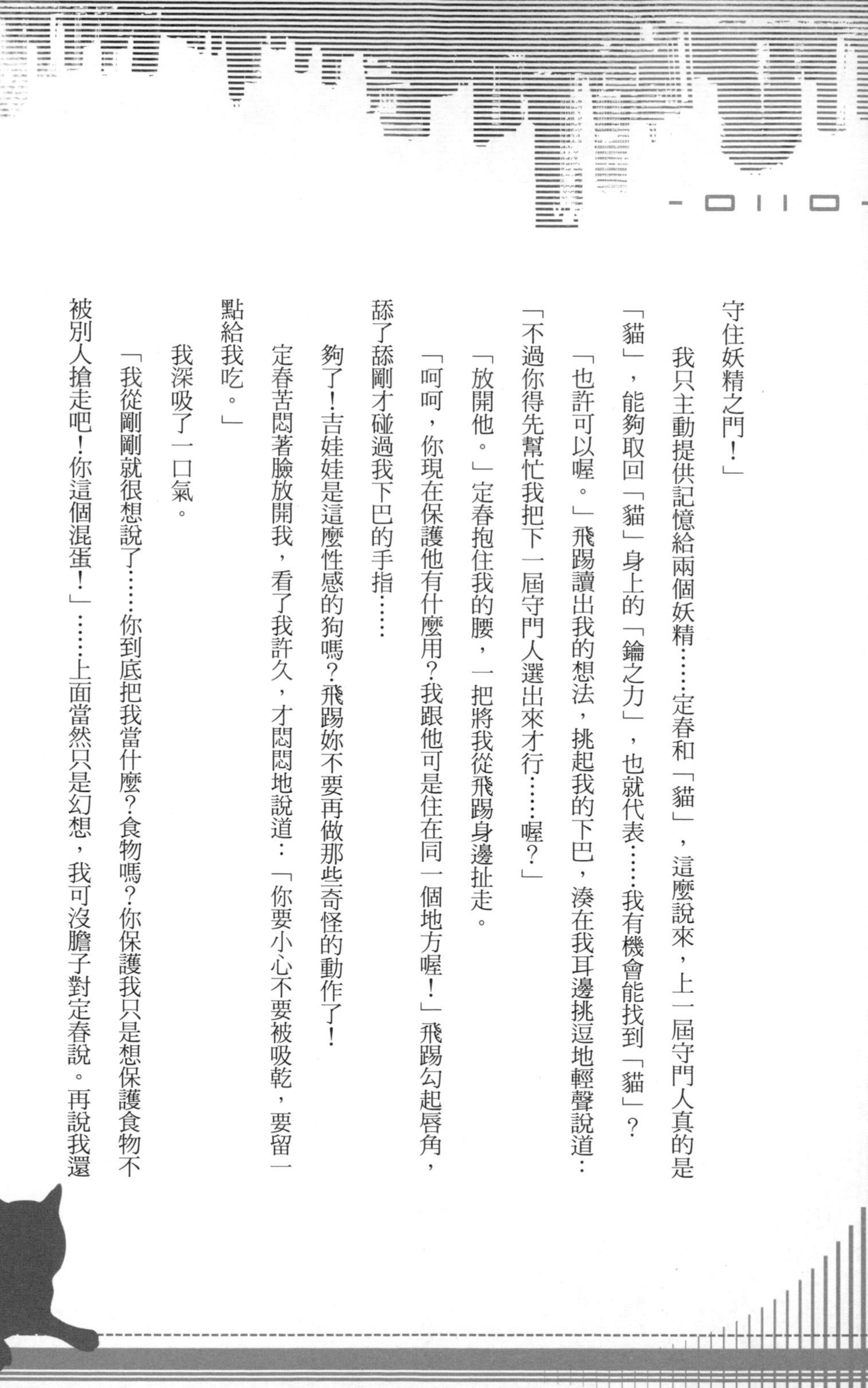

守住妖精之門！」

我只主動提供記憶給兩個妖精……定春和「貓」，這麼說來，上一屆守門人真的是「貓」，能夠取回「貓」身上的「鑰之力」，也就代表……我有機會能找到「貓」？

「也許可以喔。」飛踢讀出我的想法，挑起我的下巴，湊在我耳邊挑逗地輕聲說道：「不過你得先幫忙我把下一屆守門人選出來才行……喔？」

「放開他。」定春抱住我的腰，一把將我從飛踢身邊扯走。

「呵呵，你現在保護他有什麼用？我跟他可是住在同一個地方喔！」飛踢勾起唇角，舔了舔剛才碰過我下巴的手指……

夠了！吉娃娃是這麼性感的狗嗎？飛踢妳不要再做那些奇怪的動作了！

定春苦悶著臉放開我，看了我許久，才悶悶地說道：「你要小心不要被吸乾，要留一點給我吃。」

我深吸了一口氣。

「我從剛剛就很想說了……你到底把我當什麼？食物嗎？你保護我只是想保護食物不被別人搶走吧！你這個混蛋！」……上面當然只是幻想，我可沒膽子對定春說。再說我還得想辦法鼓勵定春贏得妖精武鬥大會成為守門人，這樣我才能想辦法找到「貓」，當然不能在這時得罪定春。

「罷了，先不玩弄你們了！」飛踢恢復了正常的表情，隨意擺了擺手：「大家先回去吧！明天同一時間記得帶認識的妖精過來，散會！」

貓咪們一聽到能離開，馬上一掃方才愛睏的模樣，個個健步如飛，轉眼間只剩下還在睡覺的幾隻小貓……看來牠們是打算睡飽再回家；倒是狗狗們因為貓咪們離去才真正放鬆下來，七嘴八舌地討論武鬥大會。

定春臨去前委屈地看了我一眼，才小聲地說：「你最近好像胖了，還是讓飛踢帶你回家吧！」

……搞什麼呀！原來你是覺得我變胖了才不帶我回去！再說我才沒變胖呢！

「我帶你回去吧！」飛踢眨了眨眼睛，搭上我的肩膀：「如果你不嫌棄我的胸部老是會撞到你的話。」

「不是說不玩弄我了嗎？」怎麼又調戲我！

「喂，人類，看下面！老大在叫你喵！」黑白花貓用貓手扒抓我的褲子。

臭妹已恢復成咖啡虎斑貓的模樣，用貓手指向旁邊的奶油波斯：「牠有話要跟你說。」

站在臭妹旁的奶油波斯優雅地點了點頭。「你剛不是問我上一屆守門人叫什麼名字嗎？我想起來了喵。」

「什麼？你知道牠叫什麼名字了嗎？」我蹲下來，拉住奶油波斯的貓手……然後被奶油波斯甩開。

「不要亂摸喵！」奶油波斯抖了抖手，退後了兩步，才開口道：「我曾聽牠說：『可以叫我小翼』，我猜小翼應該是牠的名字。」

我的心跳漏了一拍。「小翼？哪個翼？怎麼寫？」

臭妹和奶油波斯同時露出了鄙視的表情，異口同聲地說：「你竟然問貓字怎麼寫？丟不丟臉呀喵！」

我無視兩貓的吐嘈，在嘴裡輕輕唸著貓的名字。

「小翼……『貓』，你的名字，真的叫小翼嗎？」

第三日·

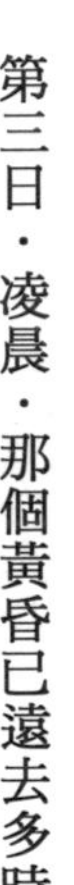

第三日・凌晨・那個黃昏已遠去多時

「羽楠、羽楠、羽楠……妳幹嘛不理我呀？」我用手在楠的面前揮了揮。

楠拍開我的手，捏住我的耳朵：「我不是說我不喜歡被叫羽楠嗎？」

「可是我覺得羽楠這兩個字很好聽呀！」我委屈地說：「不要捏了，耳朵好痛。」

楠將手中的書翻了一頁，順手揉了揉我被捏紅的耳朵當作安撫：「不是不喜歡發音，而是不喜歡字。」

「怎麼說？」

「『羽』這個字不就是羽毛的意思？羽毛無法控制自己的方向，只能隨著翅膀揮舞，若是從翅膀上脫落，就只能隨風飄零，我不喜歡這樣。」楠皺了皺鼻子：「可是這是族譜排到的名字，我也不能去改掉，我也只能叫別人別這樣叫我了。」

「這樣啊……」我無聊地用楠的頭髮打蝴蝶結，不管試了幾次，蝴蝶結都會馬上滑開，頭髮又恢復成直溜溜的模樣：「『羽』這個字不好，哪個字好呢？」

「羽翼的『翼』就很棒呀！」楠往後仰躺在我的腿上：「有了翅膀，就能夠飛翔、就

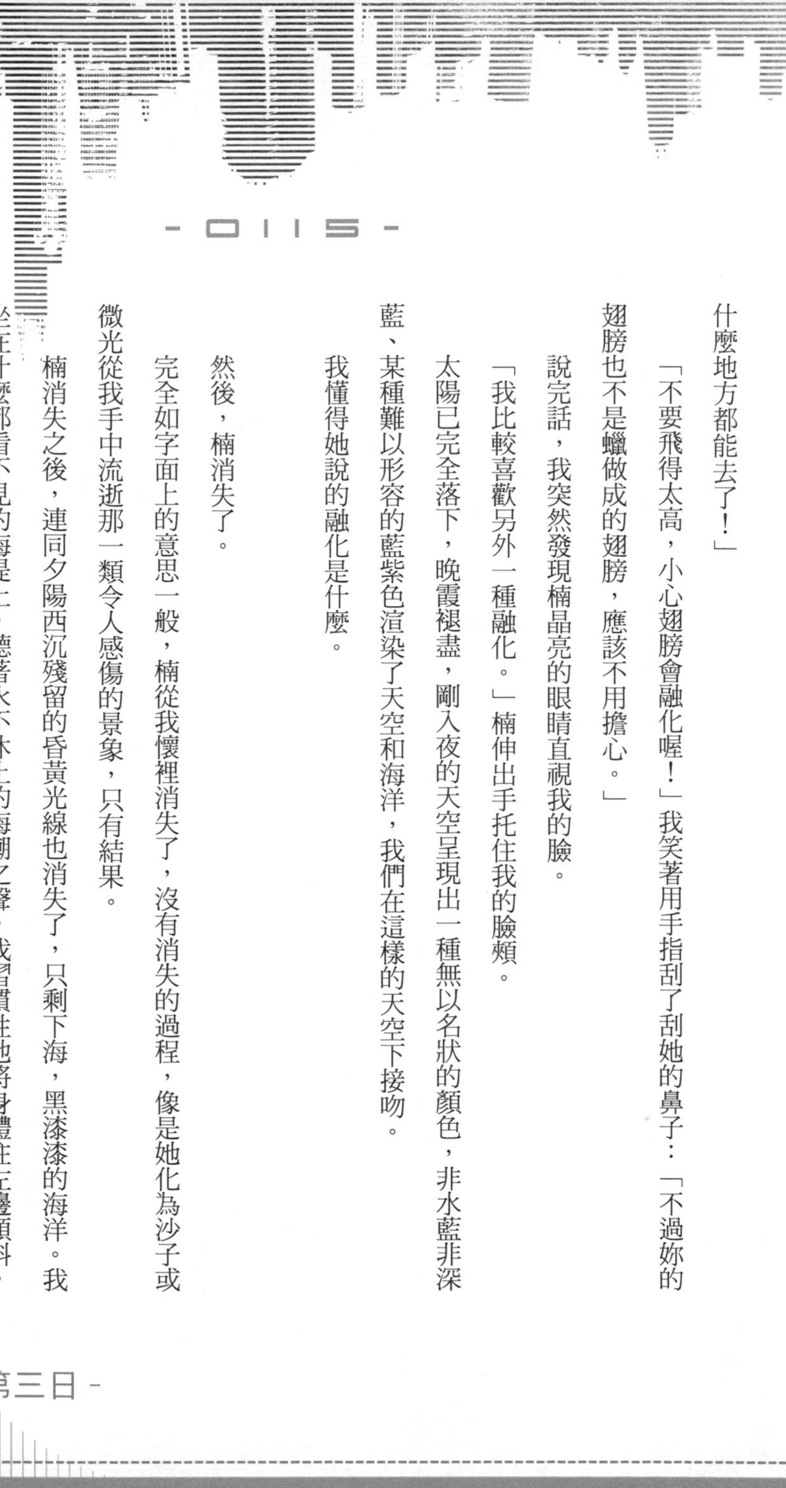

什麼地方都能去了！」

「不要飛得太高，小心翅膀會融化喔！」我笑著用手指刮了刮她的鼻子：「不過妳的翅膀也不是蠟做成的翅膀，應該不用擔心。」

說完話，我突然發現楠晶亮的眼睛直視我的臉。

「我比較喜歡另外一種融化。」楠伸出手托住我的臉頰。

太陽已完全落下，晚霞褪盡，剛入夜的天空呈現出一種無以名狀的顏色，非水藍非深藍、某種難以形容的藍紫色渲染了天空和海洋，我們在這樣的天空下接吻。

我懂得她說的融化是什麼。

然後，楠消失了。

完全如字面上的意思一般，楠從我懷裡消失了，沒有消失的過程，像是她化為沙子或微光從我手中流逝那一類令人感傷的景象，只有結果。

楠消失之後，連同夕陽西沉殘留的昏黃光線也消失了，只剩下海，黑漆漆的海洋。我坐在什麼都看不見的海堤上，聽著永不休止的海潮之聲，我習慣性地將身體往左邊傾斜，卻撲了個空。

對了，楠不在了，可是這裡是夢，什麼事都能夠發生，所以我應該能把她呼喚回來吧？但要怎麼讓楠再次出現在我的夢中呢？

我試著大聲呼喚她的名字，海風和浪潮聲把我的呼喊吞沒，我的身邊依舊空蕩蕩的。

既然這樣不行，那我就用想像的，「貓」曾說過，我的想像比記憶還要更加的真實，那我就想像吧！

想像她還在我身邊，想像她靠在我的肩膀上，臉頰的觸感、肩膀相觸傳來的熱度，長髮隨風搔動在我的頸間，想像她飽滿的額頭、想像她的睫毛微微顫動的模樣。

但不管我怎麼想像，還是覺得缺少了什麼，她顴骨上的痣是在右邊還是左邊，她的手背有一個擦傷的疤痕還是兩個？她不高興的時候，是會先發出嘖還是哼聲？

以前明明記得的，現在卻怎麼想也想不起來，我喜歡她，就算已經分開了，到現在還是喜歡她。

腦海中有個聲音冷酷地說：「既然這麼喜歡她，為什麼那時候要和她分開？」

一定有某個契機、某個特別的原因，讓我做了這個決定，那應該是非常重要的事，但

我卻怎麼想也想不起來。

那些遺忘的記憶，到底去了哪裡呢？

「不要再作夢了，你的夢吵到我睡不著。」

半睡半醒間，我被低沉的女聲所喚醒，我迷迷糊糊地睜開眼睛，沒有找到任何像是女性的人影，以為是在作夢，又倒回床上，希望能夠回到剛才那個夢。

「是我在說話，我是飛蹋。」一個小巧的影子從沙發上跑到我床邊：「吵死人了，既然一想到就傷心，還是忘了吧。需要我幫你取走這些記憶嗎？」

我用力眨了眨眼睛，擦掉眼角的眼屎，看清眼前說話的是隻嬌小的吉娃娃，才記起小文的表妹把吉娃娃寄放在我家、吉娃娃又變身成妖精這一連串的事。

飛蹋用短短的腳搭在我的枕頭上。「要嗎？我能幫你把悲傷的記憶取走。」

「不用。」我遲鈍地搖了搖頭：「我睡不著了，可以和妳聊聊嗎？」

「好。」飛踢將頭靠在我的枕頭上，一對分得很開的眼睛專注地看著我：「我們也沒什麼好聊的，我猜……你想問我妖精的事？」

「嗯。剛開始看到妖精的時候，還有『貓』……也就是上一任守門人待在我身邊，後來『貓』離開了，定春什麼都不知道，我想妳是守門人，應該知道比較多的事吧？」我想了想，決定先從一個比較不敏感的問題問起：「為什麼守門人只從貓狗妖精選出？」

「守門人必須是同時並存在妖精界和人界的妖精，所以只有有實體的妖精能夠擔任，而且守門人最好是和人類友好的妖精，攻擊性也不能太強，同時符合這些條件的只有貓妖精和狗妖精。」

「沒有鳥妖精和兔妖精嗎？」

「有，但數量不多，而且牠們也不是以戰鬥力著稱的妖精，和貓狗妖精打起來也打不贏，就沒召集牠們。」飛踢看著我的臉幾秒後，露出鄙視的表情：「你只是想知道會不會有兔女郎妖精是吧？」

拜託！我是男人耶！幻想一下很過分嗎？

「嘖，看過貓耳美少年和犬耳波霸美女竟然還不滿足。我要叫雨綸和小文離你遠一點。」飛踢裝模作樣地哼了一聲：「男人和公狗果然沒什麼兩樣。」

我乾咳了一下。「就想想嘛！用想的不犯法吧！」

飛踢站起來，壓低肩膀、翹高屁股伸了個懶腰。

「睏了就睡吧！我不吵妳了。」我說。

「我不睏，而且你想問我的，不是這些吧？」飛踢說：「你在夢裡不斷詢問的問題可不是這個。」

我沉默了一會兒，開口道：「我問妳，那些遺忘的記憶到底到哪裡去了？」

「被妖精吃掉了呀。」飛踢說。

「那……記憶被妖精吃掉之後，記憶就完全消失了嗎？」

飛踢動了動那對幾乎有牠的臉一半大的耳朵。「記憶被妖精吃掉，消化，然後……」

「呃、消化之後，不會就變成……」

「才不是變成大便！」飛踢激動地站起來：「你竟然在淑女面前提大便！」

「我才沒說！從頭到尾那兩個字都是妳自己說的！」我試著將話題拉回正軌：「先別管那兩個字了，記憶被妖精吃掉之後，那些消失的記憶到哪裡去了？」

「去妖精界呀！」飛踢理所當然的說：「不然你以為守門人守妖精之門是守好玩的嗎？」

我當然知道不是守好玩的，我在意的是妳明明知道答案，剛剛提什麼大便呀？

飛踢把頭湊到我嘴邊：「再吐嘈我就親你。」

我推開飛踢的頭：「說正經的，所有的記憶在妖精界都可以找得到嗎？」

「嗯，從以前到現在，所有的記憶全都在那裡。」

「妳可以帶我去妖精界嗎？」

「不行，我只是負責看守大門的守門人，不能擅離職守。不過，在更換守門人的時候，妖精之門會開啟，再由新的守門人關上，那時你可以請新的守門人讓你進去。」

「進去的話，就能夠找到我想要找的東西嗎？」我輕聲問：「『貓』、上一屆的守門人，也在那扇門後面嗎？」

「我不知道，我只知道……」飛踢停頓了一下，將細細的前爪搭在我的臉上：「進了那扇門，可能會死。你想死我是無所謂，我只是有點好奇，你不怕死嗎？」

我笑了。

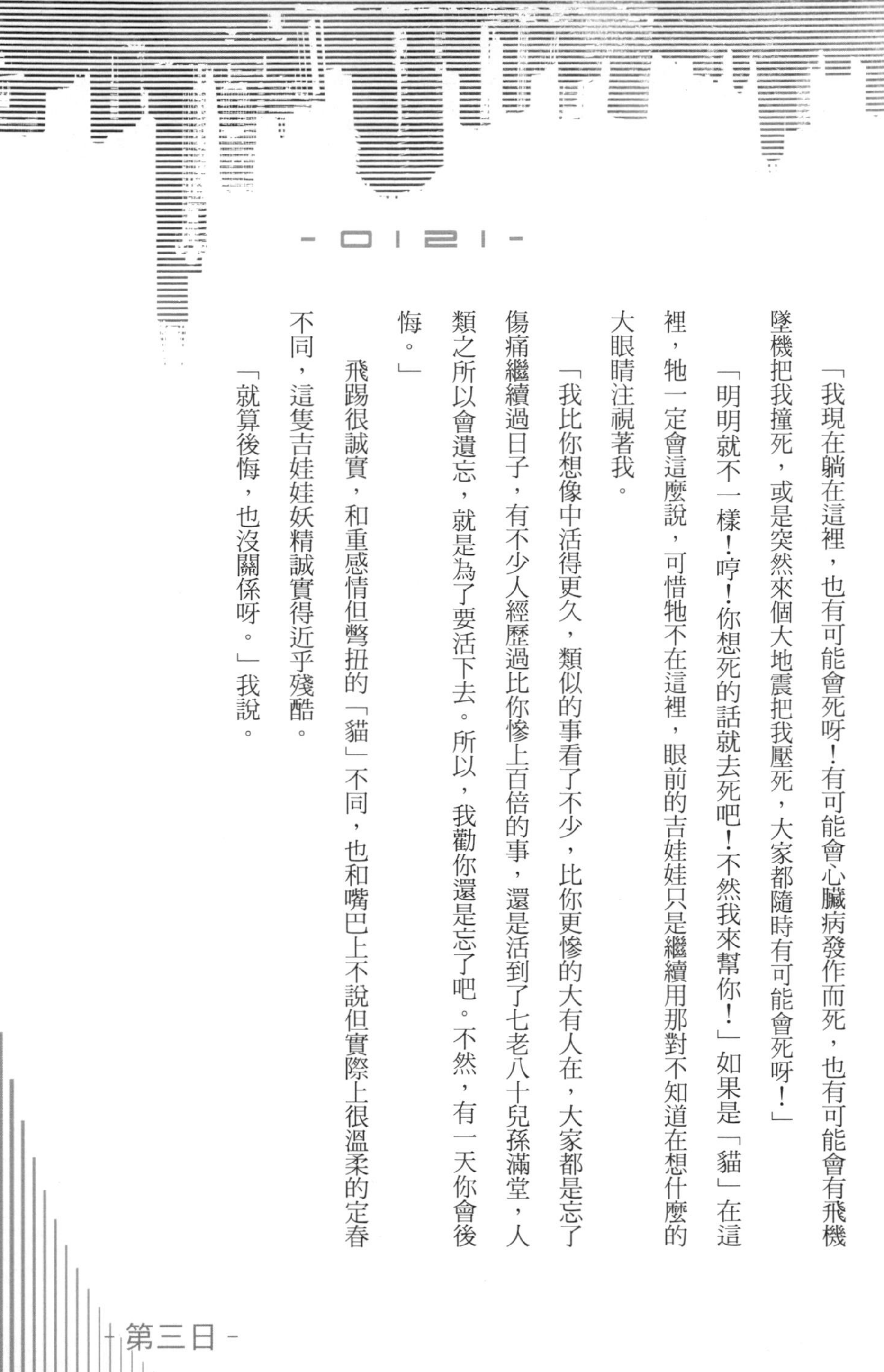

「我現在躺在這裡，也有可能會死呀！有可能會心臟病發作而死，也有可能會有飛機墜機把我撞死，或是突然來個大地震把我壓死，大家都隨時有可能會死呀！」

「明明就不一樣！哼！你想死的話就去死吧！不然我來幫你！」如果是「貓」在這裡，牠一定會這麼說，可惜牠不在這裡，眼前的吉娃娃只是繼續用那對不知道在想什麼的大眼睛注視著我。

「我比你想像中活得更久，類似的事看了不少，比你更慘的大有人在，大家都是忘了傷痛繼續過日子，有不少人經歷過比你慘上百倍的事，還是活到了七老八十兒孫滿堂，人類之所以會遺忘，就是為了要活下去。所以，我勸你還是忘了吧。不然，有一天你會後悔。」

飛蹋很誠實，和重感情但彆扭的「貓」不同，也和嘴巴上不說但實際上很溫柔的定春不同，這隻吉娃娃妖精誠實得近乎殘酷。

「就算後悔，也沒關係呀。」我說。

第三日・中午・意外的午餐約會

踏入辦公室，一忙起來別說思考怎麼說服定春打贏比武大會，連上廁所的時間都沒有，轉眼間就到了中午吃飯時間，我突然接到了雨綸的來電。

「你中午吃什麼？我幫小文買了便當，結果她臨時被上司抓去聚餐，我這邊多了一個便當，你要不要吃？」

「啊？可是我……」我有訂便當呀！

「你該不會是討厭我才不吃我買的便當吧？啊？」

這句話聽起來怎麼這麼像黑道老大勸酒的台詞？像是「你是看不起我所以才不喝我的酒」之類的。

「要不要吃一句話！我的便當也是花錢買的呀！」雨綸的聲音聽起來很不耐煩。

「好吧！我吃，妳人在哪？」我抱著多一事不如少一事的心情答應雨綸的邀請——如果拒絕了她，不曉得會有什麼麻煩，還不如多吃個便當算了。

「我在樓下，快點下來，掰！」雨綸很有個性的掛了電話。

我將我訂的便當交給了忘記訂便當的偉哥後，迅速衝下樓。

「你終於來了！熱死人了！」雨綸把裝著便當的塑膠袋塞進我手中，扯下鴨舌帽權充帽子搧了兩下。

雨綸今天穿著一件天藍色的無袖上衣和牛仔短褲，露出了細瘦的手臂和筆直的長腿，腿上穿著過膝的黑色膝上襪，襪子和短褲的中間露出了宅男夢寐以求的絕對領域，不得不說雨綸今天這身打扮十分青春洋溢，但我不明白的是天氣明明熱得要命，為什麼硬要穿上肉眼看起來就覺得很厚的黑褲襪，黑色不是會吸熱嗎？

「你看什麼看？」雨綸瞪了我一眼：「還不快帶我去涼一點的地方吃飯？」

為了不被雨綸當作是變態──畢竟我什麼都沒做，她就懷疑我可能會對一隻母的吉娃娃做不該做的事──我吞下到了嘴邊的疑問，領著雨綸往來賓的用餐區走去，然後才後知後覺地發現手上有兩個便當：「咦？妳也要在這邊吃？」

「廢話！不然帶回去便當都冷掉了，吃什麼吃呀！」雨綸又瞪了我一眼。

「坐吧！」我坐下來吃了兩口便當，發現雨綸完全沒動便當，「怎麼了？太熱了吃不下？」

「那是小文的公司？」雨綸用筷子指向敝公司大門。

「不是，那是我的公司，小文的是另一邊……妳在等她？」

「沒事。你們公司的人都會從那裡出入嗎？」

「沒有喔！只有位置在六樓的人才會從這裡進出，我們公司租了兩個樓層，有些部門的位置在三樓。妳為什麼要問這個？」

「沒事，就隨便問問。」

聽起來可不隨便呀！我們公司的人從哪進出一點都不像高中女生會感興趣的話題呀！

「還不快吃飯！看著我的臉能下飯嗎？」雨綸哼了一聲，低頭猛吃便當，儘管她轉移話題的企圖十分明顯，但我為了不自找麻煩，決定保持沉默明哲保身。

便當一下子就吃完了，而雨綸吃了一半，就開始用筷子數飯粒，看起來不像是吃完就要走的意思，她到底找我來做什麼？

「妳怎麼過來的？」我隨便提了個話題。

「開飛機……當然是騎腳踏車呀！笨蛋！」

女子與小人果真難養也！話說回來，小文家離公司不算遠，騎腳踏車還是得騎個二十

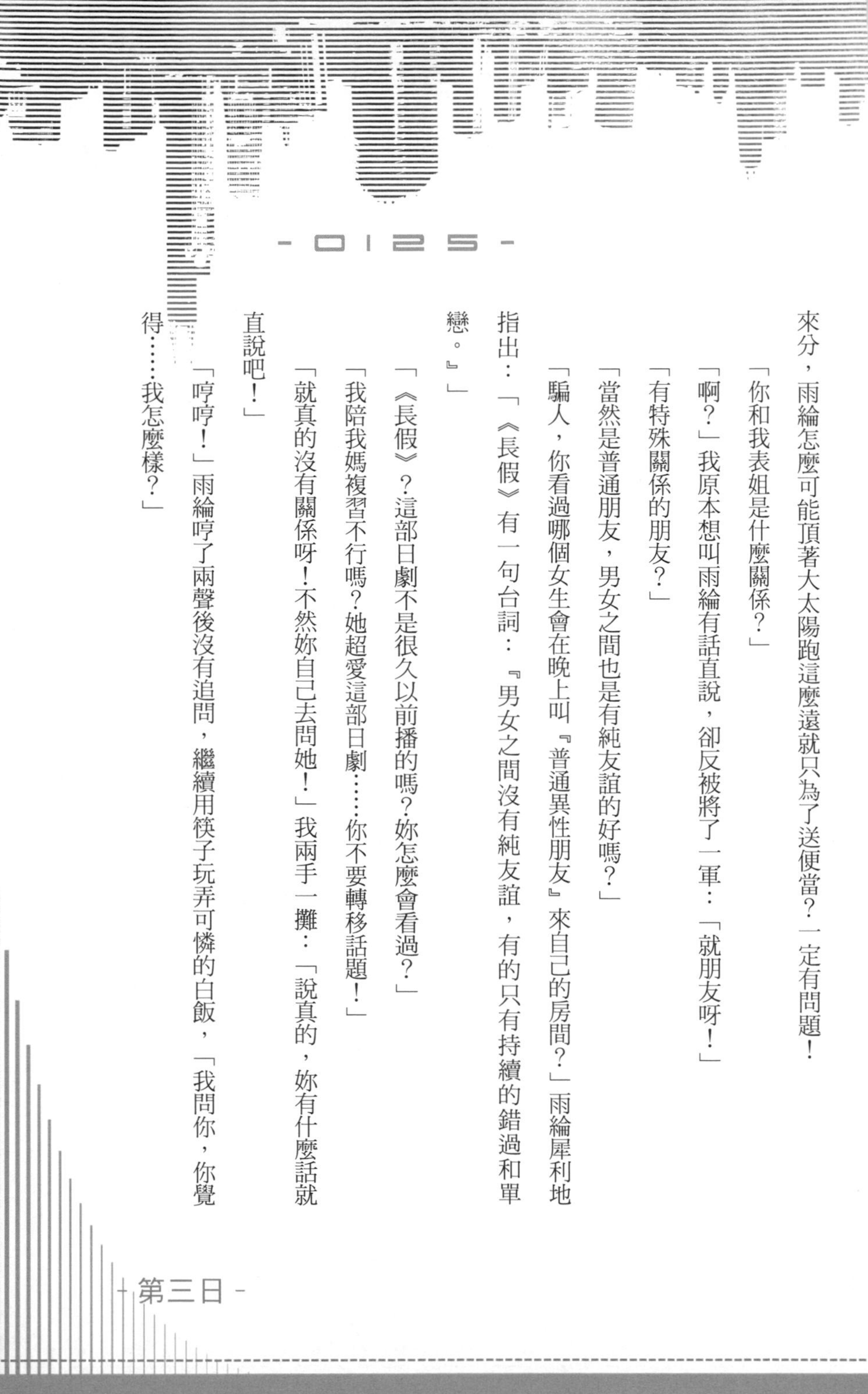

來分，雨綸怎麼可能頂著大太陽跑這麼遠就只為了送便當？一定有問題！

「你和我表姐是什麼關係？」

「啊？」我原本想叫雨綸有話直說，卻反被將了一軍：「就朋友呀！」

「有特殊關係的朋友？」

「當然是普通朋友，男女之間也是有純友誼的好嗎？」

「騙人，你看過哪個女生會在晚上叫『普通異性朋友』來自己的房間？」雨綸犀利地指出：「《長假》有一句台詞：『男女之間沒有純友誼，有的只有持續的錯過和單戀。』」

「《長假》？這部日劇不是很久以前播的嗎？妳怎麼會看過？」

「我陪我媽複習不行嗎？她超愛這部日劇……你不要轉移話題！」

「就真的沒有關係呀！不然妳自己去問她！」我兩手一攤：「說真的，妳有什麼話就直說吧！」

「哼哼！」雨綸哼了兩聲後沒有追問，繼續用筷子玩弄可憐的白飯，「我問你，你覺得……我怎麼樣？」

「啥?」我不可置信地望著眼前之人。

沒錯呀!還是那個頭髮短短、身材乾瘦得像個少年的雨綸呀!可是她原本睫毛有這麼長嗎?為什麼眼睛突然變得水汪汪的?冷氣明明很強她的臉頰為什麼這麼紅呀?可惡,我的心跳好像在加速了,心臟呀給我撐著點,最近為什麼常常亂跳,我和雨綸差超過十歲呀!難道我的喜好要繼跨越性別(定春是公的)、跨越物種(定春和飛踢是貓和狗)後,變成要跨越年齡了嗎?不對!最後一項明明比較正常!

還有她剛剛問了什麼?先問了我和小文的關係,又問了我覺得她怎麼樣,莫非……

「變態!」雨綸半瞇著眼睛,充滿鄙夷的表情將我胸口亂跳的小鹿瞬間凍成雕像:「不要想歪了,我是想問你覺得我這個年紀的女孩子怎麼樣,就想了解一下大叔……大哥哥們的想法,沒什麼特別的!真的!」

「就可愛的小女孩呀!」我斟酌字眼:「感覺就像妹妹吧?」

「就、就只是妹妹嗎?沒有別的感覺嗎?像是……嗯、當成戀愛……對象之類的。」

雨綸努力讓表情維持鎮定,耳朵卻變得通紅:「我不是說你,是說跟你年紀差不多的男、男性。」

我從她吞吞吐吐的話中歸納出重點：「妳喜歡上年紀比妳大的男性？」

「討厭啦！」雨綸猛然站起，拎起背包就跑：「你去死啦！」

我想這是小女生被說中心事的嬌羞表現，追上去可能會讓她更生氣，決定待在原位靜觀其變，果不其然，雨綸狂奔到電梯前時就停下腳步瞪我，瞪了一會就踏著重重的腳步朝我的方向走來。

雨綸後方的自動門——敝公司的大門——突然開啟，雨綸聽到聲音往後看一眼，身體猛然一震，便以落荒而逃的架式衝向安全門，轉眼間便不見人影。

這是怎麼一回事？

「阿哲你怎麼在這裡？」資訊部門的老大看到我，走來向我打聲招呼，走近一看，老大紅通通的雙眼和疲憊的臉色讓我嚇了一跳。

「剛好有朋友到附近……你怎麼了？身體不舒服嗎？」老大年紀比我大了幾歲，平時總是以知性型男的形象現身，今天不只形容憔悴，頭髮和衣服也亂糟糟的，看起來極不尋常。

「沒事，就昨晚沒睡好。對了，你要我幫你改的系統，今早測又出了一些問題，晚點才能給你。」老大深深嘆了口氣：「唉！為什麼系統和女人一樣難搞呀？」

咦？看似瀟灑的老大竟然也會有戀愛的煩惱？

「那個系統沒有很急，你今天早點回去休息吧！」

「唉、其實這次修改的部分不會很難，就是之前不知道為什麼一直忘了改，才會拖到現在。不管了！我先回去睡一下。」老大向我擺了擺手，往電梯的方向走去，邊走邊自言自語道：「……女人心海底針呀！」

經歷過雨綸先前一連串的奇怪行為，這點我完全同意。不曉得讓老大這麼煩惱的人是何方神聖，是我們公司的同事嗎？聽說克拉拉剛進公司的時候，老大好像有追過她，但後來這件事無疾而終，我猜老大八成是被克拉拉嚇跑了。

我邊收拾便當，邊思考下午的工作內容，會計師很快就要來查帳了，我還有不少資料要準備，看來今天勢必得加班。

昨晚飛踢還特別吩咐我，今晚九點「一定」要出席妖精武鬥大會，但我不曉得十點前能不能脫身——我總不能跟怡君說：「今晚我一定要去參加妖精比武大會，我要先走了喔！掰！」她聽到這種鬼話不會殺了我才怪！

說到妖精武鬥大會，我得在今晚開打前，說服定春一定要想辦法贏得冠軍，成為下一位守門人，這樣我才有機會找到「貓」……

「我拒絕。」定春面無表情地說道。

「等等，你又不知道我要你幫我做什麼！不要這麼快就拒絕呀！」我抗議。

定春半瞇著眼睛盯著我看了一會，打了個大大的哈欠：「你在想什麼我都一清二楚。」

「沒錯，大哥哥你的念頭對於妖精來說，跟直接在我們耳邊大喊一樣清楚喔！」阿亂愉快地說：「像是『我好想見楠』、『楠到底怎麼了？』、『我想把貓找回來』、『一定要想辦法說服定春贏得武鬥大會的冠軍！』之類的每天都要聽到很多次，好煩人。」

「還有『怡君今天的衣服領口好低』、『最近常常感到臉紅心跳，難道是春天來了嗎？』、『克拉拉長得真好看、個性要是不這麼糟糕就好了』……我也聽得一清二楚。」

定春一口氣說了一長串的話，停頓了一下，咬字清晰地吐出兩個字：「變．態。」

「大哥哥為什麼一直臉紅心跳？是生病了嗎？」阿亂歪著頭，天真無邪地問道。

「別說了！我也是有隱私權的啊啊啊！」

在妖精相談室——一般人稱呼為「傳票室」的地方——我和定春、阿亂進行了以上對話。

「隱私權？」定春動了動耳朵：「聽說你有求於我？」

「我錯了，隱私權就是個屁，你想說什麼就說什麼吧。」我鄭重地低下頭：「拜託你幫我這個忙！我真的很希望能找到『貓』！我也只有你能拜託了！你想要買什麼零食我都答應！」

定春心不在焉地晃了晃尾巴。「之前的零食還沒吃完……而且已經有點膩了。」

「你想吃什麼都跟我說，我買！」

「小文說吃太多零食對身體不好，我不能不聽主人的話喵。」定春一臉正經地說道。

最好是你有這麼聽話！小文每次出門前都說：「定春你要乖乖待在家裡喔！」你還不是天天跑來公司跟蹤她，你要是聽話的話會跑來這裡嗎？

「不准抱怨。」定春嘟起嘴：「就算是在內心中抱怨也不行，反正我都聽得到。」

「定春大爺，我錯了！只要是我做得到的事我都答應你，拜託你幫幫我吧！」

「嗯……」定春皺起眉頭，一臉很為難的模樣。

「還是說……你不能答應我是因為別的原因？」依我對定春的了解，牠一開始不答應多半是想討價還價，我都已經說出不管什麼事都願意做了，定春還不答應，難道說在這之中另有隱情？

阿亂看看我又看看定春，飛到我的肩膀上，在我耳邊悄聲說：「貓哥哥不太喜歡打架、也懶得打架，而且牠覺得要是答應了你還打輸會很丟臉，會很丟臉。」

「我也知道輸贏這件事很難說，只要你盡力，剛剛我說的都算數。」我牙一咬：「我會無限量提供你『記憶』當作打架的能源，你要加油！」

定春粉色的嘴角高高翹起，露出尖尖的虎牙。

「就這麼說定了。」定春走向我：「那我要收訂金囉！」

「嗚、嗚……」

「呼啊！你走開！」我把定春推開：「呼、呼……我很早以前就想說了，不能從別的地方補充嗎？雖然說我有求於你，可是也考慮一下我的心情吧！」

「大哥哥，你的心跳好快，沒事吧？」阿亂在我眼前飛了一圈：「看得見我嗎？你看起來站不太穩。」

「我沒事，就是頭有點暈。」我伸手扶住身後的櫃子，往後退了兩步：「我絕對不是被你弄到腿軟喔！而是血糖過低，都已經快八點多了我還沒吃晚餐……」

「腿軟就腿軟……」定春突然瞪大了眼睛，阿亂同時也遮住了嘴。

怎麼了？為什麼傳票室突然變亮了？定春好像在說話，為什麼我聽不見牠的聲音？這麼說來，在定春旁邊晃來晃去的長著翅膀的是什麼東西？不對，那個白頭髮頭上有貓耳的人是誰？我在哪裡？

我……

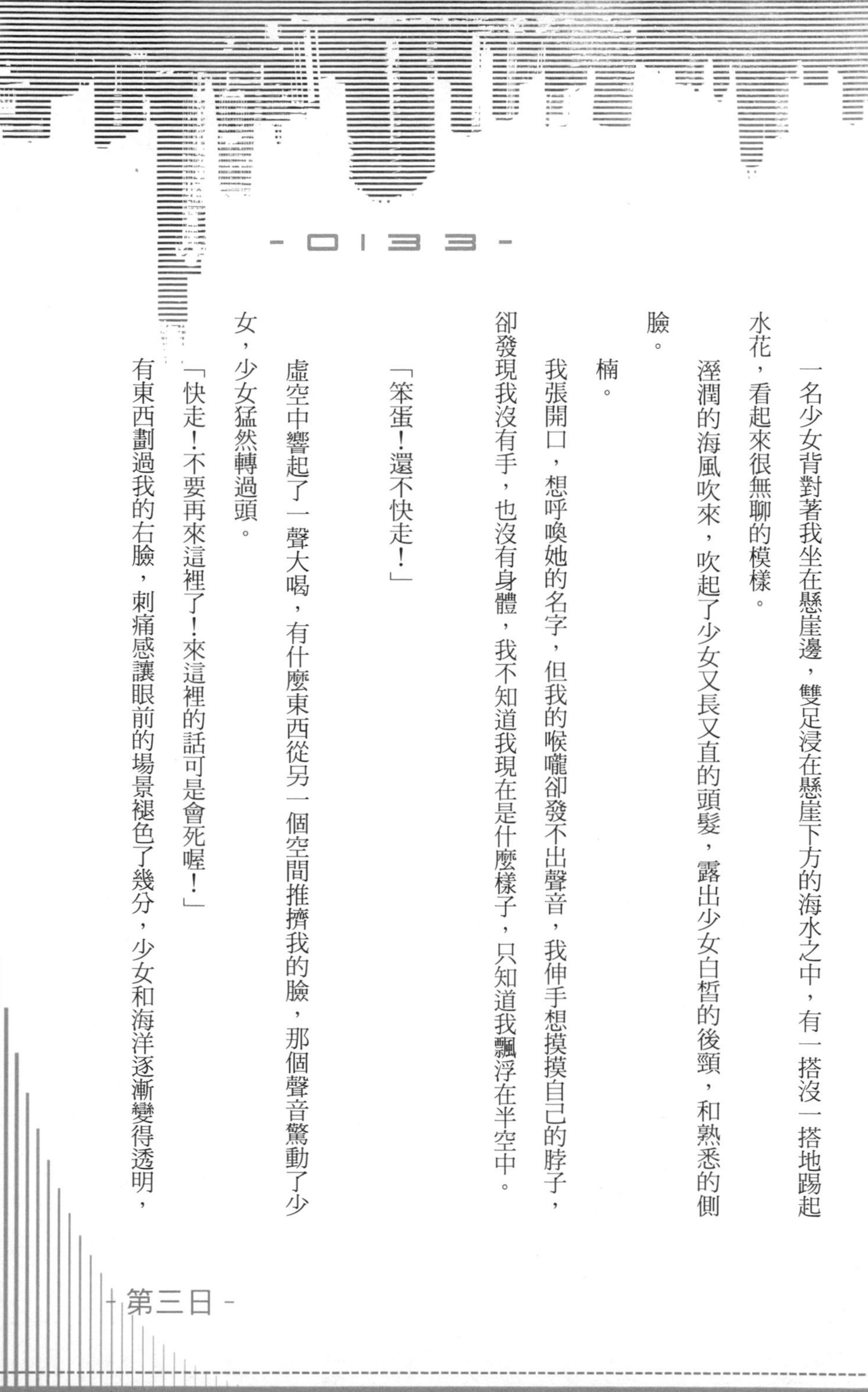

一名少女背對著我坐在懸崖邊，雙足浸在懸崖下方的海水之中，有一搭沒一搭地踢起水花，看起來很無聊的模樣。

溼潤的海風吹來，吹起了少女又長又直的頭髮，露出少女白皙的後頸，和熟悉的側臉。

楠。

我張開口，想呼喚她的名字，但我的喉嚨卻發不出聲音，我伸手想摸摸自己的脖子，卻發現我沒有手，也沒有身體，我不知道我現在是什麼樣子，只知道我飄浮在半空中。

「笨蛋！還不快走！」

虛空中響起了一聲大喝，有什麼東西從另一個空間推擠我的臉，那個聲音驚動了少女，少女猛然轉過頭。

「快走！不要再來這裡了！來這裡的話可是會死喔！」

有東西劃過我的右臉，刺痛感讓眼前的場景褪色了幾分，少女和海洋逐漸變得透明，少女站起來向我伸出手，嘴巴一開一闔，我聽不見她的聲音，有一隻看不見的手拉住我的頸子用力往前拖——

「大哥哥！你沒事吧！」阿亂一見我睜開眼睛，就飛到我面前，用小巧的雙手捧住我的鼻子：「你還認得我是誰嗎？還活著嗎？」

「到底是有多笨，才會直接撞上『通道』？」定春緊抱著我，眉頭皺成「川」字：「回答我，你知道自己叫什麼名字嗎？」

我張了張嘴，試著發出聲音：「……咳、我叫阿哲。還有會撞上『通道』和笨不笨無關，我的後腦又沒長眼睛！」

「太好了，會吐嘈了！大哥哥你真的沒事了！」阿亂興奮地到處飛舞，在傳票室劃出了一道道複雜的光流：「我剛剛差點被嚇死了，你後退時『通道』突然出現在你後面，你的頭轉眼間就變成透明的，我差點以為你回不來了！」

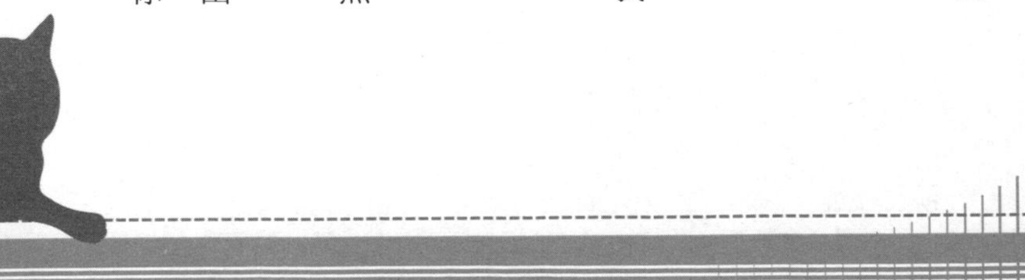

透明？我剛剛在那個地方好像沒有身體……我那時候看起來，該不會是只有半顆頭飄浮在空中吧？

「啊！大哥哥你的臉流血了！」阿亂說。

「咦？有嗎？」我疑惑地摸了摸我的右臉，摸完手上果然沾了一點血，可是我不覺得痛，只覺得有些熱辣辣的。

「看起來像被貓抓的。」定春湊近用鼻子聞了聞，末了還用舌頭舔了一下，舔完托著下巴陷入沉思。

「怎麼了？」我緊張地問。

「爪痕留下來的味道很像『貓』。」

「剛不就說過是貓的爪痕嗎？等等，你說的是那隻『貓』抓的嗎？這麼說來，剛剛對著我大吼的就是『貓』？」剛剛醒來時太混亂了，完全來不及思考，現在回想起來，剛才那個聲音和語氣的確是「貓」沒錯！「貓」真的還活著！

「你剛還看見了什麼？」定春問。

我把剛才所見告訴定春和阿亂。

「……我看見的大概是這樣，那裡到底是哪裡？」

我努力回憶方才看見的畫面。少女身下的懸崖其實不是山壁或岩石，而是傾倒的建築物，遠處還有許多雜亂的高樓，海水底下隱約也能見到一些建築物的影子。

「那裡會不會就是通過妖精大門後會出現的景象？而『貓』則是在墜落時不小心掉進了『通道』，跑到空間的夾層出不來之類的？」我說出我的猜想。

「不知道。」定春打了個哈欠：「去問飛踢那隻笨狗。我先走了。牠是『守門人』，說不定會知道。」

「嗯，貓哥哥再見！我會幫阿哲注意『通道』有沒有出現。」

定春停下腳步。「通道對沒實體的妖精來說很危險，你還是先躲起來吧。」

「阿哲，你在裡面嗎？我要進去了。」克拉拉推門而入，走路時腳下的高跟鞋刮過地面，發出尖銳的聲響：「你在幹嘛？我剛好像聽到你在說話？」

「我剛在講電話。」我隨便找了個理由：「有什麼事嗎？」

克拉拉翻了個白眼，擦著粉色唇膏的嘴唇快速地開闔：「當然有事，你知道剛剛怡君說了幾次『妳有看到阿哲的話，叫他快來找我』嗎？」

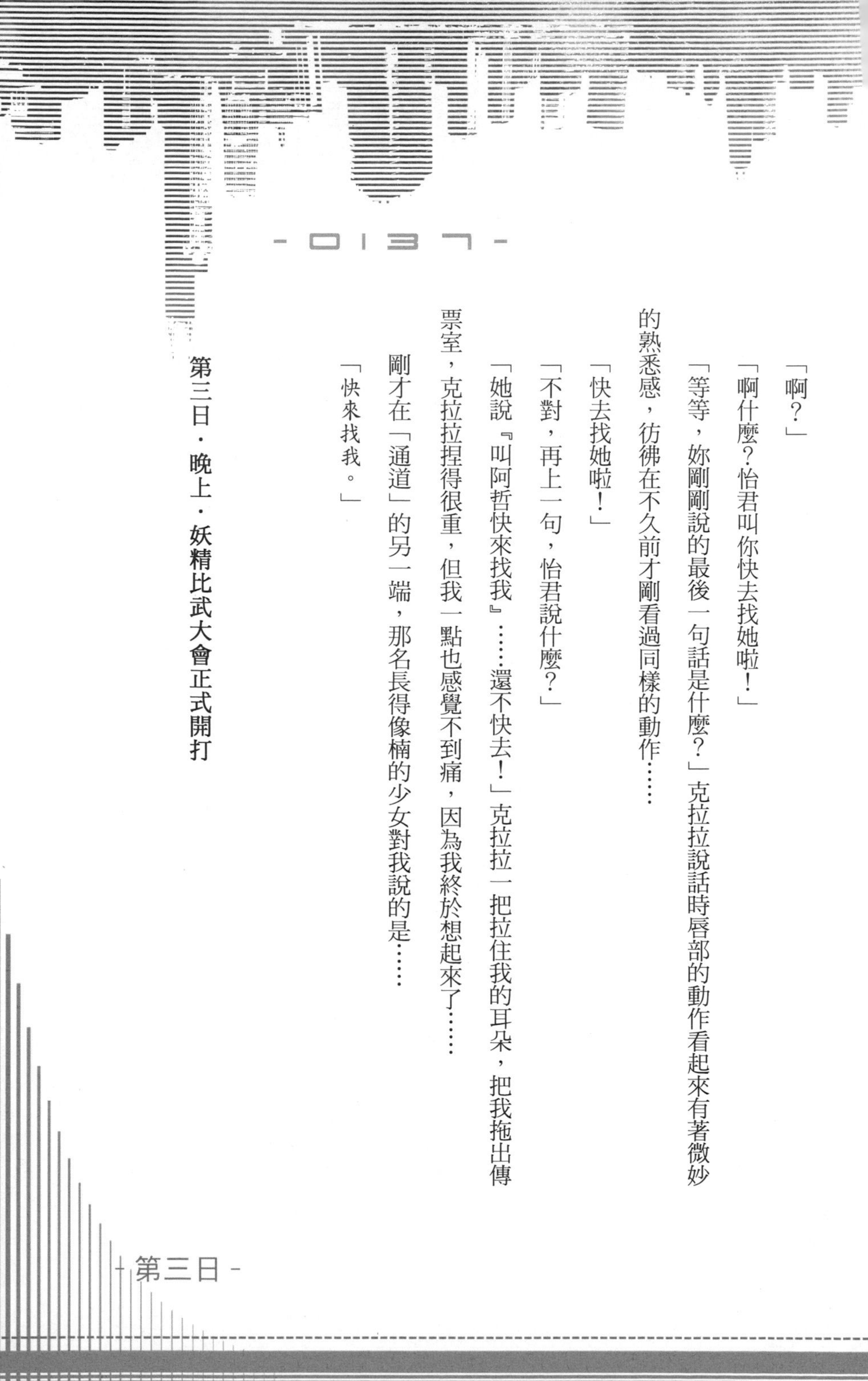

「啊？」

「啊什麼？怡君叫你快去找她啦！」

「等等，妳剛剛說的最後一句話是什麼？」克拉拉說話時唇部的動作看起來有著微妙的熟悉感，彷彿在不久前才剛看過同樣的動作……

「快去找她啦！」

「不對，再上一句，怡君說什麼？」

「她說『叫阿哲快來找我』……還不快去！」克拉拉一把拉住我的耳朵，把我拖出傳票室，克拉拉捏得很重，但我一點也感覺不到痛，因為我終於想起來了……

剛才在「通道」的另一端，那名長得像楠的少女對我說的是……

「快來找我。」

「汪！第一屆『誰是守門人』妖精比武大會正式展開！本次大會區內所有可以自由活動的貓狗妖精都要參加，賽制為一對一淘汰賽，將對方壓制十秒即獲得勝利，最後的贏家就是下一屆守門人。」

飛踢在公園的空地上畫了一個直徑十公尺左右的魔法陣，當作比武的擂台。我被安排坐在魔法陣北方的半圓，據說魔法陣能聚集妖精們比鬥產生的能量，並將能量傳送到我坐的位置，我的工作就是坐在這邊充電……不、吸取能量。

「那麼比賽開始，第一組是……」飛踢看著手中的A４紙報了兩個名字：「這兩位請先到擂台中央，我先把賽程表貼在樹上，沒有比賽的大家可以先看一下自己的時間。」

我有些驚訝地看著飛踢手中列印在紙上的賽程表。

「這個是妳自己做的？」

「當然是我自己弄的，幸好你家有列表機，不然我還不知道要寫到什麼時候。」

「妳竟然會打字也會用列表機！」

原來這些寵物貓狗不是像我想像的一樣飽食終日無所事事，而是趁著主人不在的時候從事各式各樣的活動！真是積極向上！

「不只會打字，我連聯立方程式和三角函數都會。」飛蹋望著遠方幽幽地嘆了口氣：「雨綸每次只要一寫數學作業就會睡著……」

原來不只有小文會有忠貓定春幫她去公司拿隨身碟，連雨綸都有忠狗飛蹋幫忙寫數學作業，這對姐妹上輩子到底燒了什麼好香呀！

我在場中看了一圈，總算找到抱著虎胤躲在角落打瞌睡的定春，察覺到我的視線，定春動了動耳朵表示打招呼，馬上又恢復了愛睏的模樣，看賽程表定春是明天才有比賽，的確沒什麼牠的事，難怪牠表現的如此慵懶，倒是虎胤第一天就對上了一隻狗妖精，不曉得表現會如何？

「比賽開始！」飛蹋宣布。

第一場要上場的是三花貓和橘貓媽媽。三花貓身材壯碩、眼神凌厲，橘貓媽媽身型嬌小、四肢纖細，看起來體型只有三花貓的三分之二，讓我不由得為橘貓媽媽擔憂。

「只是要聚集能量，比賽應該不會打到見血吧？」我說。

「對了，差點忘了說了……有一點請大家注意，這是清新健康的友誼賽，出手請不要太重。」飛蹋深吸了口氣：「那麼請場上的選手不要客氣，盡情地壓倒對方吧！」

三花貓拱起身體，橘貓媽媽也毫不示弱地緊繃四肢，做出要前撲的準備動作，兩貓以對峙之勢在場中繞了一圈。

說時遲那時快，兩貓身體同時一震，向後倒下！

「呃、牠們剛剛有碰到對方嗎？」我沒看錯的話，那兩隻貓從頭到尾都保持著相隔一公尺的距離，難道牠們是用某種我看不見的高速在打鬥？還是這是某種特殊能力？

飛踢沒有回話，聚精會神地盯著場中央。

此時，擂台外的貓咪們開始竊竊私語。

「可惡！我竟然沒想到還有這招喵！」

「下一場我們也這麼做，我們先意思意思打一下喵，不然這樣連打都沒打就直接倒下來有點假喵！」

「我們先去旁邊套招喵！話說回來，那隻三花貓是不是睡著了喵？牠是不是在打呼喵？」

五分鐘過去了。

十分鐘過去了。

橘貓媽媽動了動：「喂！守門人，我們都已經倒下來這麼久了，妳是不是該宣布勝利者了喵？」

「勝利者？你們不是同時倒下去嗎？」飛踢回問。

「那就算兩個都輸喵！」橘貓媽媽用尾巴拍了一下倒在旁邊的三花貓：「別睡了！你也說話呀！」

「對喵對喵！」三花貓睡眼惺忪地附和。

「大會報告，比賽規則有所更動。」飛踢按住額際不斷跳動的青筋：「每場打鬥以五分鐘為限，五分鐘若無法分出勝負則兩名選手皆進入準決賽！」

「我們都打完了，應該沒我們的事了喵？」橘貓媽媽打了個哈欠，準備下場。

飛踢咬牙切齒地回道：「規則從這一場、這一刻開始生效！」

「哪有人打到一半才改規則？」橘貓媽媽首先提出抗議。

「我們剛剛躺在那邊裝死也是很浪費力氣的喵！」三花貓也加入抗議陣容。

眾貓一陣譁然，開始討論要怎麼才能在打鬥中輸得自然、輸得不會被抓包。

「抗議駁回！」飛踢不耐煩地說：「你們兩隻貓從現在開始起五分鐘內沒分出勝負，就等著成為決賽的種子選手吧！比賽開始！」

橘貓媽媽和三花貓互瞪一眼，兩貓在彼此的眼中讀到了必勝……或必敗的決心，電光石火之間，兩貓以比上一場比賽更兇猛百倍的氣勢衝向對手，兩雙貓手在空中有如閃電般地交錯、分開、又交錯，快得幾乎無法用肉眼捕捉牠們的動作。

「喵！」橘貓媽媽咧開嘴發出一聲尖銳的貓叫後，撲上前去撲倒三花貓。

三花貓毫不示弱地抱住橘貓媽媽的頭，兩貓糾纏成一團，翻滾數圈之後，最後由體格較為壯碩的三花貓占據了上方的位置，被壓在下方的橘貓媽媽不斷掙扎，三花貓一時無法完全壓制住橘貓媽媽，兩隻貓糾纏在一起不斷扭動，最後橘貓媽媽漸漸無力，徹底被三花貓所壓制。

「果然比較壯還是比較占優勢呀！」我感嘆地說。

飛踢冷笑一聲。「你仔細看，到底是誰壓制誰還不一定呢！」

仔細一看，三花貓從上方壓住了橘貓媽媽，嘴巴也只差一點就能咬住橘貓媽媽的脖子，要不是橘貓媽媽拚命掙扎，三花貓就能咬住橘貓媽媽的咽喉。

奇怪的是三花貓的表情看起來很……害怕，四肢不斷抽動，不像在用力，反而像是在掙扎。待在下方的橘貓媽媽看起來卻得意洋洋，一雙貓手看似在推開三花貓，實際上則纏住了三花貓的頸子，強迫三花貓的頭靠近自己的脖子，兩隻後腳巧妙地纏住了三花貓的後腳，營造出牠正被三花貓壓倒的假象。

然而事實的真相卻是橘貓媽媽用關節技纏住三花貓，強迫對方壓制住自己——薑果然是老的辣！

「十、九、八、七、六……」飛踢走到兩隻貓咪旁邊，開始讀秒。「五、四、三、二、一——三花貓勝利！」

飛踢一宣布完，橘貓媽媽馬上從地上跳起，繞場飛奔一一和圍觀的貓咪們擊掌，活像贏得了世界大賽冠軍；三花貓則是癱倒在地上直喘粗氣，哪有半點勝利者的樣子。

「耶！媽咪好厲害喵！」橘貓寶寶撲進橘貓媽媽懷裡。

「我不是說了嗎？媽咪一定做得到的喵！」橘貓媽媽得意洋洋地說。

我無言地望著這一切……原來這場比賽比的不是誰會打贏，而是誰有辦法逼對方打贏自己嗎？

「飛踢，這樣子能收到能量嗎？」我問。

「我看看。」飛踢蹲下來檢查法陣的狀況。「收集了不少能量，看來牠們比想像中的賣力，不管怎麼樣，能收集到能量就是好事……下一場比賽的選手請到擂台中央！」

「喵！媽咪換我了喵！」橘貓寶寶蹦蹦跳跳地跑到擂台中央：「媽咪，妳要仔細看我的表現！」

「寶貝加油喵！」橘貓媽媽愉快地回道。

怎麼媽媽打完換小孩打，這對母子的籤運也太糟了吧！

從擂台另一邊走進來的是隻稍微有點發胖的黃金獵犬，睜著一對圓圓黑黑的眼珠，伸著舌頭喘氣，看起來就一副好脾氣的樣子。

「選手到齊，比賽開始！」飛踢宣布。

「喵！我來囉！」橘貓寶寶邊說邊衝到黃金獵犬腳邊，撲通一聲就倒了下來：「啊！好厲害的狗拳，我站不起來了喵！」

「汪？我根本沒動呀！小貓咪，你沒事吧？」黃金獵犬緊張地低頭檢查橘貓寶寶的狀況。

「喵嗚嗚！」橘貓寶寶發出嬌嫩的呻吟：「不要咬我！我認輸！」

「等等、是牠自己倒下來、自己慘叫的！我什麼都沒做汪！」黃金獵犬緊張地解釋。

偏偏橘貓寶寶用嬌嫩的貓爪抓住牠的嘴巴不放，黃金獵犬想掙脫又怕弄傷小貓，急得滿頭大汗。

「汪！你忘了狗妖精的榮耀了嗎？」哈士奇嚴厲地指責道。

「你也不看看你們體型差多少！你是人家的幾倍重呀！你怎麼能欺負這麼小的貓！」體型中等的黃色土狗露出鄙視的眼神：「你沒資格被稱呼為狗妖精汪！」

「我沒有！你們不要這樣看我！我真的沒有以大欺小！」黃金獵犬急欲辯解，但看在大家眼裡，一隻高達成年男子腰部的大狗壓著只有手掌大小的小貓，怎麼看都像是牠在以大欺小。

「寶貝！演技！演技呀！是加上哭音的時候了！」橘貓媽媽在一旁煽風點火……是說牠喊得這麼大聲，都不怕狗妖精們聽見嗎？

黃金獵犬果然也聽見了橘貓媽媽的不當發言，趕緊說道：「汪！你們聽！小貓的媽媽也說這是演技，我根本沒做什麼！」

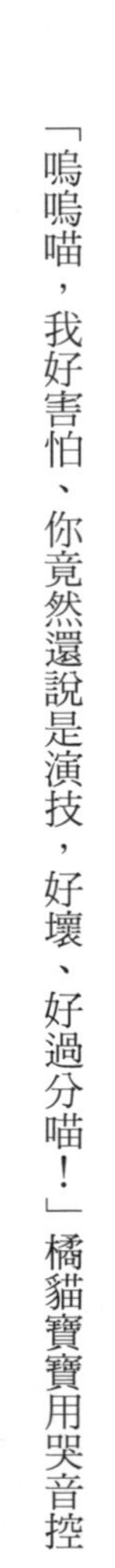

「嗚嗚喵，我好害怕、你竟然還說是演技，好壞、好過分喵！」橘貓寶寶用哭音控訴。

「你沒有榮譽心以大欺小也就算了！竟然還說謊！」哈士奇怒吼。

所有的狗妖精開始集體對黃金獵犬投以鄙視的眼神。

「嗚、我……啊……」黃金獵犬不管怎麼說都是錯，小貓還在牠的嘴下哭個不停，黃金獵犬著急得連話都說不清楚了：「汪！我、我、我認輸了可以吧汪！」

黃金獵犬崩潰地凹嗚一聲，用大大的手掌托住小貓，然後往地上一躺，如此一來橘貓寶寶正好壓在黃金獵犬的胸前——換句話說，現在換成橘貓寶寶壓制住黃金獵犬了。

「喵？媽咪，現在該怎麼辦？」橘貓寶寶一時反應不過來，愣在原地——也就是黃金獵犬的胸口，這時飛踢開始讀秒。

十秒過後，這場鬧劇終於結束了。

可惜，這只是一連串鬧劇的序幕。

下一場是虎胤和米格魯的對決，虎胤的表現完全出乎我的意料之外——不是意料之外的弱，而是意料之外的勇猛。

虎胤明明長了一雙超級無辜的大眼睛，說好聽點是天真無邪，說實話則是一臉呆樣，沒想到一走進擂台眼神就變了，尾巴一甩、背一拱就散發出驚人的殺氣。

飛踢一喊完比賽開始，虎胤便以戰車一般的氣勢、子彈一般的速度衝向對手——一隻看起來同樣散發著無辜氣息的米格魯。

米格魯一時不察被虎胤撞倒，掙扎了一陣終於爬了起來，還沒站穩就遭到虎胤的貓拳連擊，打得米格魯嗚嗚直叫：「嗚嗚汪！不是說好是友誼賽嗎？怎麼來真的、啊！好痛！這是誰家的小貓呀？快點阻止牠呀！」

定春動了動耳朵，默默地對虎胤比了個讚的手勢表示讚賞。

虎胤得到定春的稱讚後更加興奮，貓拳翻飛，打得米格魯毫無反擊之力。最後飛踢終於看不下去了，直接跑出來宣布虎胤獲勝，由定春將虎胤拖走，結束了這場對米格魯而言十分慘烈的比賽。

可惜這是少數較為精彩的比賽，接下來幾場貓狗妖精大戰，全都循著橘貓寶寶 VS 黃金獵犬的模式走——貓妖精努力想裝死，狗妖精為了不違背狗妖精的榮譽守則，只好翻出肚子拚命求饒，有時還會出現一貓一狗都在擂台上打滾裝死的情形，如果不知情的人經過可能會以為這些貓狗身上有跳蚤，哪裡能看得出來這是比武大會——而且還是妖精的！

看著地上的法陣，飛踢的臉色越來越難看。

「沒吸收到能量嗎？」我擔心地問。眼見一個小時過去了，還有一堆貓狗妖精沒上場，這樣子是要搞到什麼時候呀？

「根本沒打起來怎麼可能吸收得到能量，貓妖精是巴不得輸但輸不掉，狗妖精則是受限於自己的榮譽感不得不輸……不行，不能這樣下去，這樣打下去根本沒意義。」飛踢猛然站起：「更改賽程！」

「蝦咪？都打了好幾場了！幹嘛改賽程！」

「喵！我想回去睡覺了！哪有人一下子改規則、一下子改賽程呀！」

「這麼愛做決定，要不要直接決定誰是守門人呀？這樣大家就不用打了喵！」

貓咪們七嘴八舌的抗議，飛踢反駁了幾次，奈何貓口眾多，不要說是說服牠們了，連自己說的話都聽不見，貓咪們的抗議聲完全壓過了飛踢的聲音。

飛踢陰沉著臉，額際的青筋跳個不停，胸口也不斷起伏，忽然間「啵」的一聲，飛踢

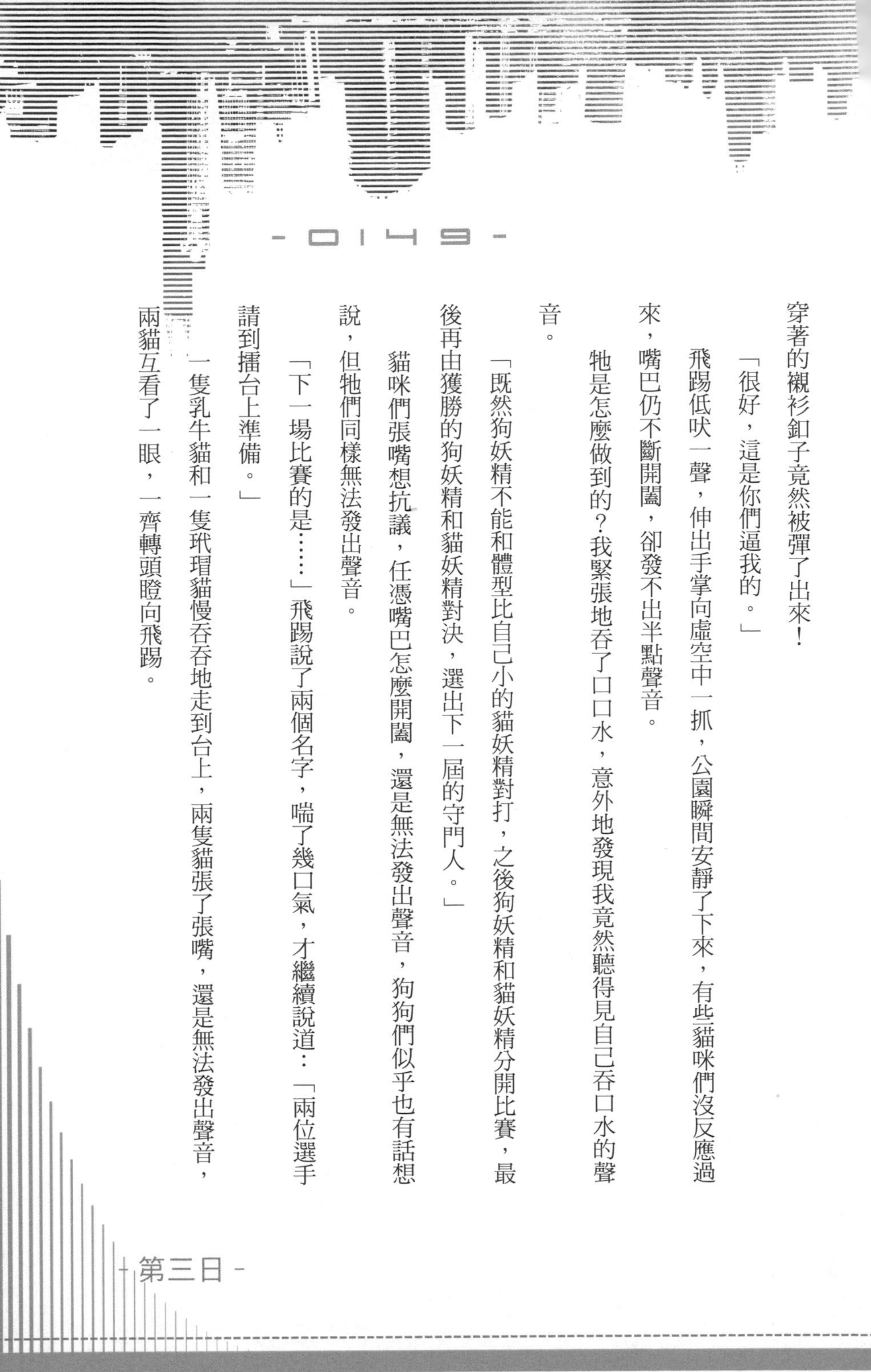

穿著的襯衫鈕子竟然被彈了出來！

「很好，這是你們逼我的。」

飛踢低吠一聲，伸出手掌向虛空中一抓，公園瞬間安靜了下來，有些貓咪們沒反應過來，嘴巴仍不斷開闔，卻發不出半點聲音。

牠是怎麼做到的？我緊張地吞了口口水，意外地發現我竟然聽得見自己吞口水的聲音。

「既然狗妖精不能和體型比自己小的貓妖精對打，之後狗妖精和貓妖精分開比賽，最後再由獲勝的狗妖精和貓妖精對決，選出下一屆的守門人。」

貓咪們張嘴想抗議，任憑嘴巴怎麼開闔，還是無法發出聲音，狗狗們似乎也有話想說，但牠們同樣無法發出聲音。

「下一場比賽的是……」飛踢說了兩個名字，喘了幾口氣，才繼續說道：「兩位選手請到擂台上準備。」

一隻乳牛貓和一隻玳瑁貓慢吞吞地走到台上，兩隻貓張了張嘴，還是無法發出聲音，兩貓互看了一眼，一齊轉頭瞪向飛踢。

「你們是打架又不是在比嘴砲，不用說話也能打，直接開始吧！」飛蹋擺擺手，打了個哈欠，看起來很疲憊的樣子。

兩貓心不甘情不願地開打，不管是擂台上或擂台下盡是一片鴉雀無聲，看來飛蹋方才用的那一招的效力還在。

「妳剛才對牠們做了什麼？」我好奇地問。

「我的能力是『奪取』，我『奪取』了所有妖精的聲音。」飛蹋又打了個哈欠：「這下我的耳根子終於可以清靜一會兒了。」

「一次『奪取』這麼多妖精的聲音？應該很費力吧？」

飛蹋又打了第三個哈欠，有氣無力地往我身上靠：「會，我好累。所以，你就可憐可憐我吧……」

咦咦咦？牠抓住我的領子做什麼？牠、牠、牠……這麼靠近我做什麼？

「妳給我等一下！」

在飛蹋那張宛如精靈系名模的臉孔占滿我的視線的瞬間，安靜的貓群突然傳來一聲大喊。

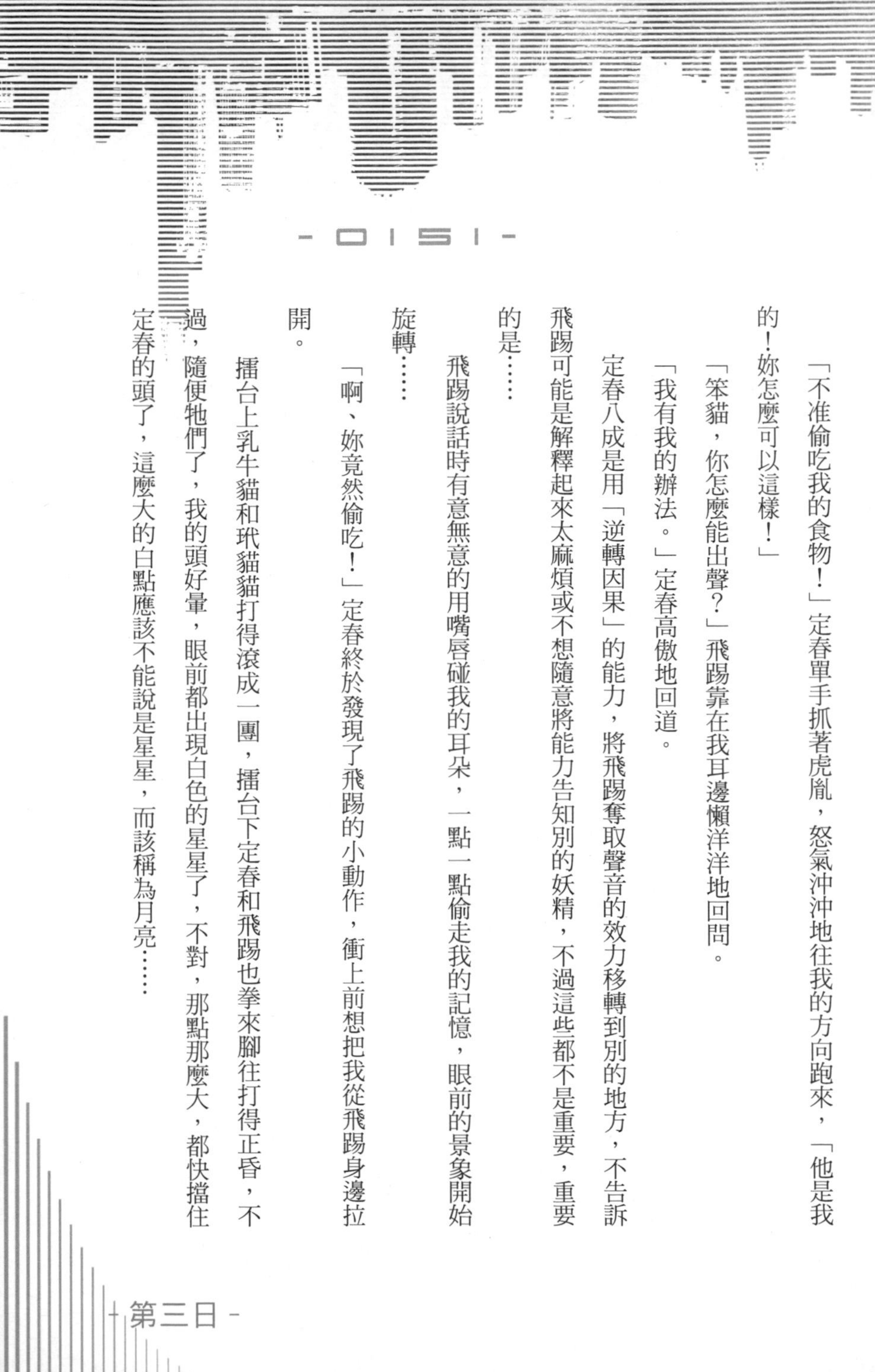

「不准偷吃我的食物！」定春單手抓著虎胤，怒氣沖沖地往我的方向跑來，「他是我的！妳怎麼可以這樣！」

「笨貓，你怎麼能出聲？」飛踢靠在我耳邊懶洋洋地回問。

「我有我的辦法。」定春高傲地回道。

定春八成是用「逆轉因果」的能力，將飛踢奪取聲音的效力移轉到別的地方，不告訴飛踢可能是解釋起來太麻煩或不想隨意將能力告知別的妖精，不過這些都不是重要，重要的是……

飛踢說話時有意無意的用嘴唇碰我的耳朵，一點一點偷走我的記憶，眼前的景象開始旋轉……

「啊、妳竟然偷吃！」定春終於發現了飛踢的小動作，衝上前想把我從飛踢身邊拉開。

擂台上乳牛貓和玳貓貓打得滾成一團，擂台下定春和飛踢也拳來腳往打得正昏，不過，隨便牠們了，我的頭好暈，眼前都出現白色的星星了，不對，那點那麼大，都快擋住定春的頭了，這麼大的白點應該不能說是星星，而該稱為月亮……

不、那不是月亮，那是——

「通道」！

「定春！小心！」

定春聽到我的警告，趕緊停下步伐身體後仰，才勉強沒撞上「通道」，眨眼間，「通道」突然消失了，定春瞪大了眼睛看向我的腳邊。

我低下頭，對上橘貓寶寶天真無邪的眼睛，橘貓寶寶被我鬆脫的鞋帶所吸引，邁著輕巧的步伐向我跑來。

「通道」從橘貓寶寶的腳底竄出，只差一步，就會吞噬橘貓寶寶的身體。

「通道」會吸取記憶，可能會對以記憶為食的妖精有害，連已經是成貓的定春都不敢碰觸「通道」，如果是還是小貓的橘貓寶寶碰到的話……

在來得及思考前，我的身體已有了動作——我撲向前，抓住小貓的脖子，將牠丟向定春，在身體完全倒下之前，我看準了「通道」的位置用雙手撐住地面，呈現伏地挺身的姿勢，當我以為終於成功逃出一劫的時候……

「通道」移動到我的眼前。

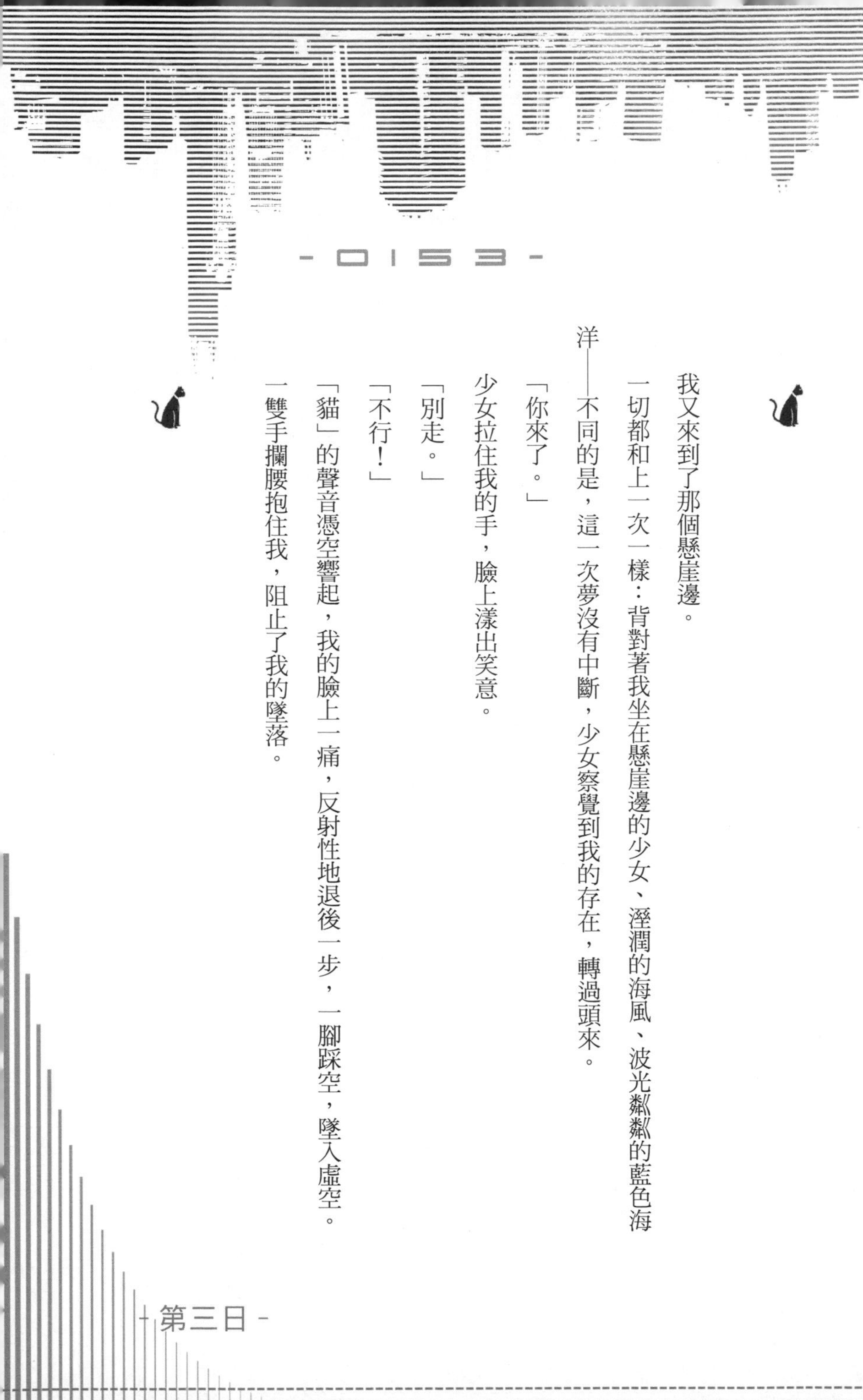

我又來到了那個懸崖邊。

一切都和上一次一樣：背對著我坐在懸崖邊的少女、溼潤的海風、波光粼粼的藍色海洋——不同的是，這一次夢沒有中斷，少女察覺到我的存在，轉過頭來。

「你來了。」

少女拉住我的手，臉上漾出笑意。

「別走。」

「不行！」

「貓」的聲音憑空響起，我的臉上一痛，反射性地退後一步，一腳踩空，墜入虛空。

一雙手攔腰抱住我，阻止了我的墜落。

「我把他拖出來了！」

「你沒事吧？知道我是誰嗎？」

「嗚哇、媽咪他不會死掉吧？」

「醒醒、回答我！」

「汪汪！」

人影貓影狗影在我眼前不斷交錯晃動，我眯著眼睛，看著牠們焦慮的表情，在心裡想著：我知道我是誰，我沒事，而且我不想醒來。

我躺在公園的長椅上，頭下枕著犬耳巨乳美女柔軟的大腿，犬耳巨乳美女傾身向前碰觸我的脈搏時，豐滿的胸口擠壓我的額頭，但我既沒有臉紅也沒有心跳加速，我的心不在這裡，我的心還留在「通道」另一側的海邊。

「喵，他睜開眼睛了，應該沒事吧？」

「他人回來了，但心還沒回來。」胸前豐滿的犬耳美女說道。

「交給我。」白髮金眼的貓耳少年抱過我，毫不留情地用力拍打我的臉：「不要裝死

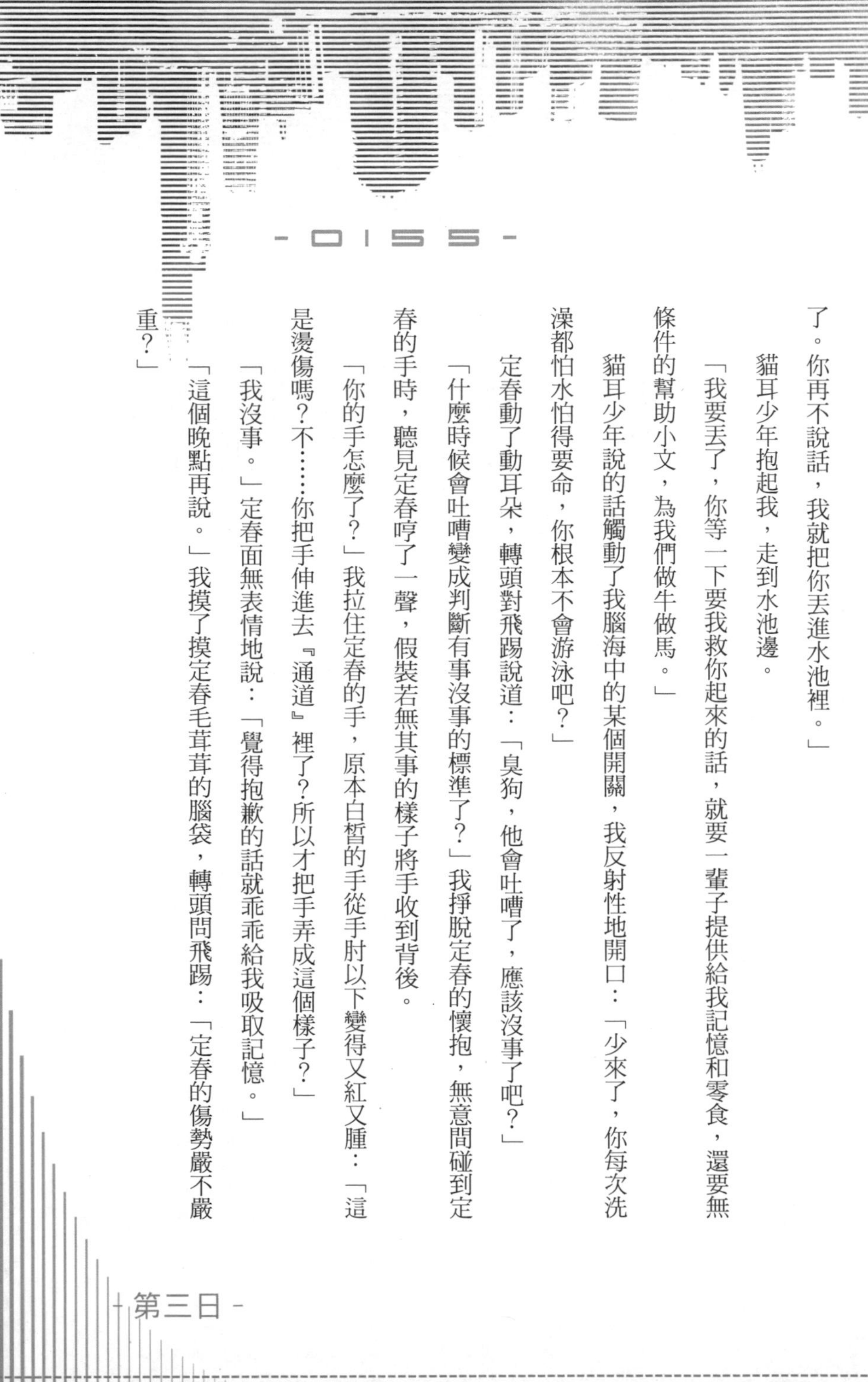

了。你再不說話，我就把你丟進水池裡。」

貓耳少年抱起我，走到水池邊。

「我要丟了，你等一下要我救你起來的話，就要一輩子提供給我記憶和零食，還要無條件的幫助小文，為我們做牛做馬。」

貓耳少年說的話觸動了我腦海中的某個開關，我反射性地開口：「少來了，你每次洗澡都怕水怕得要命，你根本不會游泳吧？」

定春動了動耳朵，轉頭對飛蹋說道：「臭狗，他會吐嘈了，應該沒事了吧？」

「什麼時候會吐嘈變成判斷有事沒事的標準了？」我掙脫定春的懷抱，無意間碰到定春的手時，聽見定春哼了一聲，假裝若無其事的樣子將手收到背後。

「你的手怎麼了？」我拉住定春的手，原本白皙的手從手肘以下變得又紅又腫：「這是燙傷嗎？不……你把手伸進去『通道』裡了？所以才把手弄成這個樣子？」

「我沒事。」定春面無表情地說：「覺得抱歉的話就乖乖給我吸取記憶。」

「這個晚點再說。」我摸了摸定春毛茸茸的腦袋，轉頭問飛蹋：「定春的傷勢嚴不嚴重？」

「笨貓的手休息一下子就好了，倒是你比較可能有事……」

「不用管我的事，快點想個辦法結束這場武鬥大會比較重要！『通道』像這樣一直隨機出現，對你們這些妖精來說也很危險吧？」我轉頭對聚在一旁圍觀我和定春的貓狗妖精說：「大家不要再鬧了！認真點！早點打完早超生……不對、早點打完早點回去睡覺！」

貓狗妖精互望一眼，開始竊竊私語。

「你聽到了喵？他說他的事不重要，想辦法解決『通道』的問題比較重要喵！」

「喵！他剛剛也不顧自己安危，救了貓寶寶。」

「他的人真好喵！」

「汪！你們看見了？這就是傳說中的好人！」

「我們大家要向他學習好人精神汪！」

「汪！要把這種好人精神加入我們的榮譽準則！從今之後他就是我們狗妖精族的好人王！」

……被一群貓狗妖精稱讚我是好人我也不會開心好嗎！

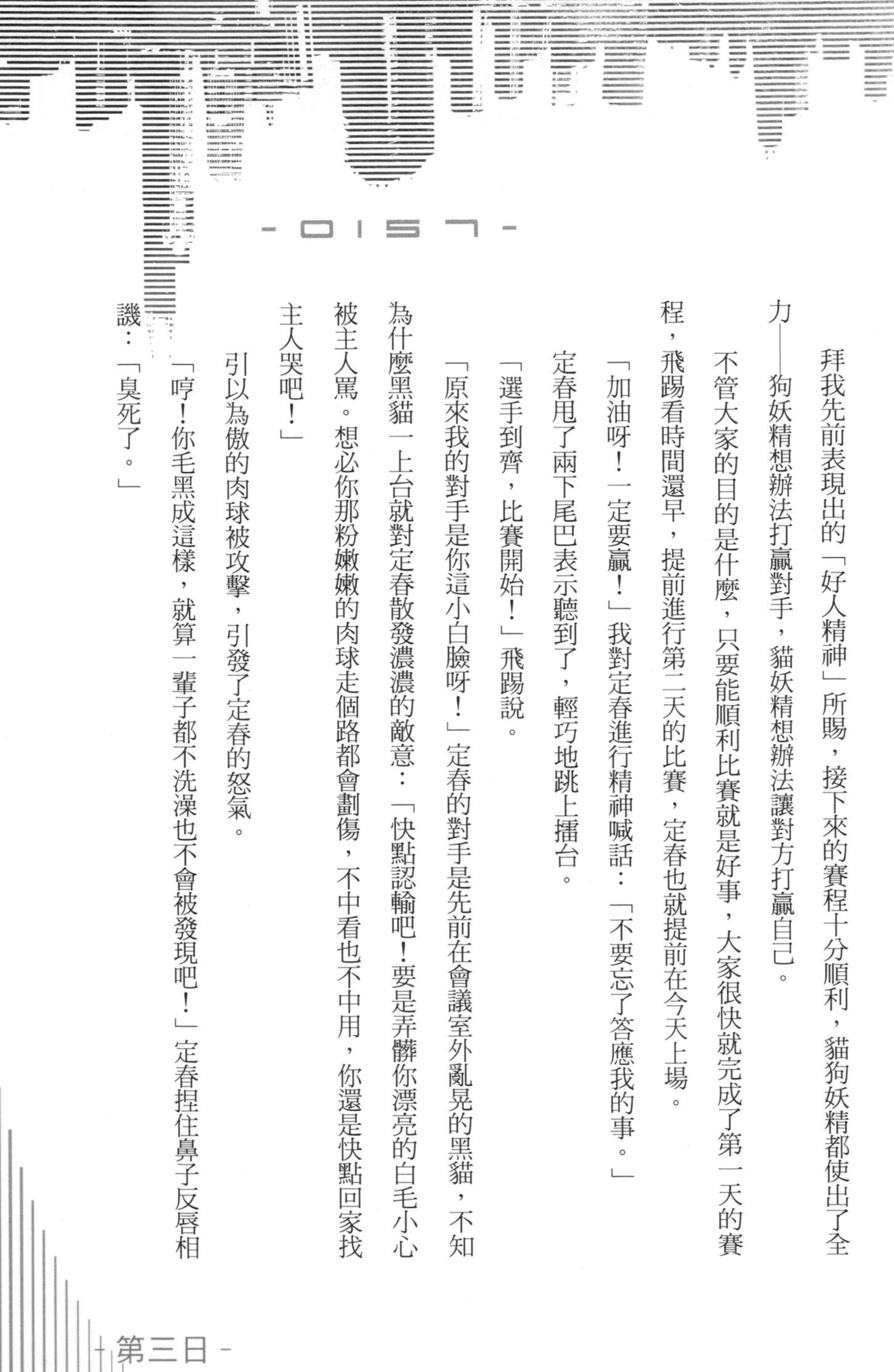

拜我先前表現出的「好人精神」所賜，接下來的賽程十分順利，貓狗妖精都使出了全力——狗妖精想辦法打贏對手，貓妖精想辦法讓對方打贏自己。

不管大家的目的是什麼，只要能順利比賽就是好事，大家很快就完成了第一天的賽程，飛踢看時間還早，提前進行第二天的比賽，定春也就提前在今天上場。

「加油呀！一定要贏！」我對定春進行精神喊話：「不要忘了答應我的事。」

定春甩了兩下尾巴表示聽到了，輕巧地跳上擂台。

「選手到齊，比賽開始！」飛踢說。

「原來我的對手是你這小白臉呀！」定春的對手是先前在會議室外亂晃的黑貓，不知為什麼黑貓一上台就對定春散發濃濃的敵意：「快點認輸吧！要是弄髒你漂亮的白毛小心被主人罵。想必你那粉嫩嫩的肉球走個路都會劃傷，不中看也不中用，你還是快點回家找主人哭吧！」

引以為傲的肉球被攻擊，引發了定春的怒氣。

「哼！你毛黑成這樣，就算一輩子都不洗澡也不會被發現吧！」定春捏住鼻子反唇相譏：「臭死了。」

「這是男人的味道喵！和某隻看起來活像娘們的小白貓不一樣，我可是堂堂的男子漢！」黑貓挺了挺胸部：「怎麼樣？不變成人型就不敢和我打，你就算變成人型也像個娘們，八成沒有母貓會看上你喵！」

「場上的選手請不要進行貓身攻擊，快點開打，不然兩貓都進入準決賽。」飛踢提出警告。

「要我和這小白臉打，真是降低我的格調喵！」黑貓別過頭，一臉不屑與之對打的模樣……

咦？黑貓的影子好細、好長，不對！黑貓腳下的影子在動！

定春也注意到了影子的存在，在黑影碰到牠的瞬間凌空躍起，彎身拉住黑影的「因果線」，將因果線往黑貓的方向扔去。黑影受到因果線的引導，原本緊貼在地上的黑影來了個急轉彎，往黑貓直衝而去！

黑貓閃也不閃，任憑黑影在腳下蔓延。

「哼！你以為把我的能力丟回來給我會有用嗎？」黑貓豪氣萬千地回道。

也對，如果黑貓會被自己的能力害到，這也太呆了吧！

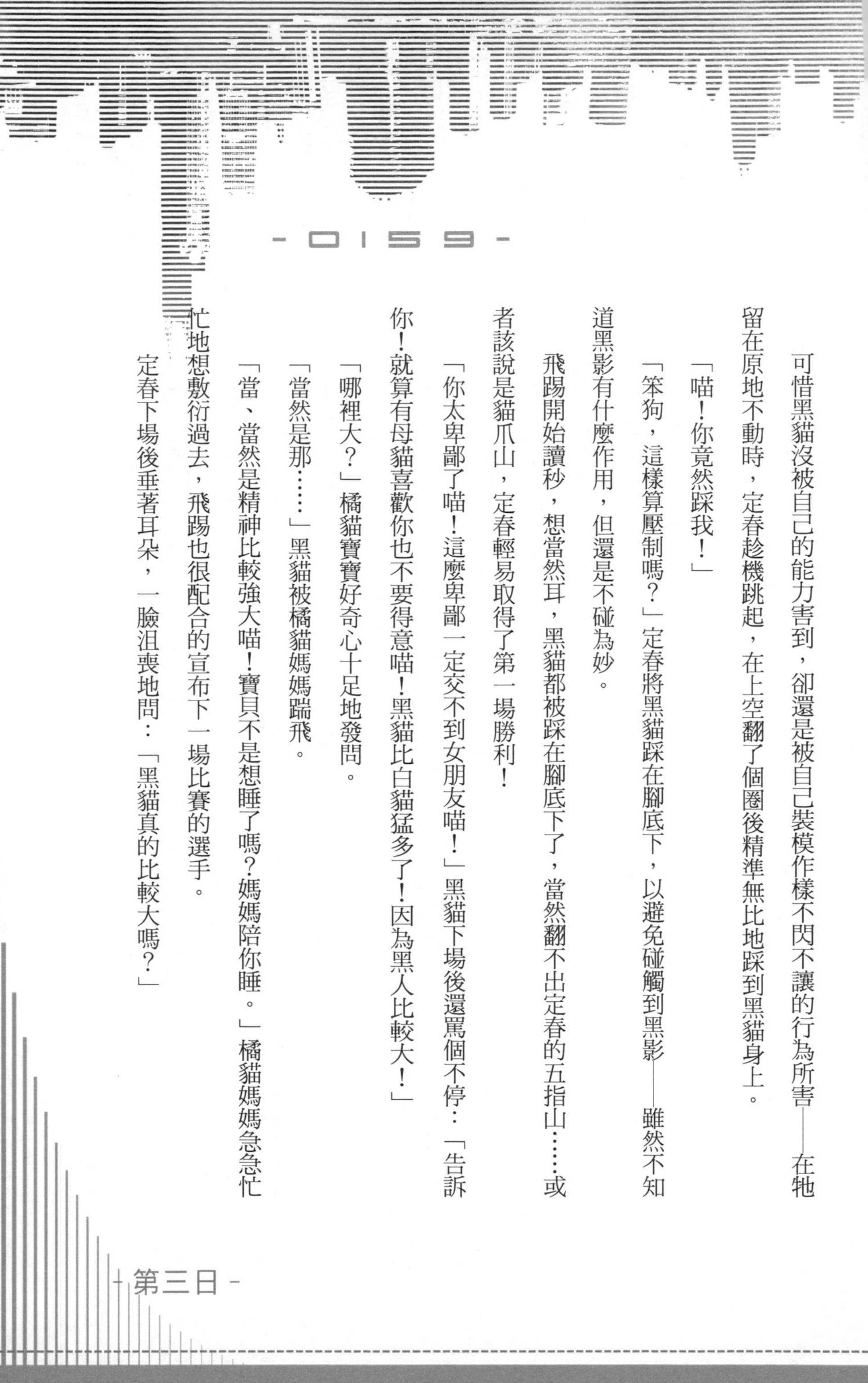

可惜黑貓沒被自己的能力害到，卻還是被自己裝模作樣不閃不讓的行為所害——在牠留在原地不動時，定春趁機跳起，在上空翻了個圈後精準無比地踩到黑貓身上。

「喵！你竟然踩我！」

「笨狗，這樣算壓制嗎？」定春將黑貓踩在腳底下，以避免碰觸到黑影——雖然不知道黑影有什麼作用，但還是不碰為妙。

飛踢開始讀秒，想當然耳，黑貓都被踩在腳底下了，當然翻不出定春的五指山……或者該說是貓爪山，定春輕易取得了第一場勝利！

「你太卑鄙了喵！這麼卑鄙一定交不到女朋友喵！」黑貓下場後還罵個不停：「告訴你！就算有母貓喜歡你也不要得意喵！黑貓比白貓猛多了！因為黑人比較大！」

「哪裡大？」橘貓寶寶好奇心十足地發問。

「當然是那……」黑貓被橘貓媽媽踹飛。

「當、當然是精神比較強大喵！寶貝不是想睡了嗎？媽媽陪你睡。」橘貓媽媽急急忙忙地想敷衍過去，飛踢也很配合的宣布下一場比賽的選手。

定春下場後垂著耳朵，一臉沮喪地問：「黑貓真的比較大嗎？」

「你問這個幹嘛？」

「為什麼不能問？」定春的金眸閃過水光，看起來哀怨無比：「黑貓一定比較大，不然你就會直接回答我了。」

「呃、我會這麼說是因為其實我也不知道答案……我怎麼可能會知道黑貓有沒有比較大！」我要用什麼當比例尺呀？我一定比黑貓大呀！

「反正你比較大！」定春一臉沮喪。

「不要隨便偷讀我的記憶又隨便心情不好啦！」我拍了拍定春的肩膀：「你不要想太多，不管是黑貓白貓，只要會抓老鼠就是好貓！」

定春抬起頭惡狠狠地瞪了我一眼。

「我不會抓老鼠！」

「這只是比喻……我也不知道為什麼突然就想說這句話，不要不理我呀！」

定春不顧我的解釋，扭頭就走。

在我和定春說話之間，方才上場的兩隻狗妖精已經很有效率的分出勝負。

「下一場比賽的選手是……」飛踢看著名單，眉頭一皺：「飛踢和臭妹選手請到擂台上做準備。」

「咦？妳不是已經是別地區的守門人了嗎？為什麼妳也要上場？」我問。

飛踢聳了聳肩。「不是我，要上場的是另一隻飛踢。」

咦咦？咪咪喵喵汪汪來福來富這些菜市場寵物名會撞名也就算了，飛踢這麼獨特的名字會撞名，這也太奇妙了吧！

「那是因為我很有名！」奶油波斯走到擂台中央，明明只是貓，那走路的姿態卻令我想到高貴優雅的王子：「我可是貓界貴公子飛踢！那隻吉娃娃的主人一定是看到我主人的部落格，傾慕於我的風采，才會把自己的寵物取和我一樣的名字喵！」

「要說有名，林杯也很有名。」咖啡虎斑貓──臭妹跳到台上：「林杯也是部落格的主角之一！」

「啊！原來你們就是那個叫美男子的神祕後花園裡的飛踢和臭妹！」難怪之前就覺得牠們兩貓看起來有點眼熟，原來是之前在部落格上看過牠們的照片，只是後來那個部落格比較少在更新，才沒馬上想起來。

「哼哼、認出我不要太興奮，不要和我討簽名喵！」飛踢喵被認出來顯得很興奮——為了區分吉娃娃飛踢和奶油波斯貓飛踢，之後兩者同時出現時，把吉娃娃稱作飛踢汪，把奶油波斯貓稱為飛踢喵。

「少來了，搞不好他是我的粉絲喵。」臭妹插口道。

「你只是用來襯托我的喵！」飛踢喵用十足挑釁的語氣說道：「單說毛色就好了，我的是貴族奶油色，你的就是大便色！」

「喵！明明都是棕色！只是你的顏色比較淺，為什麼林杯就是大便色？」臭妹不滿地抗議：「人類，不要在旁邊看戲，你也來評評理！」

「明明就是我比較可愛對不對？」飛踢喵歪著頭，舔了舔粉橘色的貓掌，舔完還不忘對我眨了眨眼睛，那可愛的模樣讓我的心頓時融化，原本準備好要說的話都忘了說出口。

「警告！這是比武大會不是選美大會，請在五秒鐘內開打，不然統統進入總決賽。」飛踢汪不耐煩地打斷兩貓鬥嘴。

「嘖！真是麻煩，那我只好認真了喵！」飛踢喵揚起蓬鬆的尾巴往地上一拍，身上泛起一道白光，下一秒，一名有著淺金色長髮的貓耳美人風情萬種的現身。

「哼！林杯是不會輸的！」臭妹咧開嘴巴露出虎牙，金光流轉，有著一身黝黑皮膚的棕髮貓耳男子出現在擂台上：「開始吧……啊！你竟然偷襲林杯！」

「比賽很久以前就開始了喵！」

金髮美人笑著將棕髮男子摔倒在地，棕髮男子不甘示弱，伸腳將金髮美人絆倒，兩貓頓時扭打成一團。

不知道是牠們有研究過格鬥技，還是貓族天生對打鬥有天分，這場對打看起來有模有樣，再加上臭妹的人型長相健美俊朗、飛踢喵又是氣質高貴的中性美人，兩貓打鬥的畫面看起來精彩的像是電影……

咳，要是牠們不是裸體的話，看起來會更好。

話說回來，其實這個世界上也是有大家都沒穿的電影，而且那種電影的內容也是妖精打架……

咳、幸好不是每場戰鬥貓狗妖精們都會變成人型，不然看到一堆妖精裸體打架，對視覺和精神的衝擊肯定不小。

「為什麼很少有妖精變成人型打鬥？」我好奇地問。

「變身和使用能力很耗費『記憶』，一般妖精要累積『記憶』需要很長的時間，所以大家在前幾場都不打算輕易使用。」飛踢汪說。

「也就是說，一般妖精要集氣或是累積 MP 都要花很多的時間，所以才不能隨便亂放招式嗎？」這麼一說定春那傢伙使用「記憶」的方法也太奢侈了，竟然天天變身成人型來跟蹤主人！

「原來大家都很認真的考慮要如何取勝呀！」

飛踢汪撇了撇嘴：「是嗎？認真考慮如何取勝的只有狗妖精吧！貓妖精是打算必要之時使用能力讓自己輸掉。」

「這些貓實在是……這麼說來，大多數的守門人都是由狗妖精擔任的吧？」

「不，幾乎都是貓妖精當守門人。」

「咦？為什麼？」

「因為貓妖精比較卑鄙。」飛踢汪輕蔑地哼了一聲：「你之前沒聽見嗎？貓妖精嫌狗妖精太囉嗦了，所以總是會想出卑鄙的方法讓同族當上守門人，再加上狗妖精們得遵守榮譽守則，不能以大欺小，很難對貓妖精使出全力。我是少數打贏貓妖精贏得守門人資格的

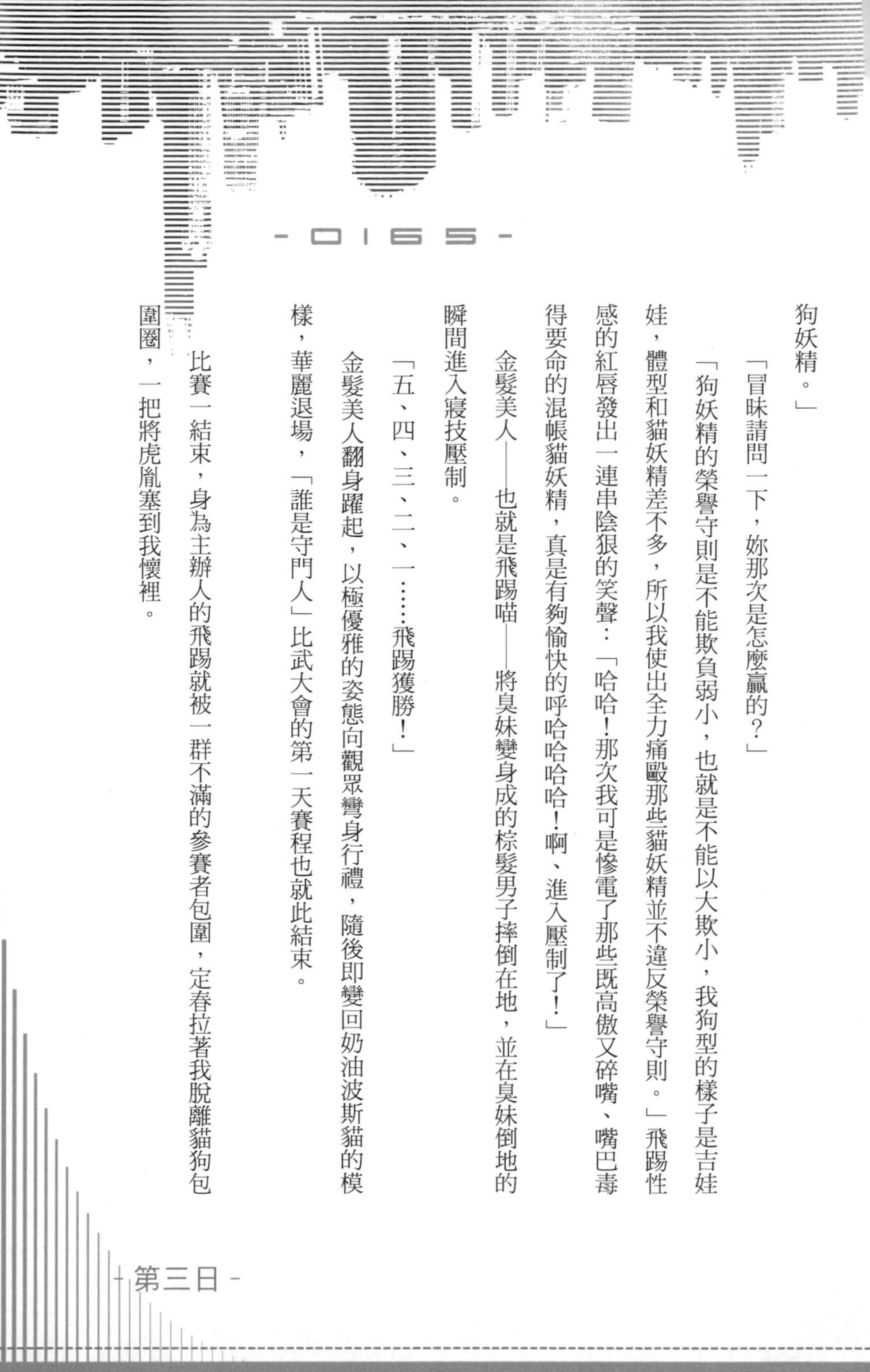

狗妖精。」

「冒昧請問一下，妳那次是怎麼贏的？」

「狗妖精的榮譽守則是不能欺負弱小，也就是不能以大欺小，我狗型的樣子是吉娃娃，體型和貓妖精差不多，所以我使出全力痛毆那些貓妖精並不違反榮譽守則。」飛蹋性感的紅唇發出一連串陰狠的笑聲：「哈哈！那次我可是慘電了那些既高傲又碎嘴、嘴巴毒得要命的混帳貓妖精，真是有夠愉快的呼哈哈哈！啊、進入壓制了！」

金髮美人──也就是飛蹋喵──將臭妹變身成的棕髮男子摔倒在地，並在臭妹倒地的瞬間進入寢技壓制。

「五、四、三、二、一……飛蹋獲勝！」

金髮美人翻身躍起，以極優雅的姿態向觀眾彎身行禮，隨後即變回奶油波斯貓的模樣，華麗退場，「誰是守門人」比武大會的第一天賽程也就此結束。

比賽一結束，身為主辦人的飛蹋就被一群不滿的參賽者包圍，定春拉著我脫離貓狗包圍圈，一把將虎胤塞到我懷裡。

「回去吧。」定春彎腰將我抱起，躍入空中。

「比賽辛苦了。」我說。

「等一下就有報酬收了，不辛苦。」

我反射性地遮住我的嘴，這個動作壓到了虎胤，虎胤不滿地啃了我的手一下。

定春看了我的動作一眼，勾起嘴角：「都已經不是第一次了，還這麼害羞。」

「咳！怎麼樣，有信心贏嗎？」我轉移話題。

「應該沒問題。大部分的貓妖精都不想當守門人，只要在決賽打贏狗妖精就可以了。

我成為守門人後，你真的要進去裡面嗎？」

「沒什麼意外的話，應該會吧。」

定春單手抓住電線桿，凌空躍起：「既然是妖精界，妖精應該也能進去吧……」

「你說什麼？說太小聲了我沒聽見。」

「如果順利的話，明天這時候我就是守門人了。」定春輕快地說。

如果順利的話……可想而知，事情也不可能這麼順利。

第四日・

第四日・下午・明明不可能忘記的

「哈囉！財會部有人在嗎？有人來面試囉！」詩涵揮舞著手中的履歷跑到我的部門：「今天來的是正妹喔……咦？只有你在呀？」

「怡君和克拉拉在開會，阿德去樓下找老大討論怎麼改程式。怎麼又有面試呀？這次不會又要我去面試了吧？」

「你們家只有你在，也只好叫你去囉！在第七會議室，別讓正妹等太久喔！」

詩涵把履歷表扔在我桌上後就跑了，我就這樣被強迫中獎了！

無奈之下，我還是拿起履歷表，走向會議室：「陳靜安……怎麼覺得這名字有點眼熟？不會又是熟人了吧？」上次被來面試的學弟詛咒我快去死，這次來面試的人不會直接捅我一刀吧？

推開會議室的門，坐在桌邊穿著套裝的女性猛然站起，向我敬了個禮，大聲說了一句：「長官好！」其驚人的氣勢讓我心下一驚，看清了她的臉後，我立刻奪門而出。

「怎麼了？你怎麼一進去就出來了？」詩涵一臉驚訝：「難道對方拿著槍大喊要搶劫

嗎？」

「沒事、沒事，我突然想到有一通重要的電話要打，我先去處理一下，五分鐘後再過來，妳先幫我擋一下。」我隨便扯了個藉口，衝回自己的座位平復心情。

怎麼會是她？怎麼會是她？

才剛來了個罵我去死的學弟，竟然又來了一個可能捅我一刀的學妹！

陳靜安小姐生得濃眉大眼，豔麗中帶了一點英氣，外形的確當得上正妹二字。此女在大學時有個別名叫「小柔」，這個「柔」不是溫柔的柔，也不是柔順的柔，而是柔道的柔！

小柔學妹出身武術世家，朋友眾多，為人仗義，經常為自己的好姐妹、好同學討公道，古代的大俠是路見不平拔刀相助，小柔學妹則是路見不平柔道和過肩摔伺候！

小柔學妹最知名的事蹟如下——

遙遠的過去，某學長和小柔的好友交往一個月後劈腿，小柔學妹衝去和某學長興師問罪，某學長嘆了口氣，悠悠說出某位大鼻子功夫明星的名言：「這是男人都會犯的錯。」

說時遲那時快，某學長的「錯」字還沒說完，人已在空中翻了一圈，儘管小柔學妹很有良心的讓學長輕輕落地沒有受傷，但給人的精神創傷之大，讓某學長在學期間再也沒交過女友，甚至有人傳言某學長「不行了」。

從此小柔學妹之名威震八方，再也沒人敢動她的姐妹，那些有幸已與她的姐妹交往的男同學們開始小心翼翼地把女友當菩薩供著，而我心心念念無法忘懷的林羽楠同學，就是小柔的好朋友。

我和楠分手的消息傳出之後，聽說小柔好幾次想堵我，都被楠給攔住了，之後我畢業了，她自然堵不到我，沒想到不是冤家不聚頭，我和她冤家路窄再次相遇在公司的會議室！她會不會為了楠暴打我一頓？

等等！小柔是楠的好朋友，說不定她知道楠畢業後到底發生了什麼事？

我記得寫信來告訴我楠出事了的人，名字好像有個安字，當時沒看清楚，搞不好寄信的人根本就是她！

我立刻衝回會議室。

「小柔……不、靜安學妹，我希望妳能先冷靜下來，放下對我的偏見，回答我一個問題——妳知道楠現在在哪裡嗎？」

「你誰呀？」小柔一臉困惑。

「我是杜漳哲呀！大妳一屆的學長。」見小柔仍一臉茫然，顯然未記起我是誰，我牙一咬補充了一句：「羽楠的前男友。」

「喔、是你呀！」小柔折了折拳頭，才忽然想到她正在面試，放下拳頭把手放在膝上：「學長好久不見，好巧，沒想到會在這裡遇到你，要開始面談了嗎？」

「先別管面試了，我問妳，妳知道楠現在的狀況嗎？」

「我不清楚耶！畢業後就沒和她聯絡了。」小柔聳了聳肩：「你找她幹嘛？該不會想舊情復燃吧？看你這表情我還真猜對了，你這傢伙要啃回頭草也回頭回得太遠了吧！」

忍住！忍住！你打不過她的！

「拜託妳！我是真的有話想跟她說！如果妳不願意跟我說怎麼和她聯絡的話，可以告訴我她現在好不好嗎？我會在妳的面談報告寫好話！」

「看來你是認真的，但我真的不知道她的情況。」

「可是，妳之前不是有寫一封信給我嗎？信裡面說楠可能快死了……」

「信？我沒寫信給你呀？」小柔一臉震驚：「羽楠怎麼了？」

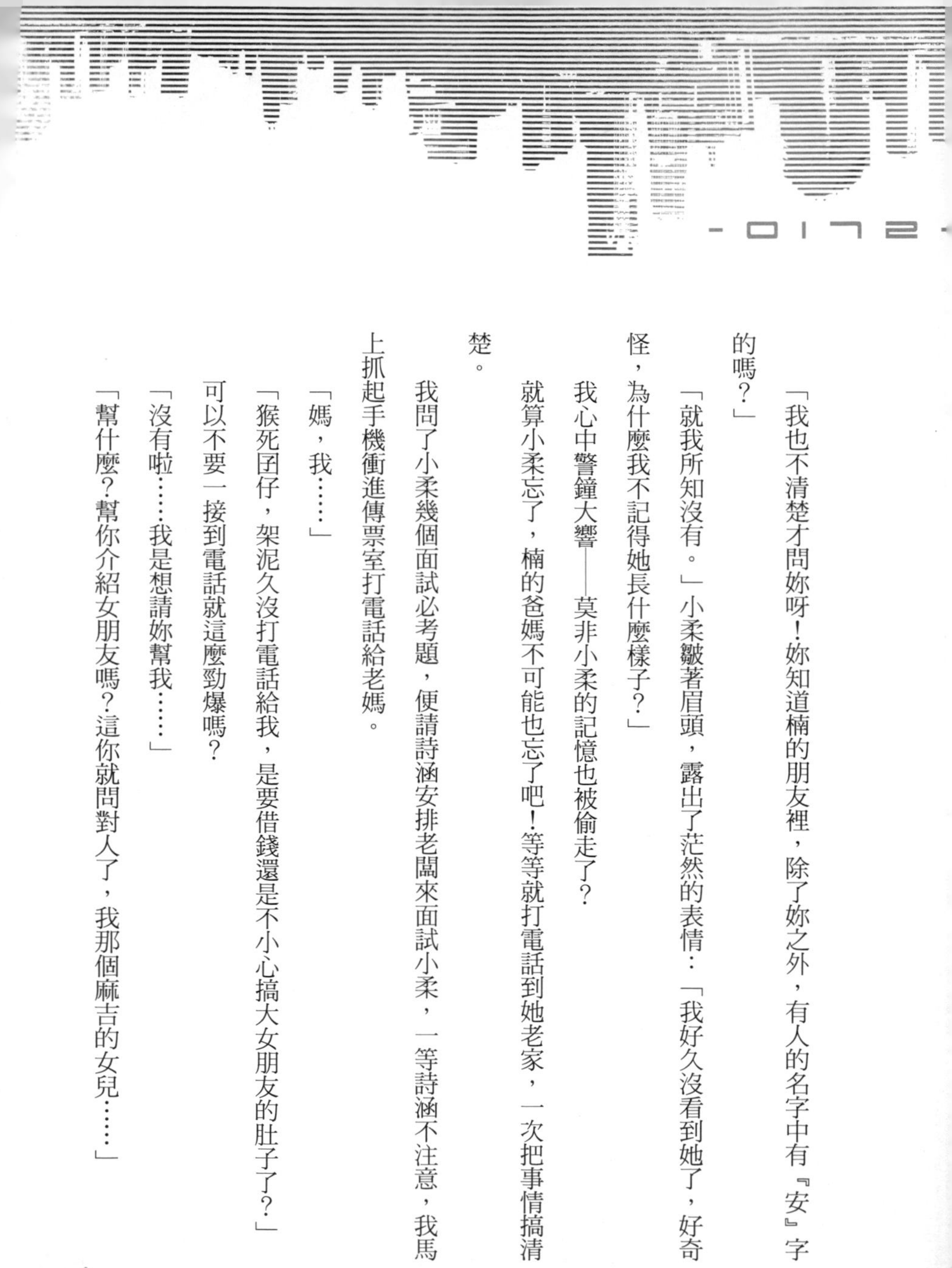

「我也不清楚才問妳呀！妳知道楠的朋友裡，除了妳之外，有人的名字中有『安』字的嗎？」

「就我所知沒有。」小柔皺著眉頭，露出了茫然的表情：「我好久沒看到她了，好奇怪，為什麼我不記得她長什麼樣子？」

我心中警鐘大響——莫非小柔的記憶也被偷走了？

就算小柔忘了，楠的爸媽不可能也忘了吧！等等就打電話到她老家，一次把事情搞清楚。

我問了小柔幾個面試必考題，便請詩涵安排老闆來面試小柔，一等詩涵不注意，我馬上抓起手機衝進傳票室打電話給老媽。

「媽，我……」

「猴死囝仔，架泥久沒打電話給我，是要借錢還是不小心搞大女朋友的肚子了？」

可以不要一接到電話就這麼勁爆嗎？

「沒有啦……我是想請妳幫我……」

「幫什麼？幫你介紹女朋友嗎？這你就問對人了，我那個麻吉的女兒……」

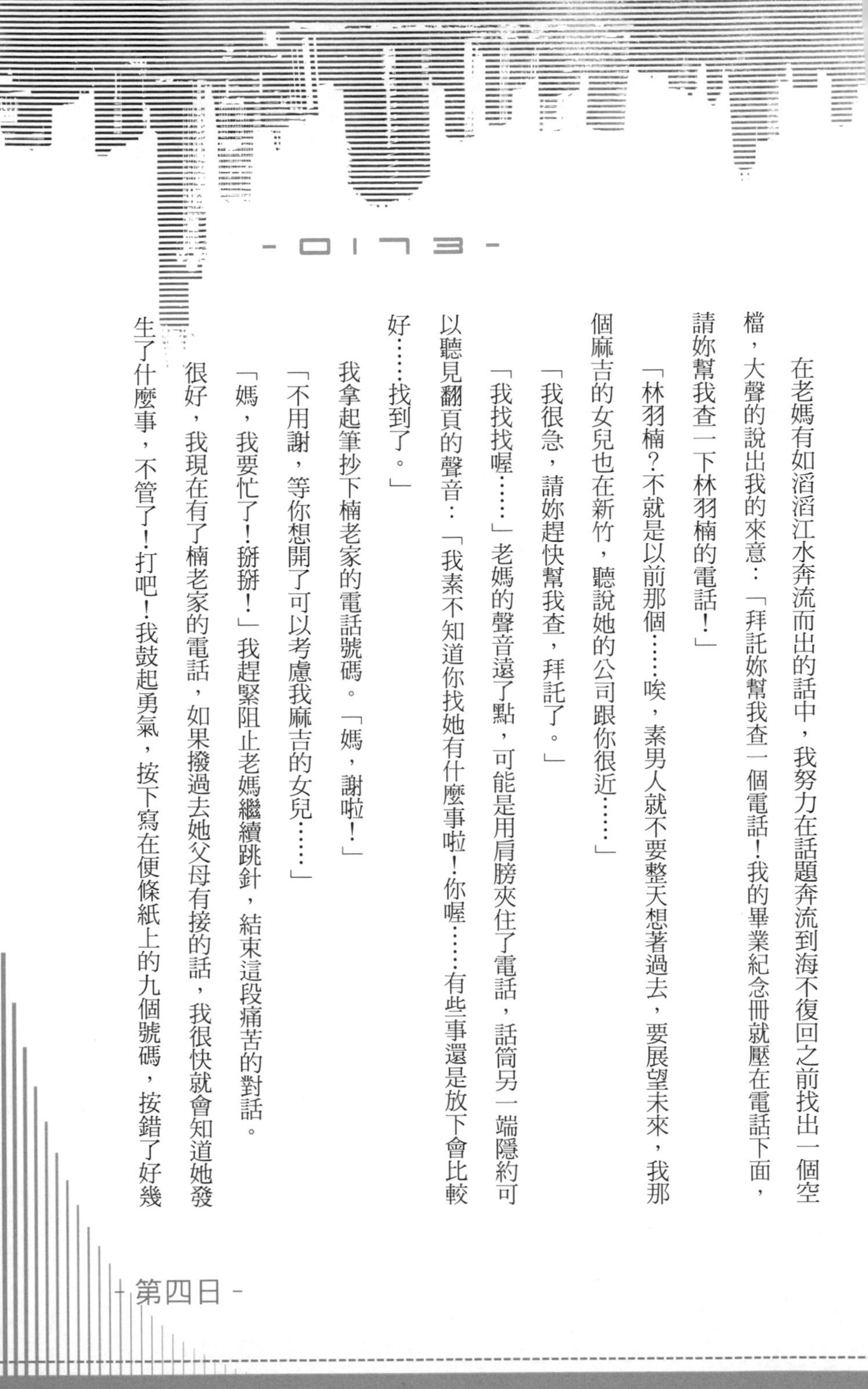

在老媽有如滔滔江水奔流而出的話中，我努力在話題奔流到海不復回之前找出一個空檔，大聲的說出我的來意：「拜託妳幫我查一個電話！我的畢業紀念冊就壓在電話下面，請妳幫我查一下林羽楠的電話！」

「林羽楠？不就是以前那個……唉，素男人就不要整天想著過去，要展望未來，我那個麻吉的女兒也在新竹，聽說她的公司跟你很近……」

「我很急，請妳趕快幫我查，拜託了。」

「我找找找喔……」老媽的聲音遠了點，可能是用肩膀夾住了電話，話筒另一端隱約可以聽見翻頁的聲音：「我素不知道你找她有什麼事啦！你喔……有些事還是放下會比較好……找到了。」

我拿起筆抄下楠老家的電話號碼。「媽，謝啦！」

「不用謝，等你想開了可以考慮我麻吉的女兒……」

「媽，我要忙了！掰掰！」我趕緊阻止老媽繼續跳針，結束這段痛苦的對話。

很好，我現在有了楠老家的電話，如果撥過去她父母有接的話，我很快就會知道她發生了什麼事，不管了！打吧！我鼓起勇氣，按下寫在便條紙上的九個號碼，按錯了好幾次，才終於按下了撥出。

會有人接嗎？

會是她接嗎？

如果是她接的話要說什麼？

話筒的另一端傳來了一個女聲，我在恐懼戰勝勇氣之前趕緊開口。

「是楠嗎？我……」

「您播的電話是空號，請查明後再撥。」

空、空號？我無力的靠著資料櫃，不可置信地瞪著手機。

我播錯號碼了嗎？不，我重複檢查了好幾次，號碼是對的。還是老媽看錯了？老媽以前也是學會計的，對數字非常龜毛，應該不可能弄錯。

我重新輸入電話號碼，再打一次。

「您播的電話是空號……」

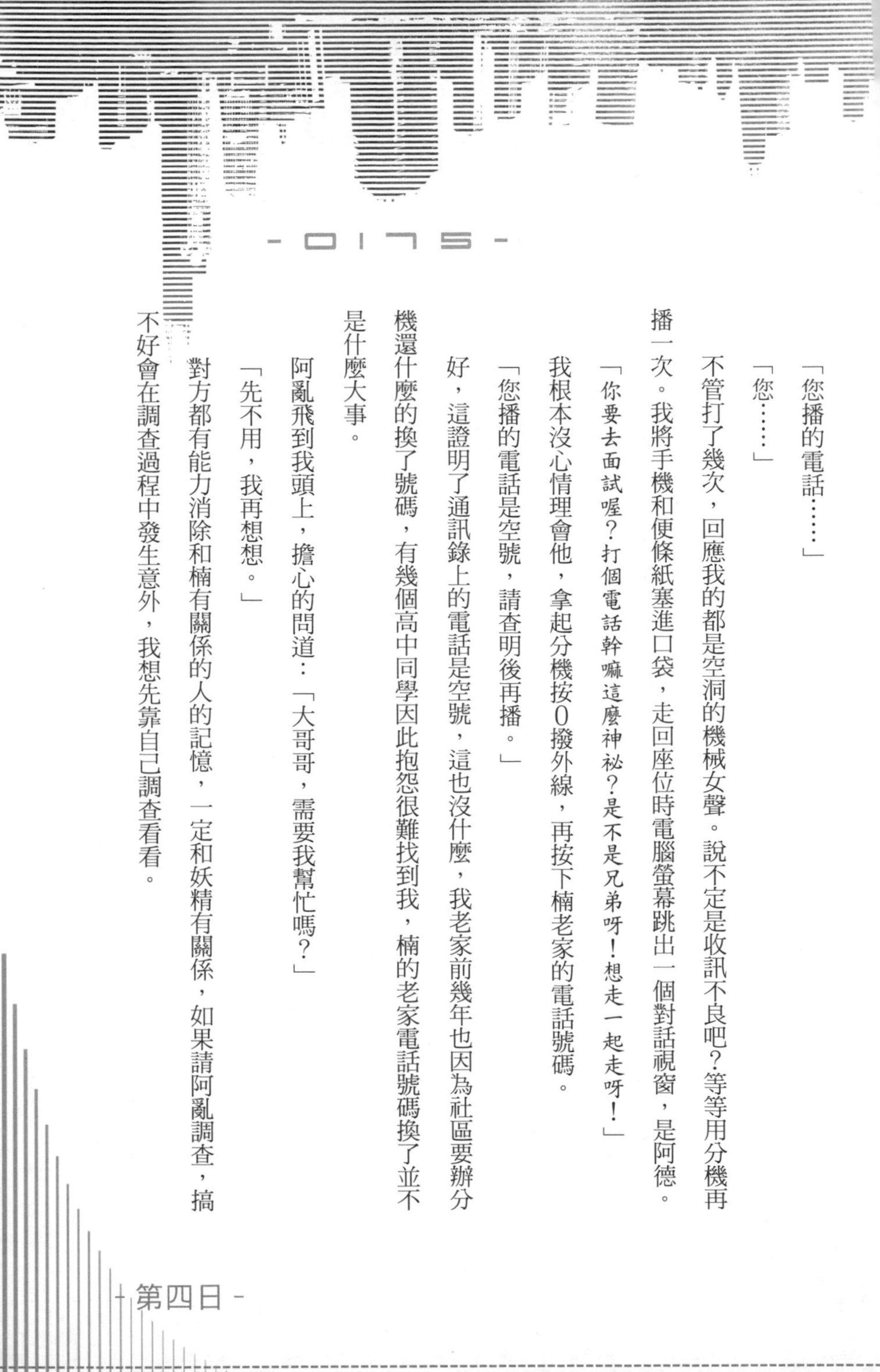

「您播的電話……」

「您……」

不管打了幾次，回應我的都是空洞的機械女聲。說不定是收訊不良吧？等等用分機再播一次。我將手機和便條紙塞進口袋，走回座位時電腦螢幕跳出一個對話視窗，是阿德。

「你要去面試喔？打個電話幹嘛這麼神祕？是不是兄弟呀！想走一起走呀！」

我根本沒心情理會他，拿起分機按0撥外線，再按下楠老家的電話號碼。

「您播的電話是空號，請查明後再播。」

好，這證明了通訊錄上的電話是空號，這也沒什麼，我老家前幾年也因為社區要辦分機還什麼的換了號碼，有幾個高中同學因此抱怨很難找到我，楠的老家電話號碼換了並不是什麼大事。

阿亂飛到我頭上，擔心的問道：「大哥哥，需要我幫忙嗎？」

「先不用，我再想想。」

對方都有能力消除和楠有關係的人的記憶，一定和妖精有關係，如果請阿亂調查，搞不好會在調查過程中發生意外，我想先靠自己調查看看。

接下來我該怎麼做？打電話到系辦公室問楠現在的聯絡方式？找共同的朋友？上學校BBS發尋人文章？我隨便想想也能想到三個方法，看來情況還沒這麼絕望。我試著用理性思考各種可能性，腦海中卻響起一個不祥的聲音：

「關於她的一切全都消失了，你永遠都找不到她了……」

第四日・傍晚・突如其來的展開

「喂，阿哲，晚餐吃了沒？」

「小……文……喔……找……我……有……事……嗎？」做不完的工作和楠徹底消失的預感讓我全身無力，連說話都沒有力氣。

「你怎麼聽起來快死了？你沒事吧？可以接電話應該就沒事了吧？吃飽了再死還不遲！好啦，先別吐嘈我，雨綸她不曉得發什麼神經說要幫我送晚餐，她說她也會順便幫你

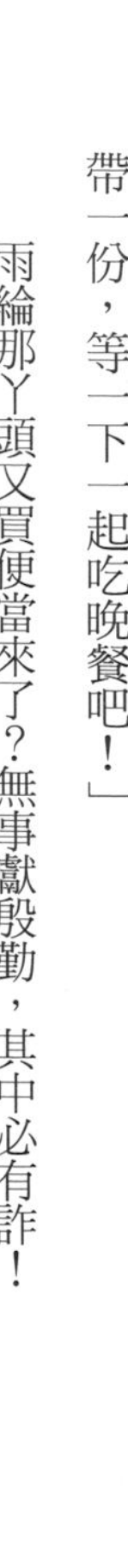

帶一份，等一下一起吃晚餐吧！」

雨綸那丫頭又買便當來了？無事獻殷勤，其中必有詐！

「……妳知道雨綸為什麼離家出走嗎？」

「我哪知道？死小孩不是三天兩頭就想離家出走嗎？」

好不負責任的回答。

「雨綸有男朋友嗎？」

「好像沒有，你該不會對她……沒想到你是蘿莉控！啊、雨綸打電話來了，她應該到了，我們一起下去接她……啊！糟了！我主管來找我了！你先去帶她上來，掰！」

「怎麼又是你？小文呢？」雨綸今天穿了十分有女人味的粉色雪紡洋裝，可惜她的說話態度還是半點女人味也沒有，囂張得很：「你該不會是在暗戀我吧？」

「並沒有！」我倒想問妳是在暗戀誰？一直跑來我們公司幹嘛？

想歸想，我還是沒把話說出口。這年紀的小孩臉皮薄、感情又纖細，要是不小心說錯話造成她心靈創傷去禍害男人還是小事，變成殺人魔我的罪過就大了。

「要在哪邊吃？」雨綸問。

「就上次那裡吧！我帶妳上去。」我接過雨綸手中的便當，轉身走向大門時身體忽然一歪——

眼前的世界、歪斜了。

雨綸的頭後方有個大大的、幾乎能將她半個身體吞沒的白色「通道」。

「雨綸！不要動！」我大叫。

雨綸驚訝地回望我，那對時而叛逆、時而彆扭的眼眸此刻盛滿了恐懼，我撲向前，將她的頭拉到我懷裡，我的手彷彿擦過「通道」的邊緣，身體順勢在地上滾了兩圈，手肘擦在柏油路上痛得要命，腦袋也轟隆轟隆作響，意識逐漸遠去……

「喂！我只是要你幫我提一下便當，不會就這樣領便當吧！」雨綸慌亂的叫聲讓我恢復了知覺。

「我才沒有領便當！」我拉著雨綸的手，從地上爬起來，尋找剛才「通道」的蹤跡——依我的經驗，「通道」會移動，躲過了一次不算真躲過，一定還得小心才行——一抬頭才發現根本不必找了，因為……

大樓的外側圍滿了白色的光牆，光牆足足有兩層樓高，如果我沒猜錯的話，那些光牆是巨大版的「通道」，這棟大樓被「通道」包圍了。

該死，這麼大的「通道」是要給多大的怪物通過呀？還是乾脆直接把整棟大樓傳送到妖精界去呀？

「剛才那是怎麼了？是不是地震？」

轉身一看，我才發現說話的是老大，而不是某個超級大怪獸，令我不禁鬆了口氣。

「老大，你沒事吧！」

「正想出去吃飯，結果就地震了，我有沒有看錯，怎麼覺得空中有什麼亮亮的在一閃一閃的？」老大一臉疑惑。

「我也不知道，不過還是不要靠近那些會閃的地方好了，搞不好是什麼電線走火還是什麼低地閃電之類的。」我看見化成人型的定春在電線桿上對我招手，隨口扯了個藉口：

「外面有點危險，你們先躲進去建築物裡面會比較安全，這女孩叫雨綸，是我朋友的表妹，你能帶她去四樓找她表姐嗎？」

「好。」

「那就麻煩你照顧她了。」我察覺到雨綸的手在顫抖，彎下身摸了摸她的頭：「不要怕，他是我同事，我請他帶妳去找小文好不好？」

「我又不是小孩子。」雨綸甩開我的手，走到老大身後拉住他的衣角。

「阿哲，你不一起上去嗎？」老大揚聲問道。

「我還有事！你們先上去！」說完，我就不顧老大和雨綸詫異的眼神跑向轉角的柱子，一跑出他們的視線範圍，定春就攔腰抱起我，跳入空中。

「抱住我的脖子。」定春伸出爪子勾出玻璃的縫隙，往上一翻：「不然你的手會打到我。」

「這是怎麼一回事？」

「我不知道。」

「聽到你這麼回答我一點也不意外。」我嘆了口氣：「不過看到你還是很安心。」

定春勾起嘴角。「臭狗在屋頂上等你。」

第四日・傍晚・「誰是守門人」武鬥大會最終回合開打！

不只是飛踢在屋頂上等我，參加武鬥大會的貓貓狗狗全都待在屋頂上，連充當擂台的法陣也已經畫好了。

「這是怎樣？大家要在這裡開打嗎？樓下被『通道』包圍，還不曉得有沒有人受傷，你們就要在樓上開武鬥大會？」我驚訝地問。

「這一區的妖精之門已經快關不住了，一定要馬上選出新的守門人並關上大門，不然妖精之門不久後就會在這裡開啟了。」飛踢汪正色道。

「這棟大樓還有很多人留下來加班，你們要想想辦法，不能棄他們於不顧。」我堅持道。我不是聖母（性別上也不對），但我還是無法眼睜睜看到這麼多人受害。

「果然是好人，林杯被感動了。」臭妹站出來，變身成人型：「反正林杯之前打輸

了，留在這裡也沒林杯的事，閒著也是閒著，就來幫幫人類好了！」

「老大，我之前也輸了，我跟著你！」黑白花貓狗腿地跟在臭妹身後。

「汪！我也去幫忙！」先前被虎胤痛打的米格魯也跟了上去，幾隻狗狗也響應了臭妹的義舉，前往保護無辜的人類。

飛踢汪點頭。「已經完成賽程的妖精想幫忙的去幫忙，其他的妖精給我認真比賽——都已經是這個時候了，大家別再鬧了！拿出你們的實力！」

接下來，我終於見識到了貓狗妖精真正的「實力」。

比賽一開始，場上的兩隻貓瞬間化成兩道看不見的灰影，除了幾聲肉體的碰撞聲，光用肉眼根本無法捕捉牠們的身影，等牠們再次現身之時，已是分出勝負的時刻。

下一場狗狗的對決也是一樣，僅看到兩隻狗狗化為人型，然後兩邊身影一晃，擂台上塵土飛揚，待塵埃落地，已剩下一隻狗翻倒在地，另一隻狗已翹著尾巴翩然下台。

我看了一下手錶，兩場比賽下來總共只過了一分鐘，原來之前這些妖精真的是在鬧著玩。慘了，我開始擔心了……定春真的打得贏嗎？

下一場，虎胤對上身材足足有牠三倍的挪威森林貓，對方不但體型很大，表情也很殺，一對上吊的貓眼瞪得人心裡發寒。虎胤仍是睜著那對超大超圓的眼睛，呆呆地回望挪威森林貓，還不忘在地上翻滾一圈。我屏住呼吸，連眼睛也不敢眨，怕一眨眼虎胤就被轟下擂台。

「比賽開始！」

挪威森林貓身型一晃，身影便從擂台上消失了，虎胤呆呆地望著天空，喵喵叫了兩聲，忽然間挪威森林貓就從半空中摔了下來！

挪威森林貓落地後很快地在地上滾了一圈，想爬起再戰，但才剛恢復趴姿想站起時，挪威森林貓身上飄來一團黑霧將牠壓倒在原地，虎胤隨即撲到挪威森林貓身上，飛踢汪開始讀秒，十秒後宣布虎胤獲勝。

「咦咦？剛剛那是什麼回事？」我看得一頭霧水。

「對方跳起來想撲倒虎胤，被虎胤用能力攔了下來。」飛踢汪說。

能力……是指那兩團黑影嗎？在上個事件虎胤曾召喚出黑影痛打老闆，但打從小文把虎胤帶回家後，虎胤都表現得像隻普通的小貓，我早就忘了虎胤也是個擁有特殊能力的妖精。

「下一場就換你的笨貓上場了。」飛踢汪說。

定春的對手是一隻沉默的玳瑁貓，玳瑁貓一上場就變成人型——一個髮色色彩斑斕的貓耳男子——凌空躍起。

我捏住口袋裡的定春毛球，瞇起眼睛，從因果線看出玳瑁貓的目標是定春的背後，正想出聲警告，玳瑁貓已瞬間移動到定春的身後，手刀劈向定春的後頸——

「定春！」

「想從後面偷襲？」定春捏斷手中的因果線，玳瑁貓手刀劈空，定春順勢抓住玳瑁貓的手往前摔。

玳瑁貓沒被摔出去，反手抓住定春的手臂、雙腳一蹬跳起來在空中翻了一圈，這下換定春失去了平衡。

正當我以為定春要敗北的時候，就見定春的雙腿如靈蛇一般地纏上對方的身體，玳瑁貓落地後也沒站穩，被這一纏，兩貓摔倒在地。定春的手繞過對方的頸背，熟練地固定住對方的肩膀，成功壓制對手。

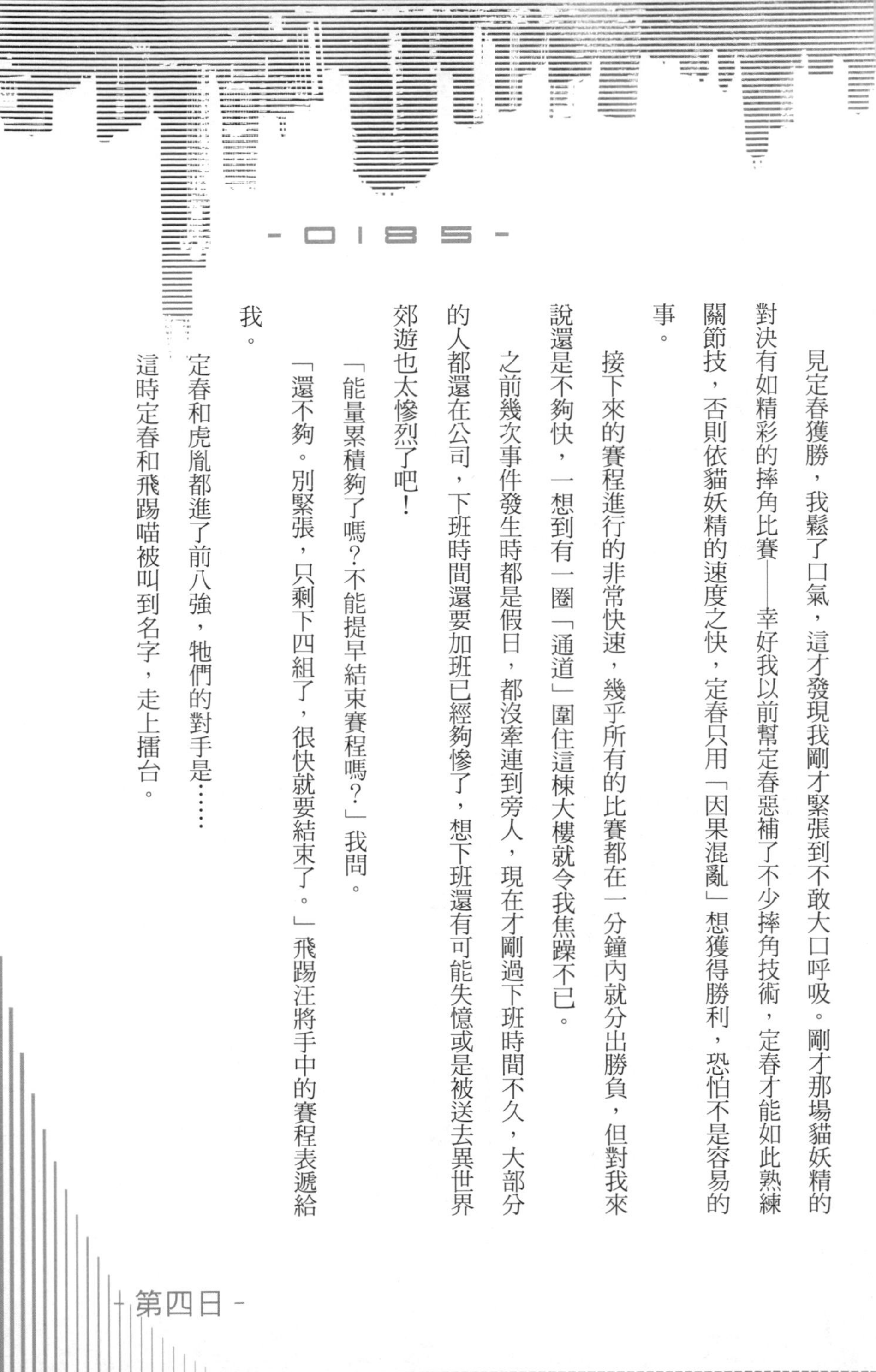

見定春獲勝，我鬆了口氣，這才發現我剛才緊張到不敢大口呼吸。剛才那場貓妖精的對決有如精彩的摔角比賽——幸好我以前幫定春惡補了不少摔角技術，定春才能如此熟練關節技，否則依貓妖精的速度之快，定春只用「因果混亂」想獲得勝利，恐怕不是容易的事。

接下來的賽程進行的非常快速，幾乎所有的比賽都在一分鐘內就分出勝負，但對我來說還是不夠快，一想到有一圈「通道」圍住這棟大樓就令我焦躁不已。

之前幾次事件發生時都是假日，都沒牽連到旁人，現在才剛過下班時間不久，大部分的人都還在公司，下班時間還要加班已經夠慘了，想下班還有可能失憶或是被送去異世界郊遊也太慘烈了吧！

「能量累積夠了嗎？不能提早結束賽程嗎？」我問。

「還不夠。別緊張，只剩下四組了，很快就要結束了。」飛踢汪將手中的賽程表遞給我。

定春和虎胤都進了前八強，牠們的對手是……

這時定春和飛踢喵被叫到名字，走上擂台。

「喔、你這沒我可愛的小白臉竟然也能撐到現在。」飛踢喵化身的金髮美人甩了甩頭髮：「臉長得像娘們，爪子倒挺硬的喵！」

「你才長得像娘們。」定春彎曲手指，伸出利爪：「廢話少說，我的主人還在樓下。」

語音未落，兩貓已衝向對方，這時，我的電話響了。

「喂，阿哲嗎？你在哪裡？」

小文的聲音聽起來很焦慮，擂台上的定春聽到小文的聲音時頓了一下，所幸這時飛踢喵距離尚遠，沒被牠抓到破綻。

「我在樓下，妳沒事吧？」

「我沒事，可是很多人昏倒了，有些人像在夢遊一樣到處亂走，我不敢出去，我和幾個同事躲在會議室。你有接到雨綸嗎？我打她電話她也沒接。」

「我剛有看到她，但後來我得去幫別人忙，就請我同事陪她上去找妳。妳等一下。」

我用手摀住手機，低聲詢問飛踢汪：「聽說雨綸不見了，她沒事吧？」

「我感覺得到她沒事，但我不知道她在哪裡。」飛踢汪看似神色平靜，大大的耳朵卻

不斷抖動，「趕快講完電話，專心看比賽，你那笨貓要贏沒那麼容易。」

擂台上飛踢喵和定春打得火熱，你抓我一爪，我還你一踢，乍看之下兩人似乎難分勝負，但從定春身上的爪痕可以看出牠打得十分吃力。

我拿起電話，對小文說：「妳先別擔心，搞不好雨綸只是手機沒電了，我等一下打給我同事，一有消息就馬上回覆妳。」

「好，我……啊啊啊啊！」

小文的慘叫聲戛然而止，手機已中止通話，打鬥中的定春手一抖，馬上就被飛踢喵抓住破綻打倒在地，定春在地上翻了兩圈，想躲過飛踢喵的追擊，這時空中有一條線連接到定春的胸口。

「定春，小心！」

定春聽到我的聲音抬起頭，飛踢喵的飛踢已經來到眼前，來不及扯掉因果線，只能勉強抬手擋住飛踢喵的飛踢，正當我以為定春逃過一劫時——

飛踢喵在空中迴轉了一圈來到定春身後，踢中了定春的背心。

怎麼……可能？我看著定春倒地，回想剛才所見的情景。剛才飛踢喵在毫無施力點的情況下在空中轉換了位置，在移動後還維持著同樣的速度和力道，才會讓定春在猝不及防的情況下毫無反抗之力。

「五、四、三、二、一。飛踢獲勝！」飛踢汪冷靜地宣布了結果。

比賽結束，定春還是躺在擂台上，昏迷不醒。我衝進擂台扶起定春，輕聲叫牠的名字，牠還是沒有醒來。

飛踢汪走到我旁邊，把定春抱下擂台：「先回你的位置吧！比賽還得繼續下去。」

虎胤跑到定春旁邊緊張地喵喵叫，一直用毛茸茸的腦袋拱定春的頭，彷彿這麼做定春就會馬上醒來。

「別緊張，牠再過幾分鐘就會醒來了喵。」虎胤一看到飛踢喵接近，就警戒地張嘴哈氣。飛踢喵無視虎胤的威脅，變回貓型，走到我腳邊蹭了蹭。

「你對牠做了什麼？不是說好是友誼賽嗎？怎麼下手這麼重。」我十分不滿。

「沒辦法，這就是我的能力。好人你不要生氣嘛！」飛踢喵對我拋了個媚眼：「我的能力是『必中的飛踢』，不管從哪邊跳起來、對方有沒有防禦，都一定會踢中。」

怎麼覺得好像有在哪邊看過類似的能力，不過人家是槍刺出一定會刺中心臟，你這個飛踢一定會踢中是哪招呀？

「阿哲，小文沒事吧？」定春還沒睜開眼睛，就擔心主人的安危。

話還沒說完，小文就打來了。

「小文，妳沒事吧？怎麼尖叫到一半就掛了電話？」

「拍謝拍謝，剛有隻小強掉到我身上，我嚇了一跳手機就掉了，手機的電池還掉出來，找了好久才找到。」

……我剛還擔心小文出事了，結果竟然只是有小強掉到她身上，妳家的貓因為妳那聲尖叫輸得好慘呀！

「你有打給你同事了嗎？」

「還沒。我馬上打。」一掛了電話，我就撥電話給老大，打了半天都沒人接。我改打雨綸的電話，果然如小文所說沒有開機，只好傳簡訊給這兩個人，要他們一看到簡訊就回覆給我。

「雨綸不見了？」定春拍了拍屁股站了起來，看來身體沒什麼大礙。

「嗯，飛踢說她應該沒事，但我還是有點擔心。反正快比完了，等事情結束再去找她吧……你看，狗狗們分出勝負了！狗狗們的冠軍果然是那隻哈士奇！」

「我輸了嗎？」定春沮喪地垂下耳朵：「……對不起。」

「這又不是你的錯。到時看誰是守門人再拜託牠。不行的話也總是有別的辦法，搞不好我們這邊集完『鑰之力』，『貓』就直接回來了。」我揉了揉定春的耳朵。

定春輸的時候我是有點難過，但不知為什麼我內心深處卻有一點點……鬆了口氣的感覺。

進入妖精之門後，一定還會再遇到那名少女吧？少女有著和楠相同的容貌、相同的氣質，卻不知道為什麼總是給我一種奇特的疏離感，大概是因為……「貓」希望我遠離她，我相信「貓」不會害我。

「虎胤要上場了。」定春說。

虎胤蹦蹦跳跳地跑到擂台上，一看到擂台上站的是飛蹋喵就拱起背張嘴哈氣。

「虎胤不會受傷吧？」我有些擔心。虎胤在前幾場比賽表現得所向披靡，但牠畢竟是只有幾個月大的小貓，不會變成人型也不會說話，飛蹋的絕招連定春都能打敗，怎麼想虎胤都不可能贏呀！

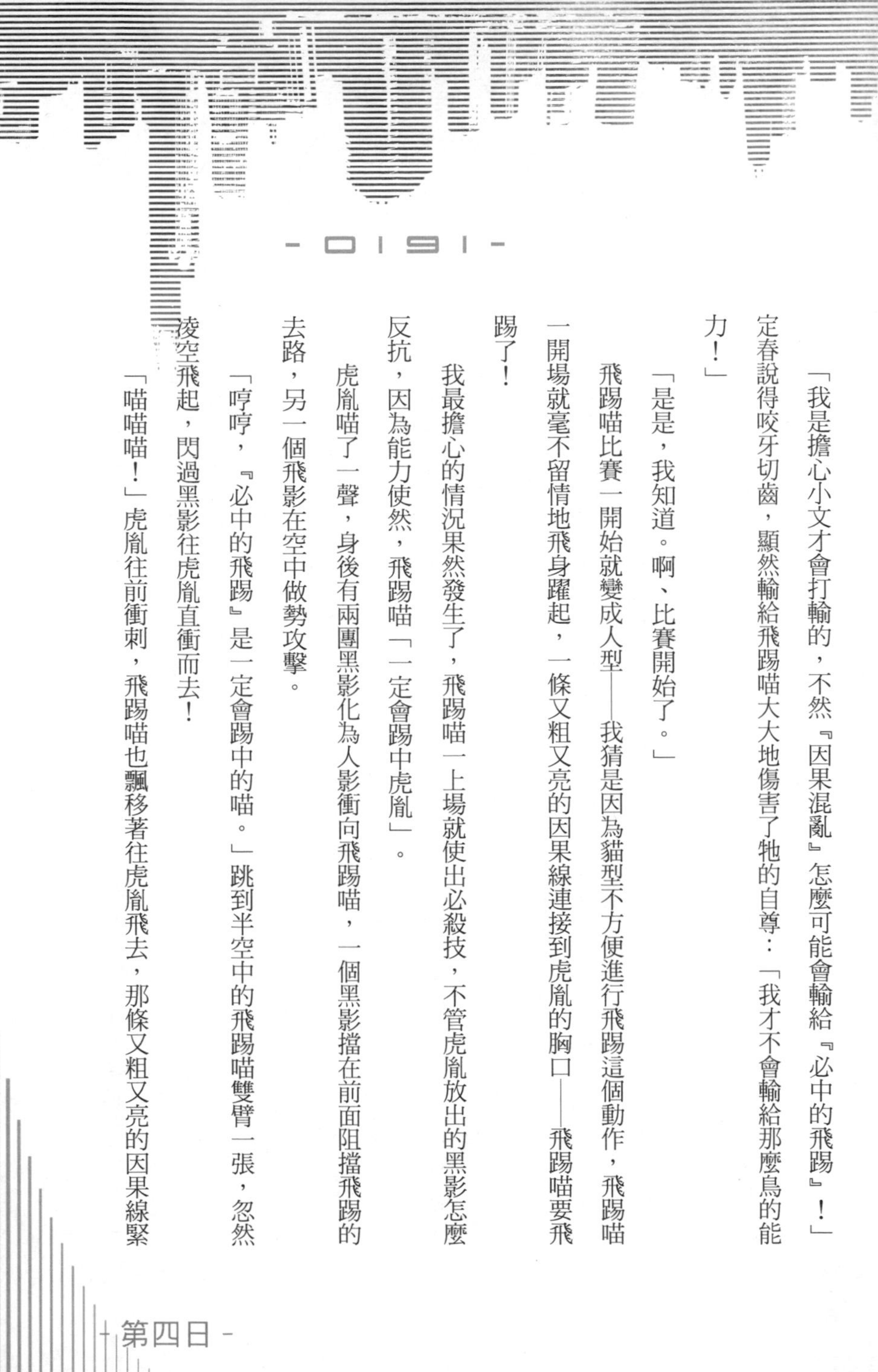

「我是擔心小文才會打輸的，不然『因果混亂』怎麼可能會輸給『必中的飛踢』！」定春說得咬牙切齒，顯然輸給飛踢喵大大地傷害了牠的自尊：「我才不會輸給那麼鳥的能力！」

「是是，我知道。啊、比賽開始了。」

飛踢喵比賽一開始就變成人型——我猜是因為貓型不方便進行飛踢這個動作，飛踢喵一開場就毫不留情地飛身躍起，一條又粗又亮的因果線連接到虎胤的胸口——飛踢喵要飛踢了！

我最擔心的情況果然發生了，飛踢喵一上場就使出必殺技，不管虎胤放出的黑影怎麼反抗，因為能力使然，飛踢喵「一定會踢中虎胤」。

虎胤喵了一聲，身後有兩團黑影化為人影衝向飛踢喵，一個黑影擋在前面阻擋飛踢的去路，另一個飛影在空中做勢攻擊。

「哼哼，『必中的飛踢』是一定會踢中的喵。」跳到半空中的飛踢喵雙臂一張，忽然淩空飛起，閃過黑影往虎胤直衝而去！

「喵喵喵！」虎胤往前衝刺，飛踢喵也飄移著往虎胤飛去，那條又粗又亮的因果線緊緊地黏住虎胤胸口，虎胤放出的黑影緊纏著飛踢喵拳打腳踢，打得飛踢喵額頭腫了一塊、嘴角破了、身上到處都是紅腫的痕跡，但這還是擋不住「必中的飛踢」，不管遭遇多少阻礙，飛踢喵仍維持著飛踢的姿勢往虎胤直衝而去！

「你是擋不住我的！」飛踢喵已飛到虎胤上方：「看我的──『必中的飛踢』！」

飛踢喵的腳尖碰觸到虎胤的瞬間，虎胤雙腳一蹬跳到黑影身上，再借力撲到飛踢喵頭上。

因為飛踢喵的飛踢「一定會踢中目標」，所以飛踢喵的腳硬生生地跟著虎胤往上抬，眼見飛踢喵的腳就要踢中虎胤時，虎胤一溜煙地躲到了飛踢喵的後頸，飛踢喵的柔軟度再好，也不可能踢到自己的後頸，而且這時飛踢喵想收回腿已經來不及了──

「碰！」飛踢喵被自己的踢擊踢中，倒在地上。

「你、這、隻、小、貓！」飛踢喵氣得聲音都在顫抖，完全顧不了飛踢不飛踢，就往虎胤的方向撲去。

兩隻貓一個人型一個貓型打成一團，再加上虎胤操作的兩團黑影，不要說是我了，連動態視力極佳的定春也完全看不出來發生了什麼事。

這場戰鬥十分激烈，就連場邊的貓妖精們都停止了閒聊，忽然間「砰」的一聲，黑影散開，場中央只剩下雙腳被抓住的飛踢喵以及一名嬌小的、有著金黑交雜長髮的貓耳小女孩。

咦咦咦咦咦？

「喵嗚！」貓耳女孩睜著宛如少女漫畫一般的超大眼睛，粉粉小小的嘴發出既嬌嫩又熟悉的貓叫，抓住飛踢喵的腳踝，一邊轉圈一邊發出興奮的喵叫，轉到最高速的時候女孩鬆手，飛踢喵就這樣子飛出擂台之外！

「飛踢選手飛出場外，無法進行比賽，虎胤獲勝！黃金金吉拉虎胤和哈士奇小哈進入決賽。兩位選手休息一分鐘，一分鐘後開始決賽。」飛踢汪眺望遠方，皺起了眉頭：「得快點結束這一切才行。」

先前「通道」的光芒差不多有二、三樓高，現在「通道」已經高達頂樓，光芒也越來越亮，「通道」看起來也不再空白，透過那微微晃動的白光，彷彿可以看見另一個世界的景象。

倒塌的大樓、海洋、還有少女向我招手……

我張開口，想呼喚少女的名字，卻吃了一嘴毛。

「呸呸呸！虎胤妳幹嘛把尾巴塞到我嘴巴裡？」我拉出嘴裡的尾巴，不滿地說道。

「喵。」貓耳少女躲在定春懷裡，用尾巴拍了一下我的臉：「喵嗚？」

「虎胤問你：『我變成人型你不開心嗎？』」定春解釋道。

「很高興。」我摸了摸貓耳少女的頭：「等一下比賽加油，也小心不要受傷了。」

「比賽即將開始，虎胤和小哈請到台上做準備。」飛蹋汪宣布。

「喵嗚。」虎胤在我掌心蹭了蹭，蹦蹦跳跳地跑回台上，奔跑間金黑相間的及膝長髮在身後飄揚，小小的棕色貓耳在頭頂上左右擺動，蓬鬆的尾巴高高豎起——和虎胤貓型時一模一樣。

「這就是虎胤的人型嗎？不會再變成其他的樣子了？」貓妖精年幼時變身能力較不穩定，上次虎胤受到殘存的記憶影響，竟然變身成楠的樣子，嚇了我一跳。

「嗯，長大以後人型的樣子也會長大一點，就不會再變了。」定春說。

狗妖精的冠軍是先前常代表狗妖精發言的哈士奇，狗型高及我的腰部，銀黑相間的毛色和直立的耳朵看起來十分帥氣。

哈士奇大步走上台：「小貓咪，對手竟然是妳呀！我不會放水汪！」

「喵喵喵咪咪嗚！」虎胤不甘示弱地回了一連串的喵叫。

「廢話不多說，比賽開始！」飛踢汪宣布。

「小貓咪，我要上囉！」哈士奇說完，變身為銀髮藍眼的高䠷青年，不輸給名模的俊秀臉孔配上寬肩細腰和結實的胸肌，完全有讓小女孩尖叫的本事，可惜牠的對手不是普通小女孩，而是剛學會變身連話都不會說的貓妖精。

虎胤完全不理會哈士奇的招呼，不等對方把話說完，就像顆小鋼砲般的往哈士奇衝刺——目標是哈士奇的胸口。

就我看來，哈士奇若是往上跳或是往側邊滾，一定可以躲過這次撞擊，可惜哈士奇不是貓妖精，沒有貓妖精的跳躍力和柔軟度，因此哈士奇選擇了和虎胤正面對決。

「汪！」哈士奇伸出雙手抓住了虎胤的雙手，一貓一狗僵持了片刻，虎胤就因力氣不及哈士奇而被逼退了兩步，又圓又大的眼睛出現了淚光，嘴裡也出現了喵嗚喵嗚的低鳴。

「少來！我是不、不會心軟的！」哈士奇粗聲粗氣地說，手下使勁，虎胤化身成的貓耳小女孩連站都站不直了。

「汪！你的榮譽呢！小貓咪站起來還不到你的胸口，你也打得下去！」狗群發出噓聲。

是說你們這樣干擾自己的選手比賽這樣好嗎？

「我又不會弄傷牠汪！牠連話都不會說，要怎麼當守門人汪！」哈士奇急急忙忙地反駁。

不曉得狗群違反榮譽守則是不是會被排擠，不然怎麼會一被噓就這麼緊張？

「小貓咪，打不贏就投降吧！不然會受傷喔！」

哈士奇抓著虎胤的手用力一壓，虎胤慘喵一聲往後倒去，也不知是有意無意，虎胤沒有鬆開哈士奇的手，牠這一倒連帶著哈士奇也被拉得往前傾倒。

哈士奇很快就站穩腳步，忽然間場中央響起了一聲愉快的貓叫聲，詭異的是……這聲貓叫不是從哈士奇身前傳來的，而是出現在哈士奇身後。

哈士奇趕緊鬆手往一旁閃躲，剛踏出一步卻發現雙手已被黑影緊緊纏住，一雙又白又嫩的小手出現在哈士奇的身後，抱住哈士奇的腰。

「喵喵嗚！」不知道什麼時候移動到哈士奇後方的虎胤緊抱住哈士奇的腰，用力提

起，舉高，然後往後摔去！

這這這、不就就是傳說中的——「德國式後橋背摔」嗎？

「汪的！這是什麼怪力啊啊啊！」狗群爆出一陣驚呼。

「還不都是你！剛才幹嘛罵牠不遵守榮譽，結果害牠分心了！」狗群開始互相指責。

「凹嗚，又要聽貓咪頤指氣使好幾年了汪！本來以為這次終於能翻身了說。」

「嗚汪。」哈士奇的頭上被砸出了個腫包，但這點小傷無法擊敗牠，哈士奇彈身而起——然後又被虎胤一拳打趴了下來。

這次倒地後，虎胤沒再給哈士奇任何機會，咪咪喵喵地召喚出兩團黑影一起對哈士奇亂打一頓。

「又來了，為什麼每次大型犬遇到小貓的打鬥都是這種結局呀……」飛踢汪掩面嘆氣。

就我看來，哈士奇根本沒有使出全力，之前和狗族的比賽這隻哈士奇可以說是難逢敵手，每場都在比賽一開始就把對手打飛了出去，遇到虎胤卻落了個這種下場。

擂台的法陣亮起了藍光，然後是紅光，看不懂的符文開始一個個旋轉，看來能量已收集完畢，飛踢汪猛然站起：「比賽結束！下一任守門人是虎胤！」

「咪嗚？」虎胤看到擂台上不斷旋轉的符文，變成貓型追著符文玩，定春趕緊衝向前抱起虎胤。

「臭狗，接下來要做什麼？」定春問。

「笨貓，你抱著虎胤站到阿哲旁邊，妖精之門很快就要開啟了。所有的妖精退到法陣之外！」飛踢汪走到擂台中央，咬破手指，在魔法陣的中心畫了一個像是狗掌的圖案，法陣爆出七彩的光芒，發亮的符文從地面上升起，在法陣周圍形成一道光牆，能量的撞擊讓身處法陣中的我也能聽見彷彿地鳴般的聲響。

我緊抓住定春的手，想找出周圍存在的因果線，以防有任何突發情況出現，在碰觸到定春指尖的瞬間，我看到一條又粗又亮的因果線出現在我的胸口上，那因果線足足有手臂這麼粗——慘了，因果線粗成這樣是有飛彈要射到我身上嗎？

「笨蛋，不是飛彈！你看上面！」定春讀出我的心思，伸手指向空中。

因果線從我的胸口一直連接到法陣中心的上方，然後消失在虛空之中，我和虎胤中間也連著一條同樣粗細的因果線，先前飛踢汪提過，要藉由比武大會累積能量來強化我和

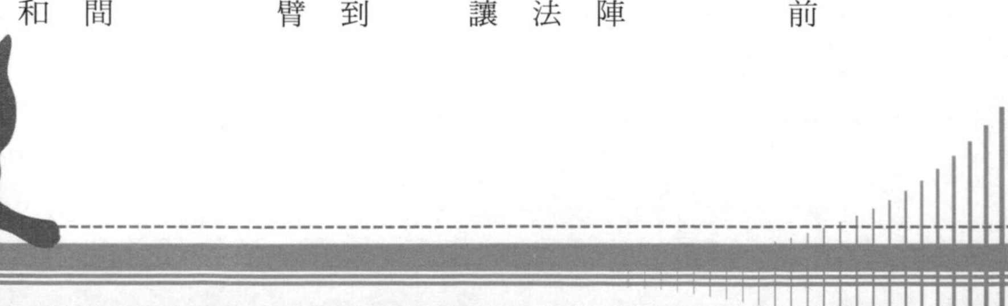

「貓」的連結，再藉此取回「貓」身上的「鑰之力」，並將力量傳承給下一個守門人。

這麼說來，因果線會變得又粗又亮是因為吸收了能量，而因果線的另一端消失在空中……是因為「貓」不在這個空間？

如果「貓」在因果線的另一端的話，順著這條線，是不是就能找回「貓」？我顫抖著手抓住胸口的因果線，它摸起來熱熱的、很有彈性，我抓著因果線，輕輕地往後拉，因果線如我想像的很堅固，沒有斷。

「你別再拉了。門還沒開，你就算把『貓』拖到門邊牠也只能一直撞牆。再等一下，臭狗有動作了。」定春說。

飛踢汪寫上最後一個符文，再用一個巨大的像狗腳印的符號將先前用血寫出來的符文包圍，嘴裡唸唸有詞，似乎是在吟唱符文。

「獻上妖精征戰之力及守門人之血……」

儘管此時氣氛十分緊張，我還是不由得在心中感嘆：現在的寵物妖精不但要上得了廳堂陪主人玩樂，還要下得了書房幫主人寫作業，除了陪主人的本業之外還得學會畫符吟咒，實在是比人類還辛苦呀！

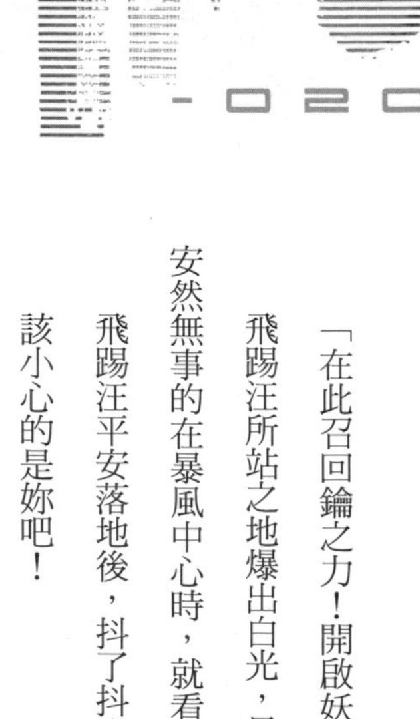

「在此召回鑰之力！開啟妖精之門！」

飛蹋汪所站之地爆出白光，暴風襲捲著整個頂樓，當我正想著飛蹋汪好厲害呀竟然能安然無事的在暴風中心時，就看見飛蹋汪被巨大的暴風給甩了出來。

飛蹋汪平安落地後，抖了抖發紅的耳朵，若無其事地說：「風很大，大家小心。」該小心的是妳吧！

白光逐漸散去，空氣中傳來水晶碎裂之聲，彷彿有什麼東西要突破空間衝出，我開始幻想會有像真理之門之類的華麗大門橫空出世，或是有什麼長著牛角的大魔王撞破大門衝出來（這個最好不要有），但在白光和暴風完全散去之後，只剩下滿地被風吹得揚起的垃圾和貓狗妖精掉落的毛髮，什麼門也沒看見。

「門呢？」搞出這麼大的陣仗，不會什麼都沒有吧？

「我也沒看見。」定春說。

「門在……」

飛蹋汪話還沒有說完，虎胤突然興奮地喵了一聲，衝向法陣的中央，轉眼間虎胤的身影就消失了。

「虎胤！」我追上前，才發現原來不是門沒出現或沒開啟，而是門就只是個空間的裂縫，另一個空間也有著相似的景色，我胸前的因果線連接到裂縫的另一端，我走向前，腳尖碰到硬硬的像是牆壁的東西，我伸手延著像是牆面的東西摸去，找到了裂縫，用力一掀。

「咖答」一聲，門開了。

鹹鹹的、濕潤的海風，從門的另一端吹來。

「門開了，你要進去嗎？」飛踢汪似笑非笑的看著我：「進去了可能會死喔！我會很寂寞的。」

「我去就好。」定春拉住我的衣角。「你留在這裡。」

我扯了扯嘴角，沒有說話，從定春的手中抽出我的衣角。

我走進了妖精之門。

然後，往下墜落。

靠！我忘了我現在在頂樓啊！而且妖精界的房子不知道為什麼都倒塌了啊！我不會因為這樣就死掉了吧！

看著身旁飛速上升的風景和急速接近的地面，不知為什麼許多回憶從心底湧起，這時，我終於聽見了定春的聲音。

「笨蛋，誰叫你要丟下我。」

我艱難地轉過頭，看到定春從空中躍下，這時一個細小的、銀色的碎片飄入了我的耳朵。

「有車輪餅耶！我想吃，你要什麼口味的？有紅豆、紅豆抹茶、奶油……」楠看著對面街上的車輪餅的招牌，一一唸出車輪餅的口味。

「我都可以。」我對甜食沒有執著，比起甜食的味道，我更喜歡看楠津津有味的盯著甜食的樣子。

「什麼叫都可以？小心我叫老闆把所有的口味都塞在一起做個超級MIX版喔！你留在這邊看車，我去買！」楠氣呼呼地甩著包包往前走。

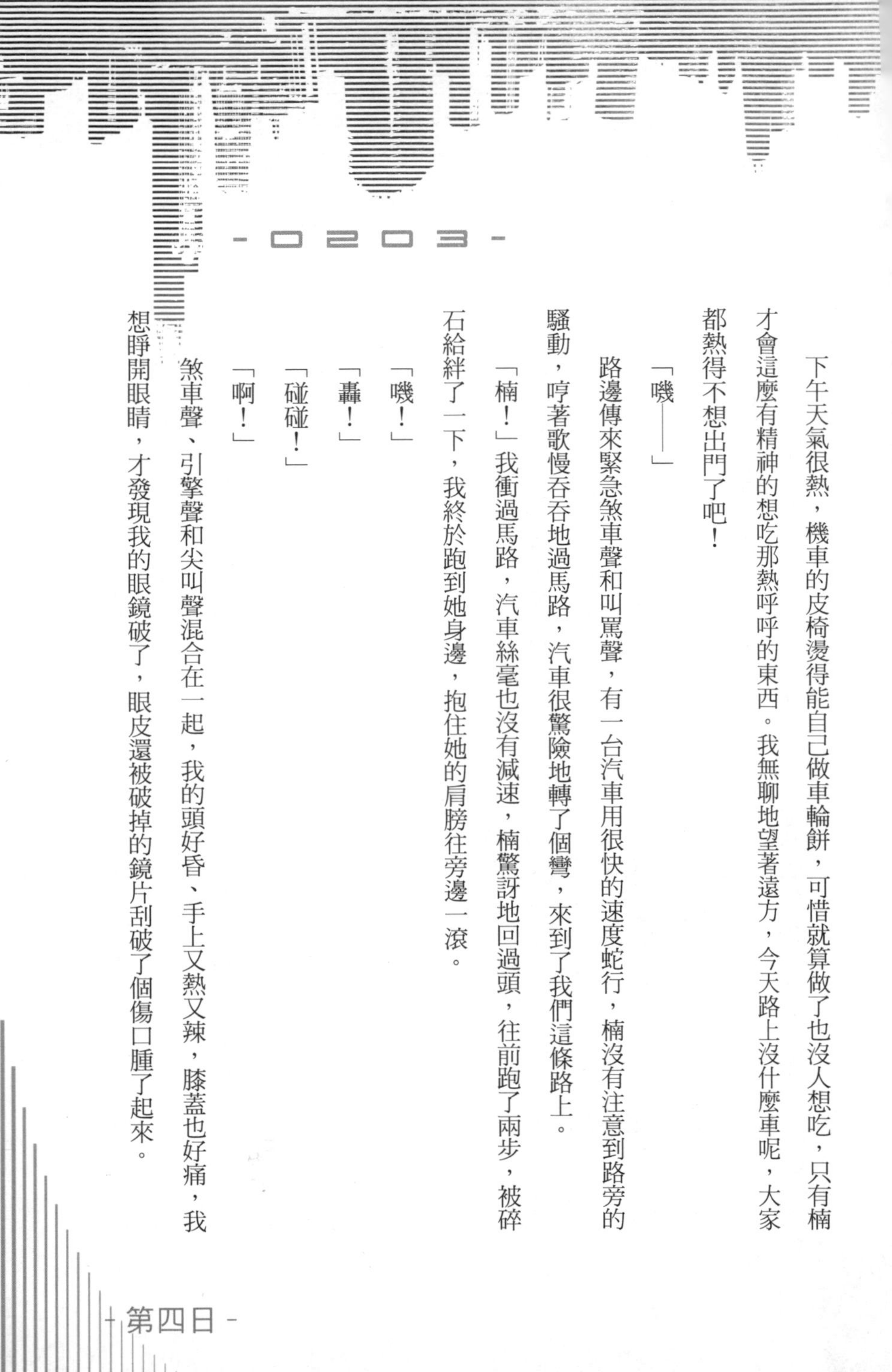

下午天氣很熱，機車的皮椅燙得能自己做車輪餅，可惜就算做了也沒人想吃，只有楠才會這麼有精神的想吃那熱呼呼的東西。我無聊地望著遠方，今天路上沒什麼車呢，大家都熱得不想出門了吧！

「嘰——」

路邊傳來緊急煞車聲和叫罵聲，有一台汽車用很快的速度蛇行，楠沒有注意到路旁的騷動，哼著歌慢吞吞地過馬路，汽車很驚險地轉了個彎，來到了我們這條路上。

「楠！」我衝過馬路，汽車絲毫也沒有減速，楠驚訝地回過頭，往前跑了兩步，被碎石給絆了一下，我終於跑到她身邊，抱住她的肩膀往旁邊一滾。

「嘰！」

「轟！」

「碰碰！」

「啊！」

煞車聲、引擎聲和尖叫聲混合在一起，我的頭好昏、手上又熱又辣，膝蓋也好痛，我想睜開眼睛，才發現我的眼鏡破了，眼皮還被破掉的鏡片刮破了個傷口腫了起來。

「阿哲、阿哲……」楠的手來回撫摸我的臉：「你這個笨蛋，逞什麼英雄呀！要是你受傷了怎麼辦？」

我握住她的手，她的手總是這麼冰，再熱的天氣也無法讓她的手變溫暖，現在更是抖得不像話。我用力握住她的手，直到她的手不再顫抖，才開口說：「我怎樣都沒關係，妳沒事就好。」

楠的眼淚滴落在我的臉上，好燙。

第四日・傍晚・進入妖精界

「醒醒！」定春拍打我的臉：「平常明明有在鍛鍊，怎麼這麼點高度就暈過去了？」

「鍛鍊什麼呀？被你抓著跳來跳去算鍛鍊什麼呀？抗嘔吐度嗎？」我拍開定春的手：「這裡是哪裡？爆炸過的科學園區？」

我和定春身處在柏油路的中央，柏油路兩側全是有著玻璃外牆的高樓——不過有些是

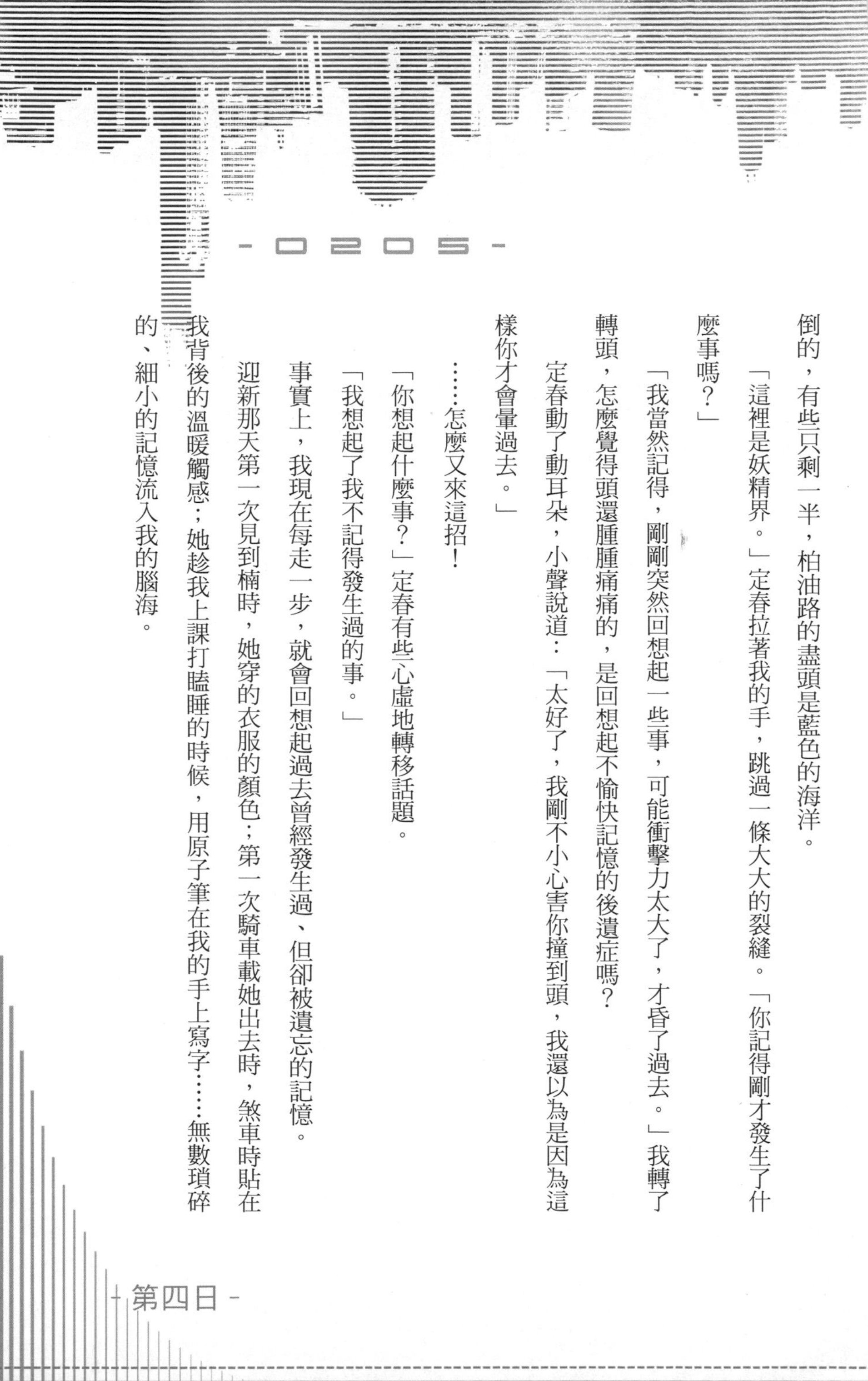

倒的，有些只剩一半，柏油路的盡頭是藍色的海洋。

「這裡是妖精界。」定春拉著我的手，跳過一條大大的裂縫。「你記得剛才發生了什麼事嗎？」

「我當然記得，剛剛突然回想起一些事，可能衝擊力太大了，才昏了過去。」我轉了轉頭，怎麼覺得頭還腫腫痛痛的，是回想起不愉快記憶的後遺症嗎？

定春動了動耳朵，小聲說道：「太好了，我剛不小心害你撞到頭，我還以為是因為這樣你才會暈過去。」

……怎麼又來這招！

「你想起什麼事？」定春有些心虛地轉移話題。

「我想起了我不記得發生過的事。」

事實上，我現在每走一步，就會回想起過去曾經發生過、但卻被遺忘的記憶。

迎新那天第一次見到楠時，她穿的衣服的顏色；第一次騎車載她出去時，煞車時貼在我背後的溫暖觸感；她趁我上課打瞌睡的時候，用原子筆在我的手上寫字……無數瑣碎的、細小的記憶流入我的腦海。

這些全都是會隨著時光流逝而遺忘的記憶，但差點被車撞到這件事，不可能隨隨便便就忘記，這到底是怎麼回事？還有在剛才的回憶中，除了一些擦傷外，我沒受什麼嚴重的傷，除非在那之後有人跑出來砍我一刀，否則在柏油路上滾一圈怎麼也不會傷到大腿，我大腿的傷疤究竟是怎麼回事？

為什麼我怎麼也想不起來？

「別想太多。」定春打斷我的沉思：「先去把『貓』和虎胤找回來吧。」

「怎麼找？」

「因果線還連在你身上，一條通往這條路的盡頭，另一條……」定春指向天上：「不知道通到哪去了。」

如定春所說，一條因果線筆直的往前延伸，另一條則歪七扭八的連到天上。

「先延著因果線走吧。」定春打了個哈欠：「我有點累，我們先用走的，有什麼事我再抱你。」

「好。」為了有效率的把「貓」和虎胤都找回來，我決定邊走邊將因果線纏在手腕上，看能不能像收風箏一樣把另一端的「貓」或虎胤拉回來。

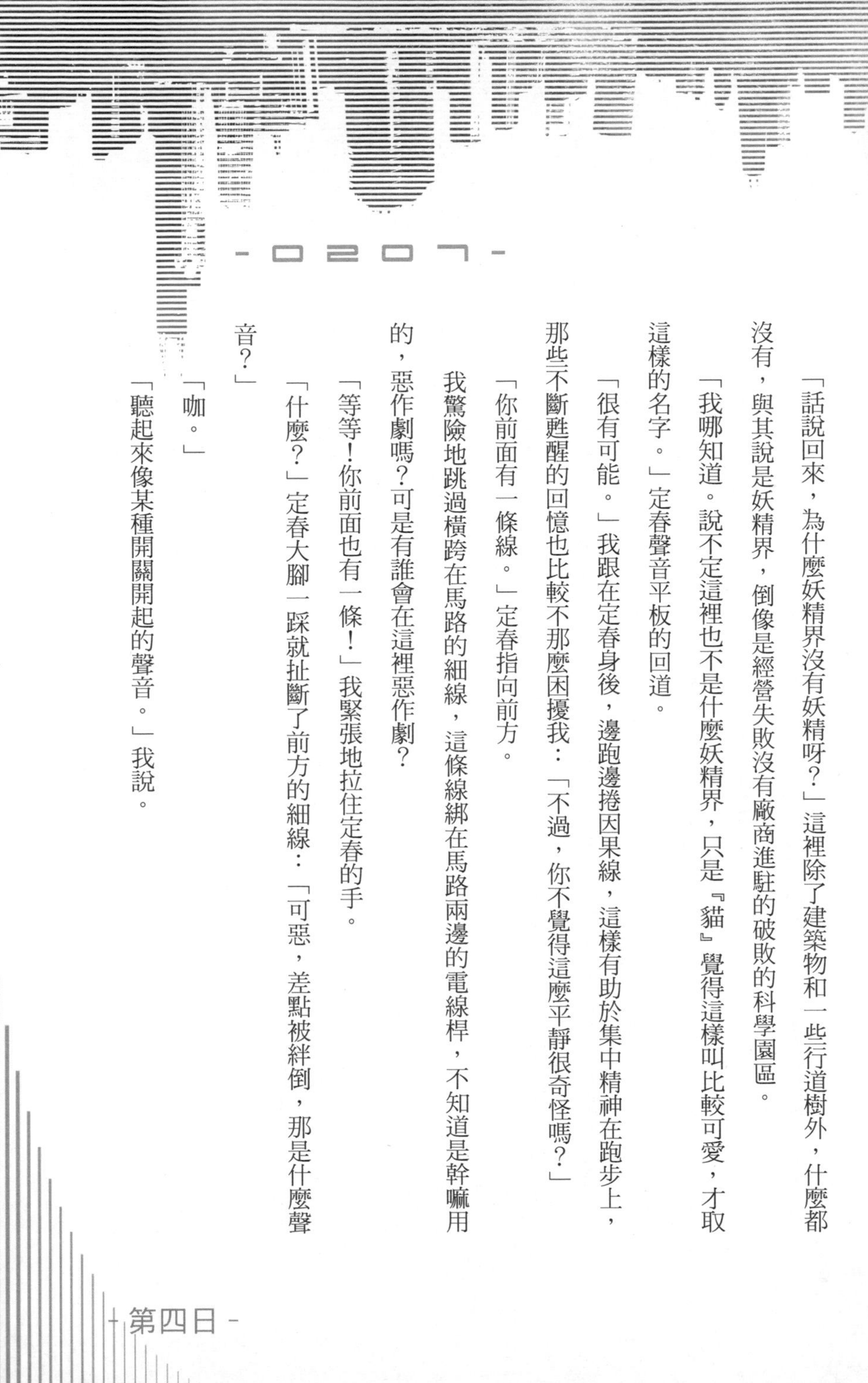

「話說回來，為什麼妖精界沒有妖精呀？」這裡除了建築物和一些行道樹外，什麼都沒有，與其說是妖精界，倒像是經營失敗沒有廠商進駐的破敗的科學園區。

「我哪知道。說不定這裡也不是什麼妖精界，只是『貓』覺得這樣叫比較可愛，才取這樣的名字。」定春聲音平板的回道。

「很有可能。」我跟在定春身後，邊跑邊捲因果線，這樣有助於集中精神在跑步上，那些不斷甦醒的回憶也比較不那麼困擾我：「不過，你不覺得這麼平靜很奇怪嗎？」

「你前面有一條線。」定春指向前方。

我驚險地跳過橫跨在馬路的細線，這條線綁在馬路兩邊的電線桿，不知道是幹嘛用的，惡作劇嗎？可是有誰會在這裡惡作劇？

「等等！你前面也有一條！」我緊張地拉住定春的手。

「什麼？」定春大腳一踩就扯斷了前方的細線：「可惡，差點被絆倒，那是什麼聲音？」

「咖。」

「聽起來像某種開關開起的聲音。」我說。

「滴、答、滴、答、滴、答。」

「這聽起來像某種倒數的聲音……」

我和定春瞪大了眼睛互看一眼：「快逃！」

「轟！」這是爆炸的聲音，不是像是，而是確確實實的爆炸聲。定春抱著我跳上電線桿，瞬間跳出十幾公尺，好不容易才躲過這場爆炸。

「天啊！馬路整個都黑了，還被炸出一個凹洞！你知道叫我不要踩線，你自己怎麼不會躲過！不是說貓都很靈巧嗎？」

「閉嘴，再吵就把你丟在這裡。」

我馬上閉上嘴，任由定春抱著我跳過一根根電線桿，我們離海洋越來越近，柏油路的盡頭是一座倒塌的大樓，橫亙在海邊看起來倒有幾分堤防的樣子。塌陷的大樓，灰撲撲的海洋，眼前的景象給我一種微妙的既視感。

定春抱著我跳上倒塌的大樓，放下我要我跟在牠身後。其中一條因果線通往海洋的方向，我小心翼翼地繞過破碎的窗戶和裸露的鋼筋，一步步往前走。

「喵！」虎胤的叫聲從前方傳來，從因果線看來，牠應該在不遠處的石塊後方。

「虎胤，回家了。」定春放下我，慢慢往前進，我不知道牠為什麼這麼小心翼翼，只好慢慢地跟著牠走。

走過轉角，虎胤果然蹭在石塊的陰影後方，四腳朝天地翻出了毛茸茸的肚子。

「虎胤，過來！」定春的聲音十分緊繃：「快點過來。」

虎胤看了看定春，又看了看身後，發出了困擾的喵叫聲。

……虎胤後面有東西？我往前走了兩步，想看清楚一點。

定春伸出手攔住我。「不要過去。」

「幹嘛這麼兇，我又不會咬人。」少女走出岩石後的陰影，歪著頭笑了。

我像被雷劈中般，動也不動地站在原地。天上的厚雲被風吹走，太陽突然大了起來，她瞇起眼睛，像我揮了揮手。

「阿哲，好久不見。」

的確是好久好久，久到我怎麼找也找不到妳，都找到妖精界來了，才終於能見妳一面，妳為什麼會在這裡？心中有千頭萬緒，我卻不知從何說起，只是無意識地捲著手中的因果線，越捲越快。

「阿哲！不要過去。」定春望著我的眼中有著哀求。

我按下牠的手，搖了搖頭，給了定春一個僵硬的微笑，走到她面前。

她露出不知道是鬆了一口氣還是快哭出來的表情，拉住我的手腕，在我的皮膚上留下一陣暖意。

「妳……」

「阿哲……」

我和她同時開口，我感覺到纏繞在手腕上的因果線突然繃緊，一個滋滋作響的黑色圓球滾到我和她之間，邊滾邊散發出陣陣熱氣。

——什麼？

黑色圓球從中裂開，在我來得及思考前，我已甩開她的手，往後退了一步，她似乎發出了一聲悲鳴，無論她有沒有發出聲音，接下來我都聽不見了。

剎那間我感到迷惑：如果是過去的我，絕對不會甩開她的手。但在爆炸發生的那一刻，我遠離了她身邊，是因為出於求生的本能嗎？還是因為感情已因時間淡去，我不再是那個會不顧自身安危保護她的人？

我心中有個聲音悄悄說著：不是。都不是。你放開她，是因為她不是楠。

她握住我的手，是暖的。

在爆炸前的最後一刻，虎胤操縱的黑影覆蓋了我，連同定春將我拖出了暴風圈。

儘管已遠離暴風的中心，暴風的熱度仍令人窒息，定春拖著我和虎胤艱難地跳躍，在最後一次爆炸中，定春的力量最終還是難以抵抗暴風，被爆炸給吹得老遠。

「啊哈哈哈！這是我給你們這些闖入者的見面禮！」

「你這個神經病！哪有人見面禮是給人家炸彈呀！仇人才會炸你全家吧！再說你跟他們根本不是第一次見面了，你的陷阱剛剛不就炸過人家了嗎？」

耳朵被爆炸聲弄得耳鳴不止，不知從哪傳來的爭吵聲聽起來忽大忽小，忽遠忽近，我只聽得出其中聲音嘶啞的是男生，另一個說話速度很快，只聽得出聲音較為中性。

「炸彈又沒長眼睛，我哪知道是炸到誰呀？就當送第二次的見面禮不行嗎？」

「重點是沒人想收你的炸彈啊混帳！再說人家根本沒入侵你家好嗎？是因為妖精之門開啟，空間才會剛好重疊！你以為誰想來拜訪你這個炸彈狂啊混帳！」

「啊、我們到了。」

一名灰髮男子從天而降，長長皮衣高高飄起宛如雙翅，落地的姿勢也十分帥氣，可惜男子還沒站穩就踩到地板上突出的螺絲，帥氣的落地變成帥氣的仆街，令人不勝唏噓。

「你幹嘛壓在我身上啦！痛死我了！笨蛋！」

灰髮男子身上發出熟悉的聲音，胸口處的皮衣開始詭異地扭動，皮衣的縫隙突然鑽出一隻毛茸茸的貓腳，又扭了一陣子，一顆貓頭終於探出皮衣，銀黑色的虎斑貓從男子的懷裡鑽出，一邊鑽一邊唸著。

「擠死了、熱死了、你這個炸彈笨蛋！」

「不就不小心摔倒了嗎？真愛抱怨！」灰髮男子撥了撥頭髮，咧嘴笑了。

「沒本事就不要耍帥！差點被你壓死！」銀黑虎斑貓不高興地抱怨道。

「『貓』！你還活著！」我衝向「貓」，把貓高高舉起，這毛色、這彆扭的表情，往後拉的耳朵、綠色的大眼睛，真的是「貓」沒錯！「是你吧？貓？小翼？貓大爺？你不會忘了我吧？」

「貓」抖了抖耳朵，看著地板說：「喂，別抓這麼用力，不就幾個月沒見嗎？幹嘛一臉要哭的表情，不是叫你滾遠一點、來這裡可能會死嗎？結果你還來，你是笨蛋嗎？」

「滾遠了不就不能來找你了嗎？」我說。「我常被說會死，已經多少有點習慣了。」

「你……」

突然間天搖地動，腳下的建築出現了有如黑洞般的巨大裂縫，定春靈巧地跳到我和「貓」身邊，環望四處，到處都被黑色的漩渦所占據。

「啊、門要關了，我也該回去了。送貨到府，恕不退還！」灰髮男子向「貓」揮了揮手，便任由黑色漩渦所吞噬，留下一句「別太想我喔！」後完全消失不見。

「想你個大頭鬼啦！滾回你的老窩去吧！」

「貓」罵完後，有些尷尬地解釋：「關於那個混帳的事等等再解釋，妖精之門快關了，我來穩定『門』，把大家傳送回去人間界。你們先待在原地不要亂動。」

「貓」圍著我、定春和虎胤原地跑了三圈，地面上浮現出金色的圓圈，看起來大概是結界之類的東西。

「喵、喵喵嗚！」虎胤被定春抱在懷裡拚命掙扎，一對綠色的大眼睛看著下方，眼神中充滿了無限的依戀。

「虎胤！不要掙扎！等一下就可以回家了！痛！」定春手忙腳亂間被虎胤抓了一下，虎胤順利從定春懷中掙脫，跑到裂縫邊緣對著下方喵喵叫。

「小貓咪，不要過來，那裡才是你的世界。」

她的聲音從下方傳起，我蹲在虎胤身旁，她孤零零地站立在海邊的礁石上，她身邊所有的事物都被黑色的漩渦所吞沒。

「喵嗚喵嗚！」虎胤繼續呼喚她。

「乖，之前不就說好了嗎？在那裡，你會過得比較幸福。」她揮手和虎胤告別：「以後要乖乖聽主人的話。對了，別忘了幫我把禮物送給他喔！」

「喵嗚。」虎胤垂下耳朵，不再掙扎著想往下跳。

「阿哲。」黑色漩渦舔上她的白色連衣裙，她毫不在意地撫了撫裙角，抬起頭對我露出笑容：「你有一天，一定會回到這裡，到時候，你一定會抓住我的手。」

她對我伸出手，漩渦吞沒了她的腰，很快的蔓延到胸口、頸部，在頭被漩渦淹沒後，她仍維持著右手高舉的姿態，彷彿溺斃之人最後的掙脫。

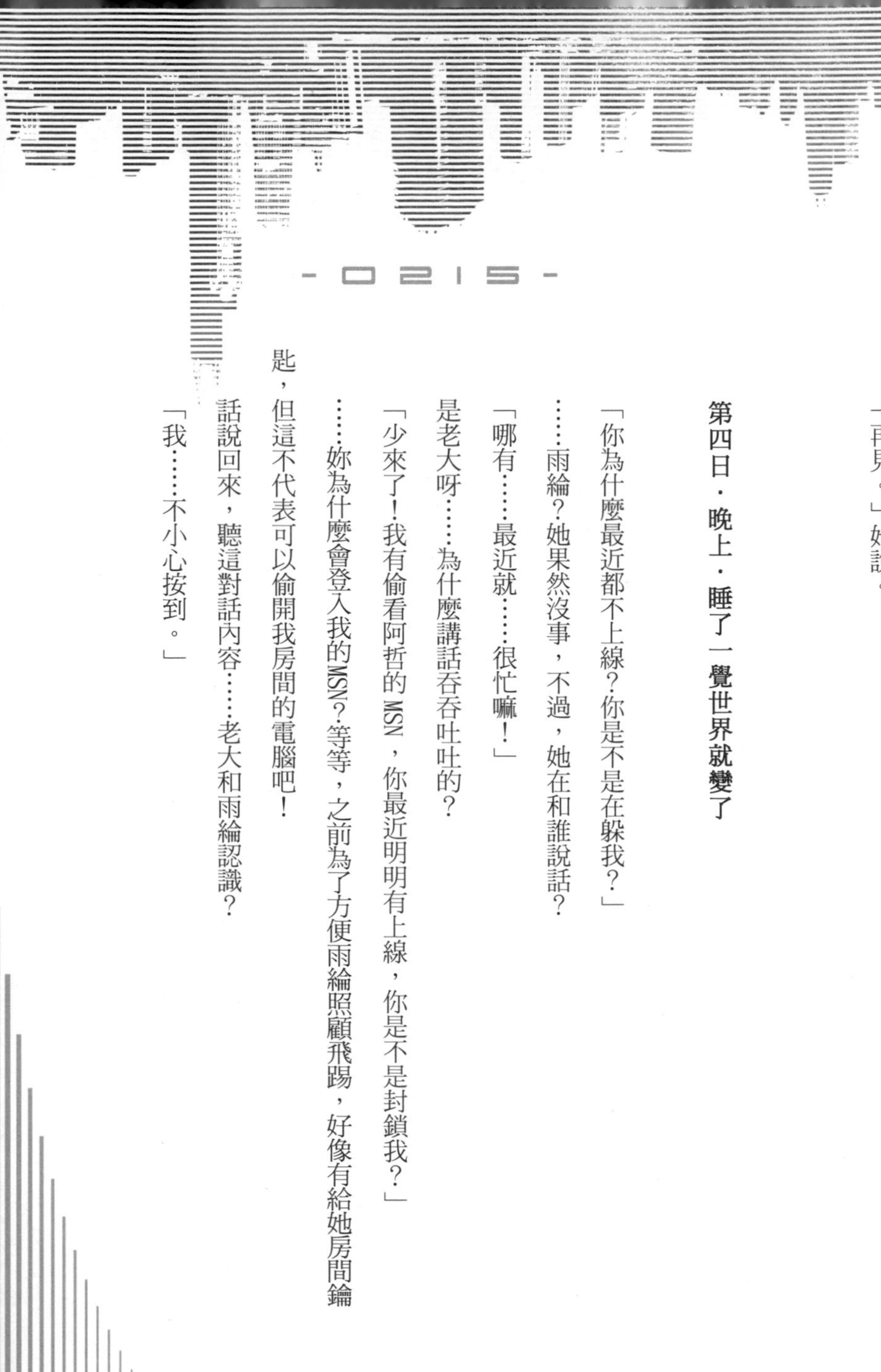

「再見。」她說。

第四日・晚上・睡了一覺世界就變了

「你為什麼最近都不上線？你是不是在躲我？」

……雨綸？她果然沒事，不過，她在和誰說話？

「哪有……最近就……很忙嘛！」

是老大呀……為什麼講話吞吞吐吐的？

「少來了！我有偷看阿哲的 MSN，你最近明明有上線，你是不是封鎖我？」

……妳為什麼會登入我的MSN？等等，之前為了方便雨綸照顧飛踢，好像有給她房間鑰匙，但這不代表可以偷開我房間的電腦吧！

話說回來，聽這對話內容……老大和雨綸認識？

「我……不小心按到。」

老大，聲音抖成這樣是心虛吧？有封鎖就直接承認比較好喔。

我動了動手腳，身體沒有大礙，我猜我大概是躺在公司的保健室，既然老大和雨綸有空在這裡閒聊，我想其他人應該也沒什麼大礙，妖精之門大概也關上了，應該也沒有怪物跑出來，那我也差不多該回家找定春和「貓」了解狀況。

「騙人！之前明明說好要見面的，你一聽到我的真實年齡就失去聯絡，還不小心按到封鎖勒？你是想騙鬼呀！你之前不是說過……很想很想很想見我嗎？」雨綸的聲音聽起來快哭了。「你說謊！你這個大騙子！」

「我、我沒有說謊呀！可是……」

蝦咪？場面實在太尷尬，我決定繼續裝睡假裝自己不存在。

「嗚、那你是看我的照片覺得我太醜嗎？我們在玩線上遊戲時不是已經山盟海誓過了嗎？」

老大，你竟然會在線上遊戲把妹，我真是看錯你了！把妹也就算了！還山盟海誓是安怎！

「看照片我以為妳是大學生呀……」

「我再過兩年就上大學了，不對！你竟然說我看起來比實際年齡老！」

「不是啦！妳照片裡沒穿制服……」

「你喜歡的話我可以穿制服！」雨綸頓了頓：「穿什麼制服都可以！不是制服也可以！我什麼都穿！」

「我不是指這個，就是呀……唉！妳的年紀真的太小了……」

「有什麼關係？現在的大叔不都是蘿莉控嗎？」

並沒有！

「妳仔細想想，我的年紀是妳的兩倍大，這樣是行不通的，真的會有很多問題的。」

「會有什麼問題？你怕你會先死，死了之後我領到遺產又去找小白臉嗎？」

也想太遠了吧！我費了很大的力氣才沒有笑出聲，我開始同情老大了。

「……妳想太多了。反正實際交往會有很多問題，妳父母也不會同意。」

「可是，我就是喜歡你呀！那些問題也要實際交往之後才知道，還是……你不喜歡我嗎？」雨綸開始抽抽答答地哭了起來：「嗚嗚嗚~你一定是不喜歡我才會這樣說！太過分了！」

「我……」

「雨綸，阿哲醒了嗎？」小文破門而入，看了看哭得梨花帶雨、抱著老大的手不放的雨綸，又看了看表情快哭出來的老大，調整了一下表情，開口道：「你們兩個有事要不要去別的地方聊？我來看阿哲的狀況。雨綸，我們回去再談。」

雨綸和老大默默地離開了保健室，小文大步走到床邊。

「別裝睡了，你剛才聽見了什麼？」

「……聽見了青春的聲音。等等，妳不是該先問我好不好嗎？」這傢伙一點都不關心我！見到躺在保健室床上的人竟然先問八卦！

小文聳了聳肩，沒良心地說：「躺在床上忍笑忍到發抖的人應該沒什麼事。你為什麼會倒在樓梯口呀？」

「不小心摔倒撞到頭囉！不然勒？」不然就是定春用盡力氣恢復貓型拖不動我，只好把我丟在路邊自生自滅之類的。

「所以剛才到底發生了什麼事？」小文的眼中閃著八卦的光芒。

基於小文是主角之一的親屬，我把對話內容大致說了一遍。

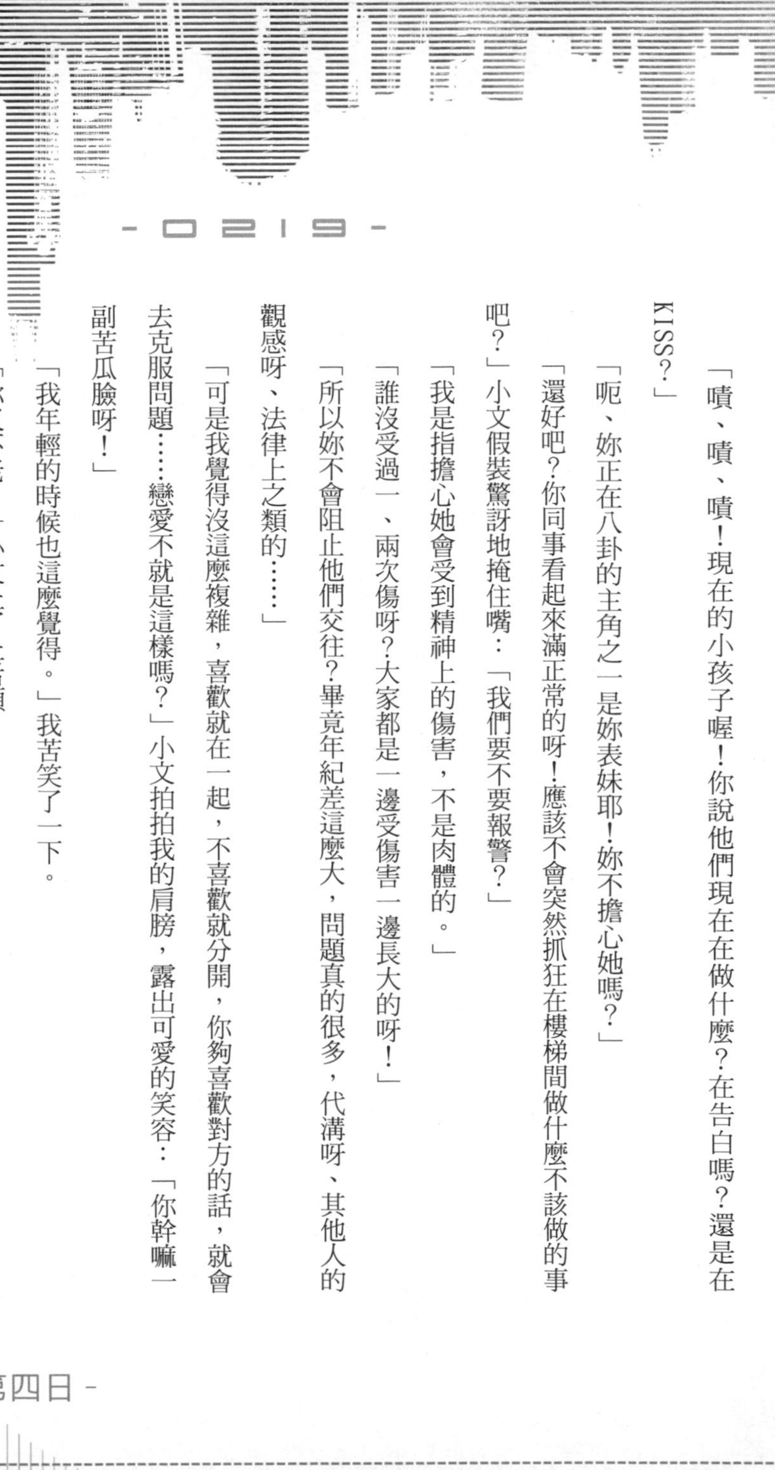

「嘖、嘖、嘖！現在的小孩子喔！你說他們現在在做什麼？在告白嗎？還是在KISS？」

「呃、妳正在八卦的主角之一是妳表妹耶！妳不擔心她嗎？」

「還好吧？你同事看起來滿正常的呀！應該不會突然抓狂在樓梯間做什麼不該做的事吧？」小文假裝驚訝地掩住嘴：「我們要不要報警？」

「我是指擔心她會受到精神上的傷害，不是肉體的。」

「誰沒受過一、兩次傷呀？大家都是一邊受傷害一邊長大的呀！」

「所以妳不會阻止他們交往？畢竟年紀差這麼大，問題真的很多，代溝呀、其他人的觀感呀、法律上之類的……」

「可是我覺得沒這麼複雜，喜歡就在一起，不喜歡就分開，你夠喜歡對方的話，就會去克服問題……戀愛不就是這樣嗎？」小文拍拍我的肩膀，露出可愛的笑容：「你幹嘛一副苦瓜臉呀！」

「我年輕的時候也這麼覺得。」我苦笑了一下。

「你又不老。」小文吐了吐舌頭。

「可是我已經不再那麼想了。」

我望向窗外。保健室這一側的窗戶被隔壁的大樓擋住，只能看到灰灰的外牆，現在天黑了，更是連那醜陋的外牆都看不到了，沒有藍得嚇人的天空、沒有白雲，天氣也不再熱得讓人滿頭大汗，我坐在空調溫度適宜的保健室內，回想那再也不會回來的過往。

我低聲問自己：「我非常非常喜歡一個女孩子，一直到現在還喜歡她，可是為什麼到最後還是分開了呢？」

過了許久後，小文才開口。

「因為你選擇放開她的手了。」

可是，我不知道我為什麼會放開她的手。

第四日・半小時前・妖精界

「站穩，我們要回去了。」「貓」說。

「貓」架起的結界泛起金光，結界之外的景色開始動了起來，看來我們正在回到現實世界的路上，事件到此差不多就結束了吧！「貓」和定春都在身邊，某種難以言喻的安全感漲滿了胸口。

「她被捲進去漩渦裡，不會有事吧？」我說。儘管我的直覺告訴我，那名少女不是真正的楠，我還是有些擔心。

「都什麼時候了還擔心這個？」「貓」罵道：「那女人和那神經病都只是回到原本的空間去了，半點事也沒有。」

「話說回來，虎胤為什麼會這麼聽她的話……」看著虎胤仍呆呆地看著她消失的方向，一臉留戀的模樣，我突然想通了：「她不會就是虎胤之前的主人吧？虎胤被小文收養前會瞬間移動，也是因為牠能夠穿梭在人間和妖精界。」

「主人？」

「沒錯！這樣就能解釋得通了……妖精之門打開的時候，虎胤第一個發現裂縫的所在，並率先跑進妖精之門去找她，剛才虎胤還在她面前翻肚肚，我常去照顧虎胤，牠也沒對我翻過半次肚肚。」

「你在嫉妒？」定春說。

「這不是在嫉妒，而是理性分析！啊、虎胤你要做什麼？」虎胤跳到我的懷裡，抬起頭用閃亮亮的大眼睛盯著我看。

「喵。」虎胤將毛茸茸的貓手搭在我肩上，親了我的臉頰一下。

閃爍著淡銀光芒的記憶碎片飄入我的耳朵。

「這是我送你的禮物。」

女孩毫無感情的聲音在我腦海深處響起。

「這個、就是你來這裡尋找的東西喔。」

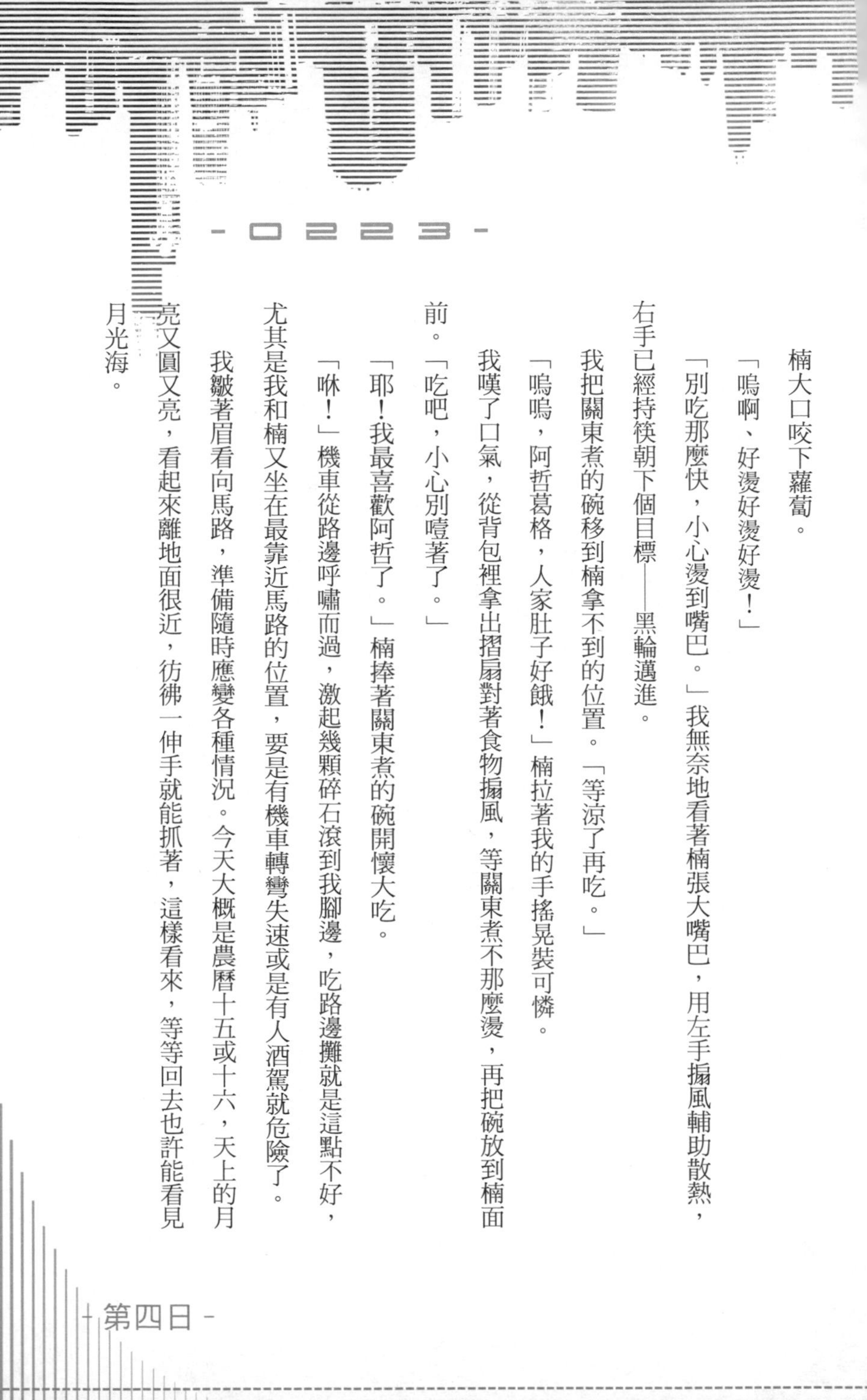

楠大口咬下蘿蔔。

「嗚啊、好燙好燙好燙！」

「別吃那麼快，小心燙到嘴巴。」我無奈地看著楠張大嘴巴，用左手搧風輔助散熱，右手已經持筷朝下個目標——黑輪邁進。

我把關東煮的碗移到楠拿不到的位置。「等涼了再吃。」

「嗚嗚，阿哲葛格，人家肚子好餓！」楠拉著我的手搖晃裝可憐。

我嘆了口氣，從背包裡拿出摺扇對著食物搧風，等關東煮不那麼燙，再把碗放到楠面前。「吃吧，小心別噎著了。」

「耶！我最喜歡阿哲了。」楠捧著關東煮的碗開懷大吃。

「咻！」機車從路邊呼嘯而過，激起幾顆碎石滾到我腳邊，吃路邊攤就是這點不好，尤其是我和楠又坐在最靠近馬路的位置，要是有機車轉彎失速或是有人酒駕就危險了。

我皺著眉看向馬路，準備隨時應變各種情況。今天大概是農曆十五或十六，天上的月亮又圓又亮，看起來離地面很近，彷彿一伸手就能抓著，這樣看來，等等回去也許能看見月光海。

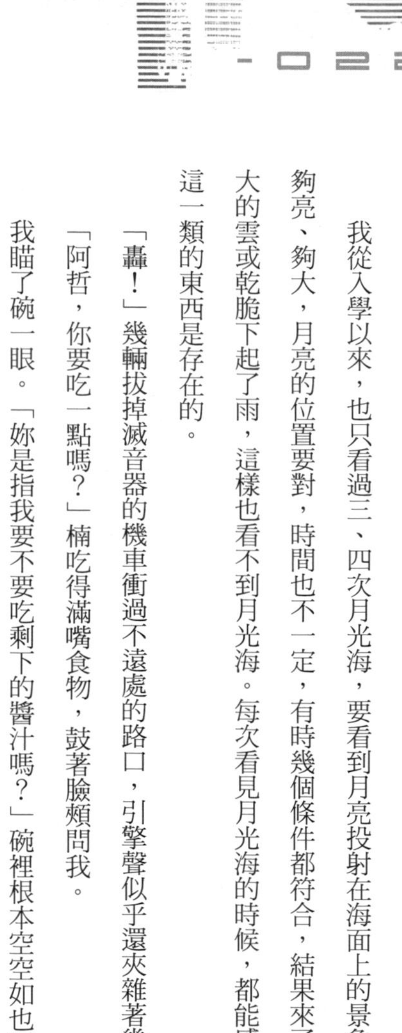

我從入學以來，也只看過三、四次月光海，要看到月亮投射在海面上的景象，要月亮夠亮、夠大，月亮的位置要對，時間也不一定，有時幾個條件都符合，結果來了朵又厚又大的雲或乾脆下起了雨，這樣也看不到月光海。每次看見月光海的時候，都能感覺到命運這一類的東西是存在的。

「轟！」幾輛拔掉滅音器的機車衝過不遠處的路口，引擎聲似乎還夾雜著幾聲叫罵。

「阿哲，你要吃一點嗎？」楠吃得滿嘴食物，鼓著臉頰問我。

我瞄了碗一眼。「妳是指我要不要吃剩下的醬汁嗎？」碗裡根本空空如也呀！

「哪有！你看清楚！我哪有全吃掉……咦？還真沒東西了耶！」

我抽了張衛生紙幫她擦了擦嘴。「吃飽了嗎？回去吧！」我幫楠提起包包，掏出口袋的零錢付帳：「老闆，五十塊放這裡喔！」

老闆低頭忙著舀湯，模糊的回答聲被鐵椅倒下的聲響掩蓋，我轉身，楠坐在原本的位置喝湯，頭頂上方有一把開山刀亮晃晃地十分刺眼。

「付完帳了，走囉！」楠站了起來。

開山刀斜斜地落下。

我往前一撲。

小說裡說的不假，眼前的一切都變成了慢動作：老闆受驚的眼神、持刀者醉醺醺的年輕臉孔、長刀揮動的軌跡、瞬間翻覆的柏油路和夜空、噴濺而出的血跡，還有……

從楠眼角滑落的淚水。

「阿……哲。」

我想我應該要擦去楠臉上的淚水，應該要跟她說「只要能保護妳，我怎麼樣都沒關係」；應該要打倒那個拿刀亂砍人的少年，以防他再次傷人。但我動不了，我只能緊抓著卡在我大腿上的長刀，不讓它再被任何人奪走。據說一直到上了救護車，我都還緊抓著那把刀，另一隻手則緊緊握住楠的手，怎麼分也分不開。

他們說的事我都不記得了，我只記得那時我躺在擔架上，看著天上的月光，想著，也許今晚有月光海，但我可能沒辦法去看了。

她沒事，真是太好了。

然後，我作了個夢。

夢裡有人推開房門走了進來……

是楠。

我艱難地撐起身體，移動時扯到傷處，但我還是坐起來了，我想抱抱她，想看看她有沒有哭腫了眼睛，看到她的臉時，我為之一愣，伸出去的手停在半空中。

楠的頭髮變短了，長度只到耳朵，臉色蒼白如紙，吃東西時總會鼓起的臉頰凹了進去，紅潤的嘴唇也成了不健康的紫色。

「再這樣下去，你會死，忘了我吧。」

楠伸出手，覆蓋了我的眼睛。

尾聲・

「貓」的獨白

啊、你回來了。

我先聲明一下，我只是沒地方可以去，沒有特別想住你這裡，你不要誤會……

喵！你幹嘛抱我抱這麼緊，痛痛痛痛痛、快放開我啦你這個笨蛋！你滿身是汗，很噁心耶！

其實我也不清楚發生了什麼事。那時我掉進了「通道」，來到了夾在人間界和妖精界之間的某個空間，差點死掉時，阿葬剛好經過撿到我，才沒真的領便當……那時我都聞到便當的香味了，真的是好險。

阿葬就是那個灰色頭髮拿炸彈亂丟人的笨蛋。他喔、他好像是某個空間主人，最近空間不太穩定，有些空間會重疊在一起，我剛剛也是透過空間重疊的地方來找你的……

離題了，那時我被阿葬救了，但還是無法回來人間界。當時妖精之門關閉了，走那些隨機開啟的「通道」太危險了，那些「通道」很不穩定，搞不好走到一半就不知道跑到哪個空間，我沒辦法獨自對抗空間中的怪物，只好先跟著阿葬，等妖精之門再次開啟，我相信你一定會來救我……

你聽錯了！我是說別區的守門人一定會來調查我消失的原因，才不是說你會來救我！

你自己不要死掉就好了，哪敢期待你來救我呀！

……回到正題，我一邊等待，一邊陪著阿葬探索空間，看能不能找到回來的方法，因為空間混亂的關係，很多住在夾層的怪物變得很兇暴，幸好阿葬比牠們更兇暴，不然我就死定了。不過阿葬也是神經病，炸人時根本不分敵我，我的尾巴毛都被他炸掉了一小塊，還是你比較好……

只是相對之下比較好，你得意什麼？和神經病比賽贏了很值得驕傲嗎？哼！

你問我為什麼人型和楠很像，我也不知道……什麼叫做你已經聽膩「我不清楚」、「我不知道」這幾句話了？不知道就是不知道呀！

老實說我掉進「通道」後腦袋有點迷迷糊糊的，所以我也不知道我原本知不知道。

我不是在繞口令！你知道不知道「知之為知之，不知為知之，是知也」這句話呀！不知道就說不知道，哪裡錯了！

什麼叫做這樣說太不負責任了？你自己的記憶還不是東缺一塊西缺一角，還敢說我！別擔心這麼多啦！我會陪你去找你消失的記憶的。你忘了我的能力是什麼嗎？只要是你想的事，我就能幫你化為真實。

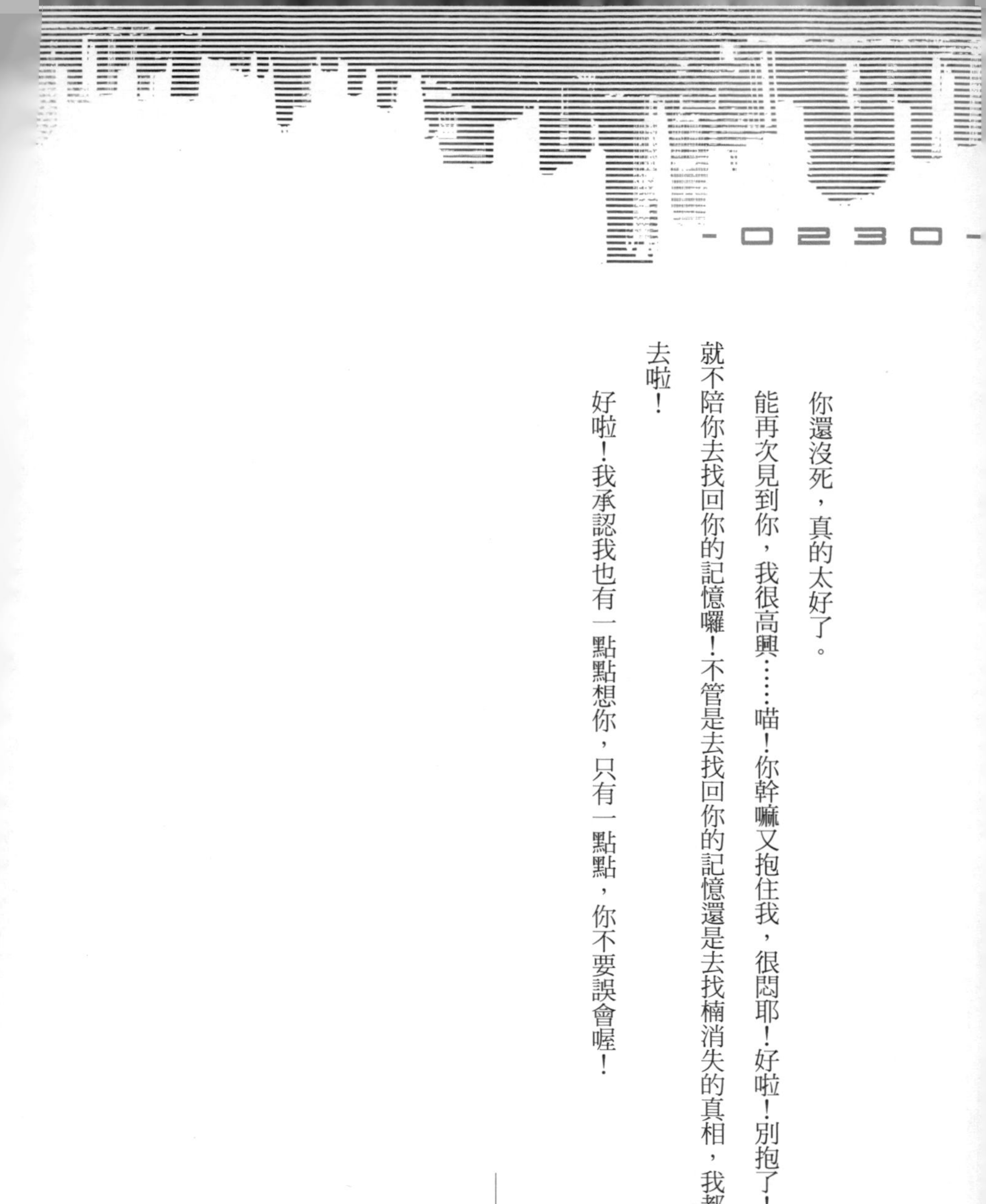

你還沒死，真的太好了。

能再次見到你，我很高興……喵！你幹嘛又抱住我，很悶耶！好啦！別抱了！再抱我就不陪你去找回你的記憶囉！不管是去找回你的記憶還是去找楠消失的真相，我都會陪你去啦！

好啦！我承認我也有一點點想你，只有一點點，你不要誤會喔！

——End。

番外篇．

小文．變態與女孩子的煩惱

我有一個煩惱。

雖然這只是我自己的懷疑，但事實就擺在那裡，只要一坐下來，往窗外看去，我就會開始懷疑我猜想的那件事可能是真的。

啊！煩死了！再這樣想下去我一定會睡不著！

所以我下定決心，拿起手機。

事件的開端只是一件極普通的小事。

前天晨會結束，經理宣布聚餐的時間和地點，有免費的大餐當然是一件可喜可賀的事，不過最後經理很多餘地補充了一句：「聚餐時大家都和平常穿得一樣多沒意思，那天大家就訂為『制服日』吧！」

這傢伙只是想看女生穿高中制服吧！

無奈人在屋簷下不得不低頭，我回家尋找不知道多久沒拿出來的高中制服，翻了老半

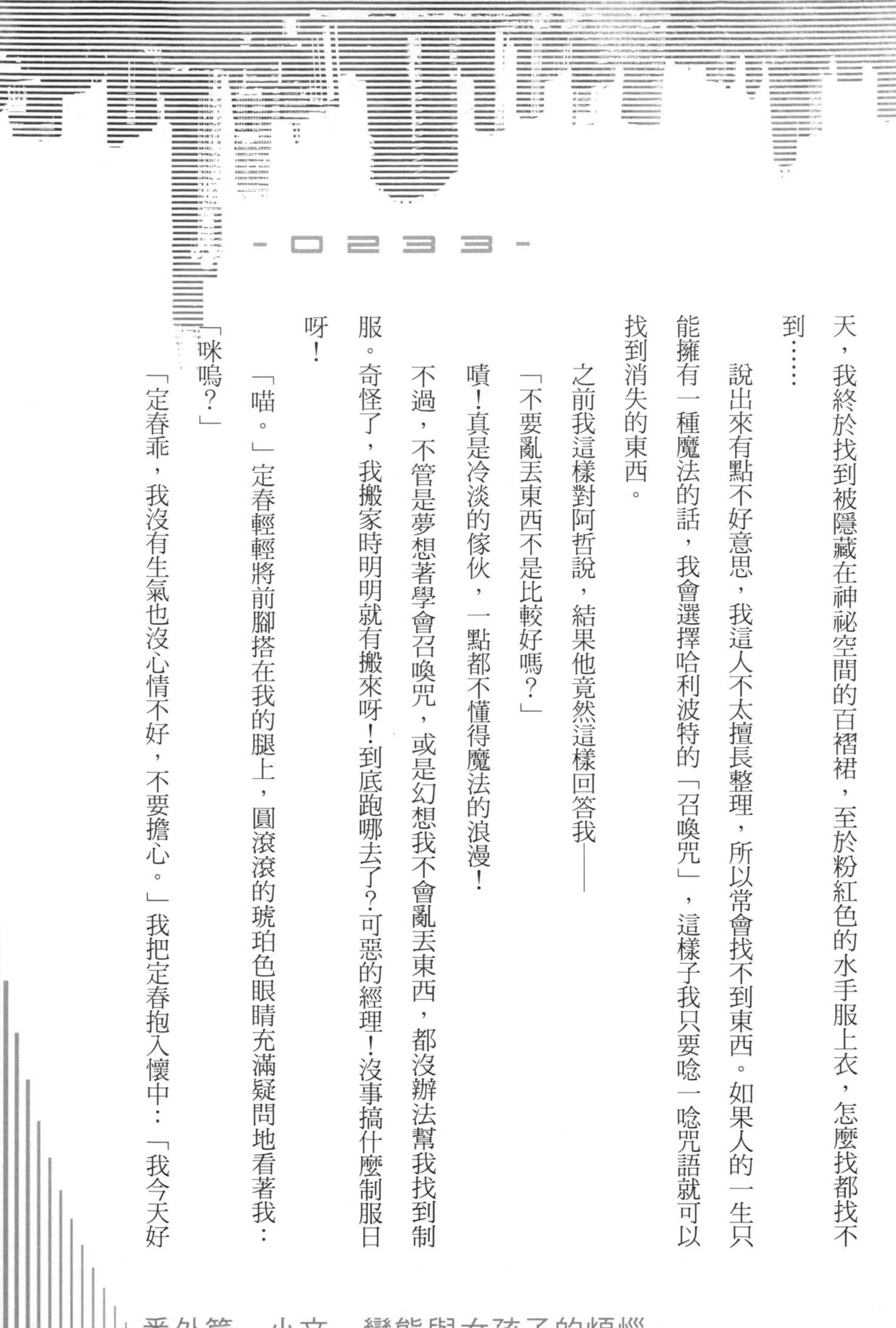

天，我終於找到被隱藏在神祕空間的百褶裙，至於粉紅色的水手服上衣，怎麼找都找不到……

說出來有點不好意思，我這人不太擅長整理，所以常會找不到東西。如果人的一生只能擁有一種魔法的話，我會選擇哈利波特的「召喚咒」，這樣子我只要唸一唸咒語就可以找到消失的東西。

之前我這樣對阿哲說，結果他竟然這樣回答我——

「不要亂丟東西不是比較好嗎？」

嘖！真是冷淡的傢伙，一點都不懂得魔法的浪漫！

不過，不管是夢想著學會召喚咒，或是幻想我不會亂丟東西，都沒辦法幫我找到制服。奇怪了，我搬家時明明就有搬來呀！到底跑哪去了？可惡的經理！沒事搞什麼制服日呀！

「喵。」定春輕輕將前腳搭在我的腿上，圓滾滾的琥珀色眼睛充滿疑問地看著我：「咪嗚？」

「定春乖，我沒有生氣也沒心情不好，不要擔心。」我把定春抱入懷中：「我今天好忙喔！定春今天有乖乖嗎？」

「喵。」白色的波斯貓就像是小嬰兒一樣的依偎在我的懷中，兩隻前腳抓住我的手指，用粉紅色的小舌頭舔了我一下。

「哈哈，好癢喔！」不管什麼時候，只要看著定春的眼睛，心情就會平靜下來，我抱著定春走到陽台。

制服找不到又怎麼樣？不是什麼大不了的事嘛……

「喵！」

定春突然開始掙扎，四肢並用的想掙脫我的懷抱，我情急之下把定春往紗門內一塞，轉身檢查陽台……

等等！對面陽台晾的那件粉紅色上衣看起來很眼熟……

那件不就是我怎麼找也找不到的制服嗎！

定春緊張地喵喵叫，但我現在沒有心情思考定春為什麼亂叫，我火速找出春酒抽獎抽到的望遠鏡，對準那傢伙的後陽台。

很好，我現在非常確定我信任的鄰居的陽台上掛著我的高中制服！

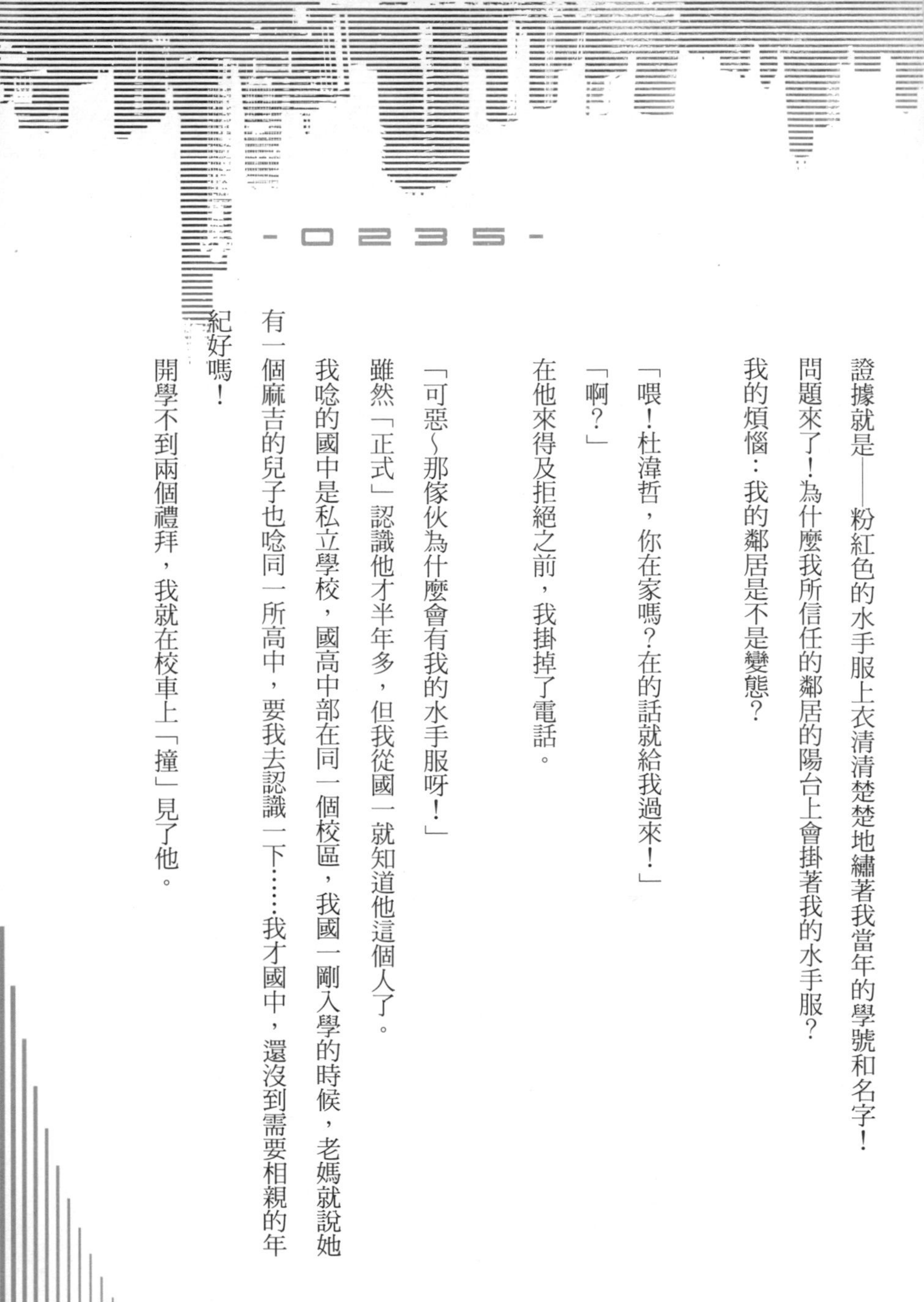

證據就是——粉紅色的水手服上衣清清楚楚地繡著我當年的學號和名字！

問題來了！為什麼我所信任的鄰居的陽台上會掛著我的水手服？

我的煩惱：我的鄰居是不是變態？

「喂！杜湋哲，你在家嗎？在的話就給我過來！」

「啊？」

在他來得及拒絕之前，我掛掉了電話。

「可惡～那傢伙為什麼會有我的水手服呀！」

雖然「正式」認識他才半年多，但我從國一就知道他這個人了。

我唸的國中是私立學校，國高中部在同一個校區，我國一剛入學的時候，老媽就說她有一個麻吉的兒子也唸同一所高中，要我去認識一下……我才國中，還沒到需要相親的年紀好嗎！

開學不到兩個禮拜，我就在校車上「撞」見了他。

「學妹，妳沒事吧？」

昏昏沉沉間，有人抓住我的手，我恍惚地睜開眼睛，才發現我在校車上站著站著不知不覺間就睡著了，剛才還差點摔倒。

「謝謝。」我隨口回道：「晚安。」

「學妹，現在是早上，妳不會又睡著了吧？」一個白白淨淨的學長對我搖了搖手指，確定我清醒後，才把書包遞給我：「醒了沒？還想睡嗎？」

「當然。」六點就要起床趕校車，不想睡才有鬼。

學長撇了撇嘴，露出「唉呀真麻煩」的表情，然後說出和那表情完全不相稱的話：

「那我的位置給妳坐好了。」

「咦？那你呢？」我說。學長不容我拒絕就站了起來，我也就恭敬不如從命地坐了學長讓出來的位置。

「我的技術比較好。」學長正色道。

什麼技術？

還不到三秒鐘，學長就拉著吊環睡著了。

……還真是高手。

我好奇地瞥了一眼制服上的名字：杜湋哲。

原來他就是老媽說要介紹給我的杜湋哲呀。

我和他的交集僅止於此，高三生和國一生在學校本來就不會有太多接觸，之後也很少講到話。

在校園中偶爾遇到他的時候，他還是看起來冷冷淡淡，一臉怕麻煩的樣子，但只要一直觀察他，就會發現他常不著痕跡的幫助別人，然後很不自在地走掉。

不知不覺間，他畢業了，除了偶爾會聽老媽提起他，我也徹底忘了他的存在。

直到那一天又遇到他。

他看起來沒有什麼變，長高了一點，臉色比學生時期更加慘白，看起來有點疲憊的樣子，單眼皮和略長的眼尾讓他不笑時看起來有點壞壞的，但內心的直覺告訴我，他應該是個好人……吧？

原本這應該是很肯定的事，現在卻在我心中打上了一個問號。我很想相信他、相信我的直覺，但我的制服掛在他家的陽台是不爭的事實。

要是他其實是變態我該怎麼辦？

我不但常讓他進我租的公寓、讓他來餵我的貓、他還知道我老家住哪裡，現在社會變態這麼多，誰知道過了這麼多年人會不會變……

種種恐怖的幻想讓我坐立難安，還不小心坐到躲在棉被裡呼呼大睡的虎胤，定春不知道為什麼一直在我腳邊喵個不停，但我暫時沒心情理牠。

我緊張地抓著手機，等待它響起的那一刻……

「鈴鈴鈴！」

「喂，你、你、你打來幹嘛？」我結結巴巴地說。

「不是妳叫我來的嗎？」他嘆了口氣：「我在樓下，來開門吧。」

「喵喵！」定春在我腳邊打轉。

看著一臉緊張的定春，我緊握雙拳，下定決心：「就算他是變態！我還是會保護你和虎胤的！」

我丟下緊跟在後的定春和呼呼大睡的虎胤，為了不要讓好不容易獲得的勇氣消失，我一鼓作氣跑下樓梯，衝出大門。

「晚安，找我有什麼事嗎？」他說。

他穿著一件T恤，外面套著風衣外套，髮尾有些濕濕的，可能是剛洗過澡，說話時依舊沒什麼表情，這一切看起來都和平常沒什麼兩樣。

但他為什麼要偷拿我的制服？而且……他到底是對制服做了什麼才需要把制服拿去洗呀？一想到這個我就完全無法冷靜呀！

「你好，晚安，其實我沒什麼事啦！晚安！」糟了！我到底在說什麼呀？

「怎麼可能沒什麼？」他皺了皺眉頭：「妳到底怎麼了？」

「啊、呃……嗯……」他是不是在生氣呀？他會不會突然變身成變態對我怎麼樣？總之我應該要先說些什麼：「嗯嗯、你覺得……你是怎麼樣的人呀？」

「怎麼突然這麼問？」他問。

可惡！不要馬上把球丟回來給我啊！

「沒有啦……就是想知道……你是不是、變、變……」

「啥？」

「沒有啦，啊哈哈……只是突然想問而已。」

「妳該不會又惹了什麼麻煩吧？」他嘆了口氣：「總之妳先冷靜下來，我再慢慢聽妳說。很晚了，在外面聊天怕會吵到別人，有什麼事先進去再說吧！」

他繞過我，往大門走去。

可惡！我剛剛怎麼會忘了關門！

情急之下我拉住他的手，右腳不小心踩到他的拖鞋，他腳下一滑，就這樣往我撲了過來！

我愣愣地看著他迅速接近的臉，腦中漸漸一片空白，身體卻很誠實的做出了反應——

「啊啊啊啊啊啊啊啊啊啊變態走開啦！」

在我的慘叫聲中，他一百七十五公分的身體就像是沒有重量一樣被摔了出去——

「……妳看到我家陽台晾了妳的水手服，所以妳覺得我是個變態？」

「是，真的很對不起！」

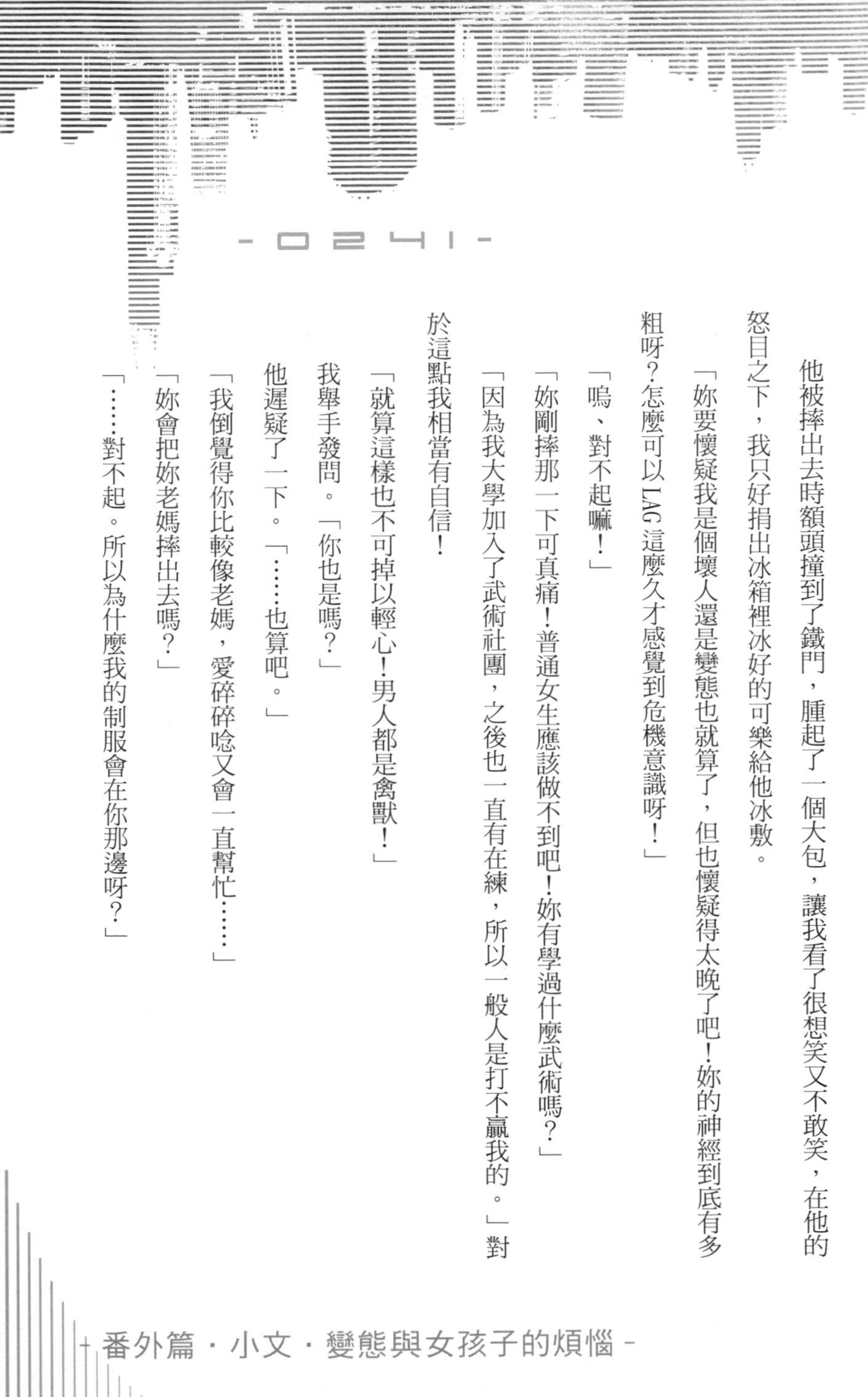

他被摔出去時額頭撞到了鐵門，腫起了一個大包，讓我看了很想笑又不敢笑，在他的怒目之下，我只好捐出冰箱裡冰好的可樂給他冰敷。

「妳要懷疑我是個壞人還是變態也就算了，但也懷疑得太晚了吧！妳的神經到底有多粗呀？怎麼可以LAG這麼久才感覺到危機意識呀！」

「嗚、對不起嘛！」

「妳剛摔那一下可真痛！普通女生應該做不到吧！妳有學過什麼武術嗎？」

「因為我大學加入了武術社團，之後也一直有在練，所以一般人是打不贏我的。」對於這點我相當有自信！

「就算這樣也不可掉以輕心！男人都是禽獸！」

我舉手發問。「你也是嗎？」

他遲疑了一下。「……也算吧。」

「我倒覺得你比較像老媽，愛碎碎唸又會一直幫忙……」

「妳會把妳老媽摔出去嗎？」

「……對不起。所以為什麼我的制服會在你那邊呀？」

「呃……」

他瞄向定春，定春的嘴巴動了一下，我沒聽見定春有出聲，他卻好像會意似的搖了一下頭，定春瞇了瞇眼睛，喉嚨發出低沉的聲音，他又嘆了一口氣。

「等一下！你怎麼可以和我的定春眉來眼去！」看了就火大。

「好啦！我要說了……」不知道是不是心理作用，他的臉看起來好像有點紅：「其實是上禮拜我來妳家的時候，定春把妳的制服弄髒了，牠不想被妳發現然後被罵，所以拜託我偷偷拿回去洗。」

「真的嗎？」我懷疑地盯著他，他的眼神再次飄向定春：「你不要再跟定春眉來眼去了！」

「咪嗚。」原本一直坐在我旁邊的定春突然站起來，在我的腳旁邊轉圈圈，轉了兩圈後，翻出了毛茸茸的肚子。

「嗯哼哼，看在定春替你求饒的分上，我就勉為其難相信你好了。」定春實在太可愛了！

「明明就是牠的錯。」

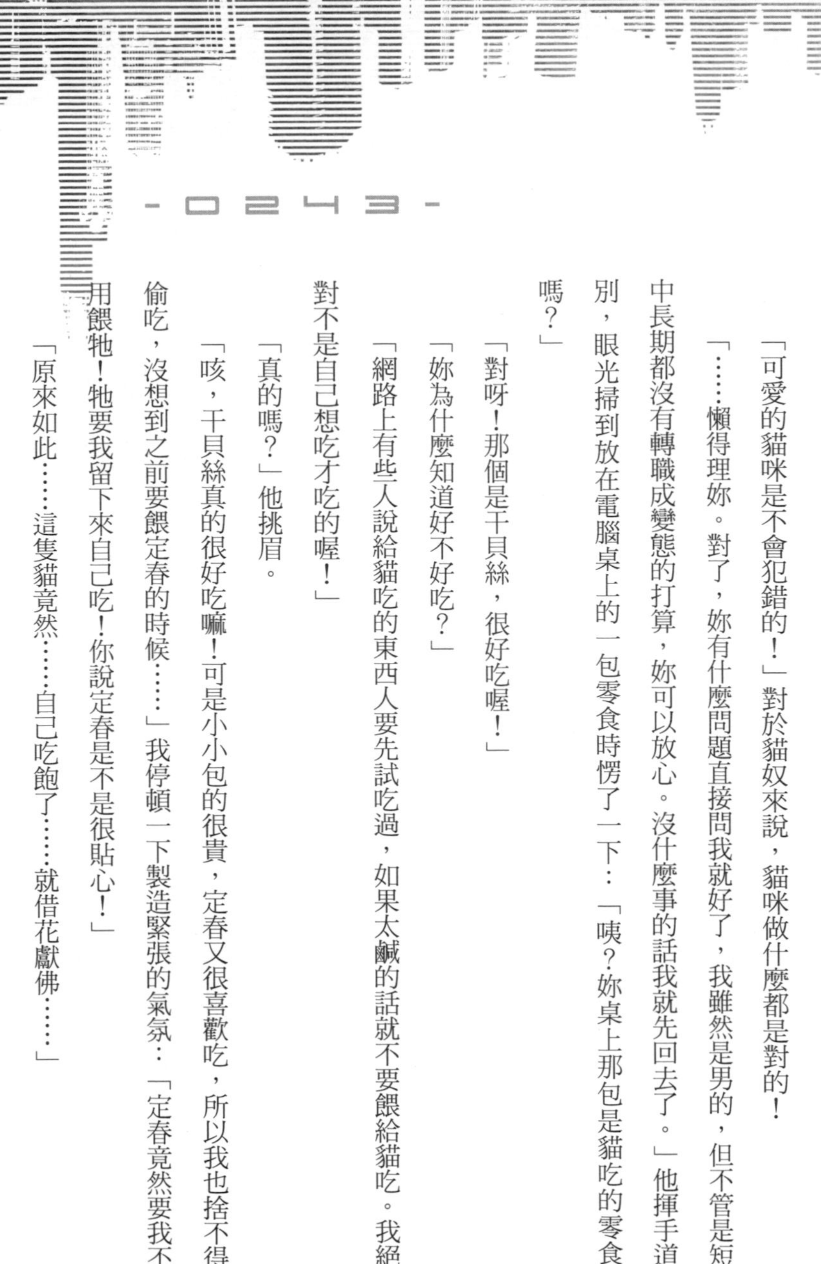

「可愛的貓咪是不會犯錯的！」對於貓奴來說，貓咪做什麼都是對的！

「……懶得理妳。對了，妳有什麼問題直接問我就好了，我雖然是男的，但不管是短中長期都沒有轉職成變態的打算，妳可以放心。沒什麼事的話我就先回去了。」他揮手道別，眼光掃到放在電腦桌上的一包零食時愣了一下：「咦？妳桌上那包是貓吃的零食嗎？」

「對呀！那個是干貝絲，很好吃喔！」

「妳為什麼知道好不好吃？」

「網路上有些人說給貓吃的東西人要先試吃過，如果太鹹的話就不要餵給貓吃。我絕對不是自己想吃才吃的喔！」

「真的嗎？」他挑眉。

「咳，干貝絲真的很好吃嘛！可是小小包的很貴，定春又很喜歡吃，所以我也捨不得偷吃，沒想到之前要餵定春的時候……」我停頓一下製造緊張的氣氛：「定春竟然要我不用餵牠！牠要我留下來自己吃！你說定春是不是很貼心！」

「原來如此……這隻貓竟然……自己吃飽了……就借花獻佛……」

「你在碎碎唸什麼?」

「沒事，我回去了，妳早點睡，別一直熬夜，會有黑眼圈……」

「我知道了。老媽，晚安。」

「我才不是老媽。」他向我揮了揮手：「晚安。」

番外《小文・變態與女孩子的煩惱》完

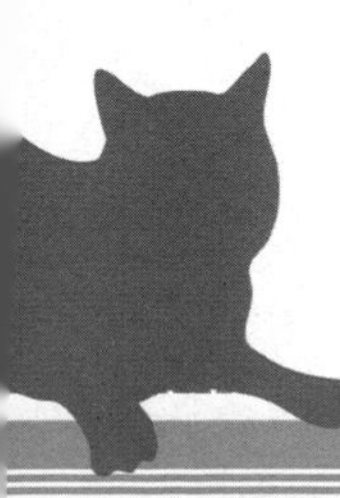

後記・

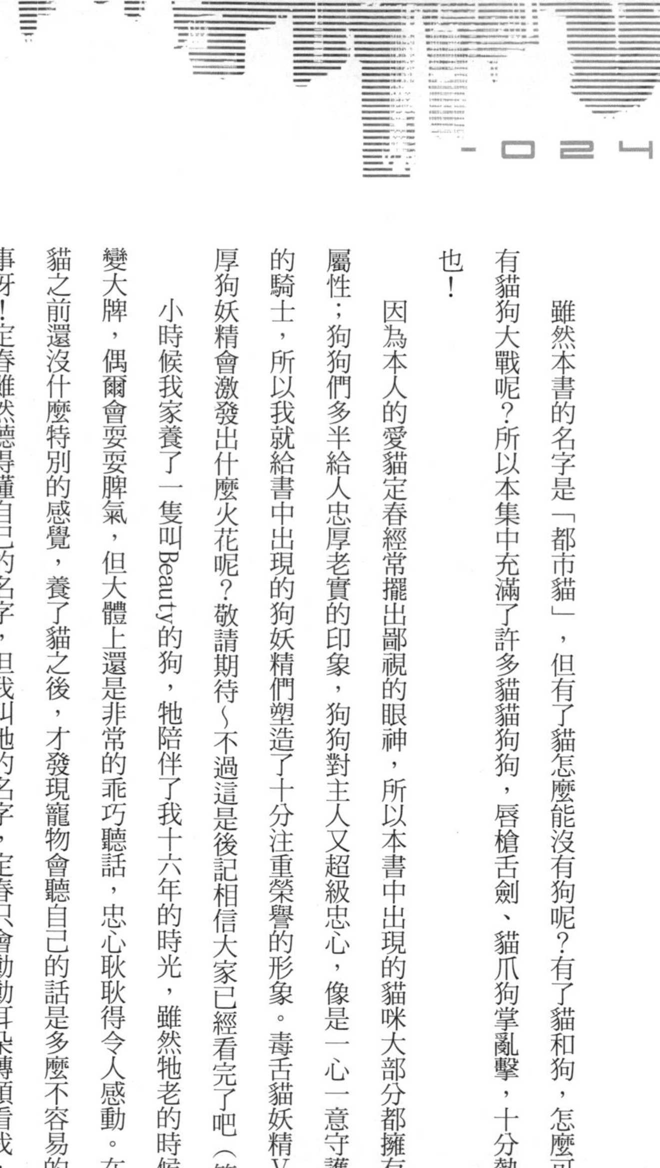

雖然本書的名字是「都市貓」，但有了貓怎麼能沒有狗呢？有了貓和狗，怎麼可以沒有貓狗大戰呢？所以本集中充滿了許多貓貓狗狗，唇槍舌劍、貓爪狗掌亂擊，十分熱鬧是也！

因為本人的愛貓定春經常擺出鄙視的眼神，所以本書中出現的貓咪大部分都擁有毒舌屬性；狗狗們多半給人忠厚老實的印象，狗狗對主人又超級忠心，像是一心一意守護主人的騎士，所以我就給書中出現的狗妖精們塑造了十分注重榮譽的形象。毒舌貓妖精ＶＳ忠厚狗妖精會激發出什麼火花呢？敬請期待～不過這是後記相信大家已經看完了吧（笑）

小時候我家養了一隻叫Beauty的狗，牠陪伴了我十六年的時光，雖然牠老的時候有點變大牌，偶爾會耍耍脾氣，但大體上還是非常的乖巧聽話，忠心耿耿得令人感動。在沒養貓之前還沒什麼特別的感覺，養了貓之後，才發現寵物會聽自己的話是多麼不容易的一件事呀！定春雖然聽得懂自己的名字，但我叫牠的名字，定春只會動動耳朵轉頭看我，牠絕對不會過來，叫太多次牠的名字還會嫌煩走掉呀～（淚）

扯遠了，總之貓咪和狗狗各有牠們可愛的地方，歡迎大家細細品味（？）

既然我都寫了和貓咪有關的故事，也許以後會寫和狗狗有關的故事，畢竟不能厚此薄

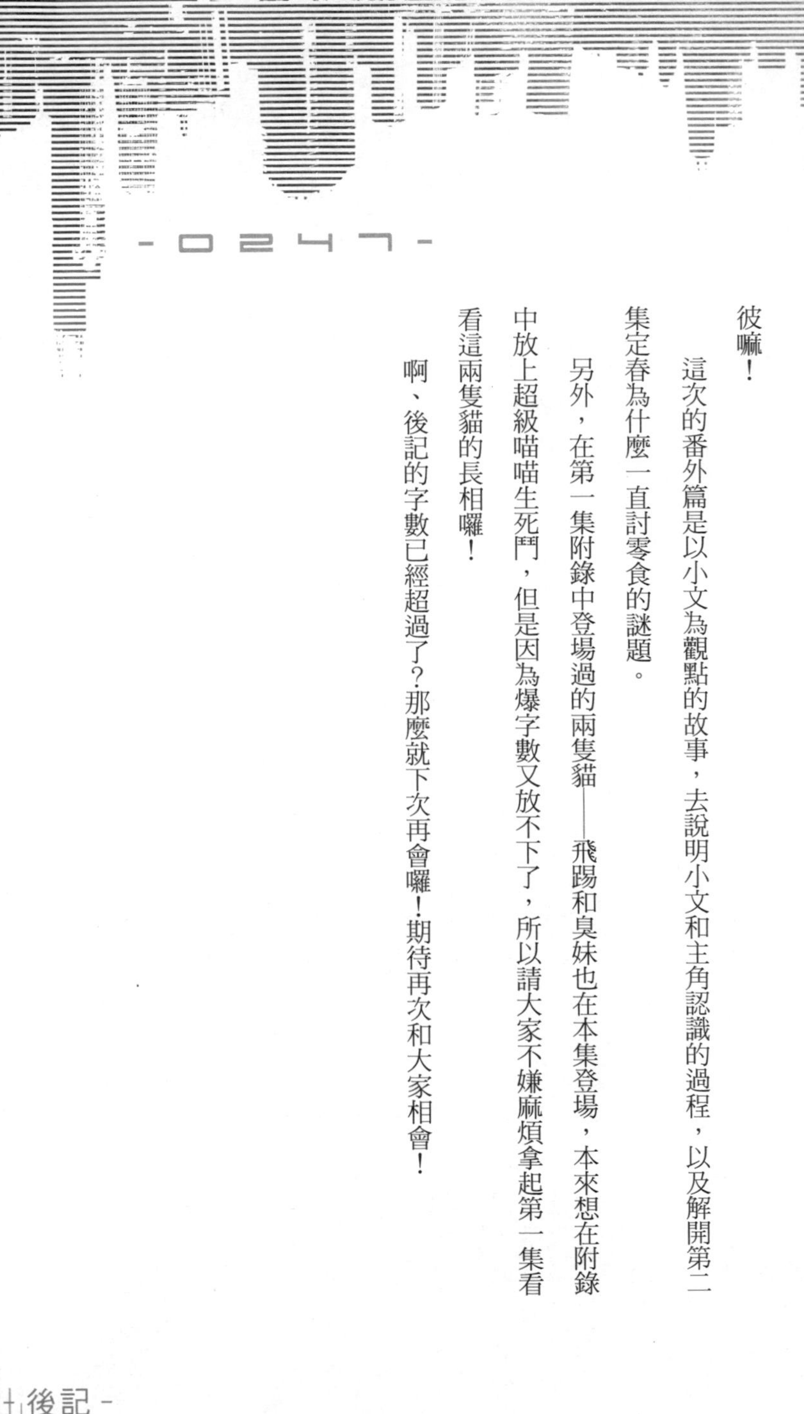

彼嘛！

這次的番外篇是以小文為觀點的故事，去說明小文和主角認識的過程，以及解開第二集定春為什麼一直討零食的謎題。

另外，在第一集附錄中登場過的兩隻貓——飛踢和臭妹也在本集登場，本來想在附錄中放上超級喵喵生死鬥，但是因為爆字數又放不下了，所以請大家不嫌麻煩拿起第一集看看這兩隻貓的長相囉！

啊、後記的字數已經超過了？那麼就下次再會囉！期待再次和大家相會！

西元2102年，美國紐約市，
這裡聚集了所有人類與非人類的佼佼者——
狼人、吸血鬼、與強大邪惡的黑暗渾沌……
身為范郝辛一族的NERO，第四十八代獵魔人，
即使餓著肚子，也要不畏艱難出發拯救世界！
紅茶君與繪者布里斯，打造克蘇魯神話世界——
惡魔獵人
NERO
蘋果日報排行榜首週排名第十，次週擠入前三！!!
01 降臨！舊日支配者
02 強襲！火焰之邪神
03 真相！阿爾法之心
04 危機！饗宴之悲歌
05 衝擊！狂戰士雷洛
全國各大書店、租書店、網路書店
持續熱賣中！
8/22 全國便利超商、新絲路網路書店搶先首賣！

隨書附贈《世界第一的魔王陛下》

Q版人物大富翁地圖

只可遠觀，而不可褻玩焉喔。\(´∀`)

♠征服世界從下午茶開始

♥征服世界從愛開始

◆征服世界從修學旅行開始

♣征服世界從現在開始

都市貓/微風婕蘭作. — 初版. --新北市：
華文網，2011.07-
冊； 公分. --(飛小說系列)
ISBN 978-986-271-245-0(第3冊：平裝). ----

857.7 100010684

飛小說系列027

都市貓03- 貓拳對狗掌之誰是守門人

出版者■典藏閣
作　者■微風婕蘭
繪　者■NekoiF
總編輯■歐綾纖
製作團隊■不思議工作室

郵撥帳號■50017206 采舍國際有限公司（郵撥購買，請另付一成郵資）
台灣出版中心■新北市中和區中山路2段366巷10號10樓
電　話■(02) 2248-7896　傳　真■(02) 2248-7758
物流中心■新北市中和區中山路2段366巷10號3樓
電　話■(02) 8245-8786　傳　真■(02) 8245-8718
ISBN■978-986-271-245-0
出版日期■2012年8月

全球華文國際市場總代理／采舍國際
地　址■新北市中和區中山路2段366巷10號3樓
電　話■(02) 8245-8786　傳　真■(02) 8245-8718

新絲路網路書店
地　址■新北市中和區中山路2段366巷10號10樓
網　址■www.silkbook.com
電　話■(02) 8245-9896
傳　真■(02) 8245-8819

線上總代理：全球華文聯合出版平台
主題討論區：http://www.silkbook.com/bookclub　◎新絲路讀書會
紙本書平台：http://www.silkbook.com　◎新絲路網路書店
瀏覽電子書：http://www.book4u.com.tw　◎華文電子書中心
電子書下載：http://www.book4u.com.tw　◎電子書中心（Acrobat Reader）

☞您在什麼地方購買本書？☜

□便利商店＿＿＿＿□博客來　□金石堂　□金石堂網路書店　□新絲路網路書店

□其他網路平台＿＿＿＿□書店＿＿＿＿市／縣＿＿＿＿書店

姓名：＿＿＿＿地址：＿＿＿＿＿＿＿＿

聯絡電話：＿＿＿＿電子郵箱：＿＿＿＿＿＿＿＿

您的性別：□男　□女

您的生日：＿＿＿＿年＿＿＿＿月＿＿＿＿日

（請務必填妥基本資料，以利贈品寄送）

您的職業：□上班族　□學生　□服務業　□軍警公教　□資訊業　□娛樂相關產業

□自由業　□其他＿＿＿＿

您的學歷：□高中（含高中以下）　□專科、大學　□研究所以上

☞購買前☜

您從何處得知本書：□逛書店　□網路廣告（網站：＿＿＿＿）　□親友介紹

（可複選）　□出版書訊　□銷售人員推薦　□其他

本書吸引您的原因：□書名很好　□封面精美　□書腰文字　□封底文字　□欣賞作家

（可複選）　□喜歡畫家　□價格合理　□題材有趣　□廣告印象深刻

□其他＿＿＿＿

☞購買後☜

您滿意的部份：□書名　□封面　□故事內容　□版面編排　□價格　□贈品

（可複選）　□其他

不滿意的部份：□書名　□封面　□故事內容　□版面編排　□價格　□贈品

（可複選）　□其他

您對本書以及典藏閣的建議＿＿＿＿＿＿＿＿

＿＿＿＿＿＿＿＿

＿＿＿＿＿＿＿＿

✌未來您是否願意收到相關書訊？□是　□否

✍感謝您寶貴的意見✍

✌From＿＿＿＿@＿＿＿＿

♦請務必填寫有效e-mail郵箱，以利通知相關訊息，謝謝♦

印刷品

請貼
3.5元
郵票

不思議信箱
FUSIGI POST

235 新北市中和區中山路二段366巷10號10樓

華文網出版集團　收

（典藏閣－不思議工作室）